백석의
불시착
②

백석의 붓시착 ②

홍찬선 장편소설

진짜 백석의 재발견

스타북스

차례

1권

작가의 말

프롤로그 / 백석이 온다

1 통영

2 진주성

3 사슴

4 이사벨

5 모닥불

6 연이

7 이상

8 배신

9 출가

10 나타샤

11 하얀나라

2권

12 여문인 3인방 ——— 007

13 함흥 ——— 031

14 재회 ——— 063

15 윤동주 ——— 085

16 백신애 ——— 109

17 망명 ——— 129

18 만주비가 ——— 151

19 결혼 ——— 173

20 조만식과 김일성 ——— 197

부록 1
'백석과 자야의 러브스토리'는 김영한의 소설이었다 • 221

부록 2
〈북방에서〉부터 〈나 취했노라〉까지 백석의 만주 현장을 가다 • 257

일러두기

1. 소설에서 '백석의 미발표 유고 시'로 소개된 몇 편의 시는 작가의 창작입니다.
2. 소설에서 인용된 백석 시의 출처는 『사슴』에 수록된 시는 『백석 시집 사슴』(소와다리, 2016)에서 인용했으며, 나머지 백석 시는 송준 엮음 『백석시전집』(흰당나귀, 2012)에서 인용했습니다.
3. 소설에 나오는 등장인물 중 이진은 허준, 배신우는 신현중이 모델이며, 다른 등장인물은 실제인물과 가상인물을 소설 전개에 맞게 등장시켰습니다. 실명으로 등장하는 손기정, 노천명, 윤동주, 이상, 백신애 등과 백석의 관계에 관한 서술은 소설적 허구입니다.

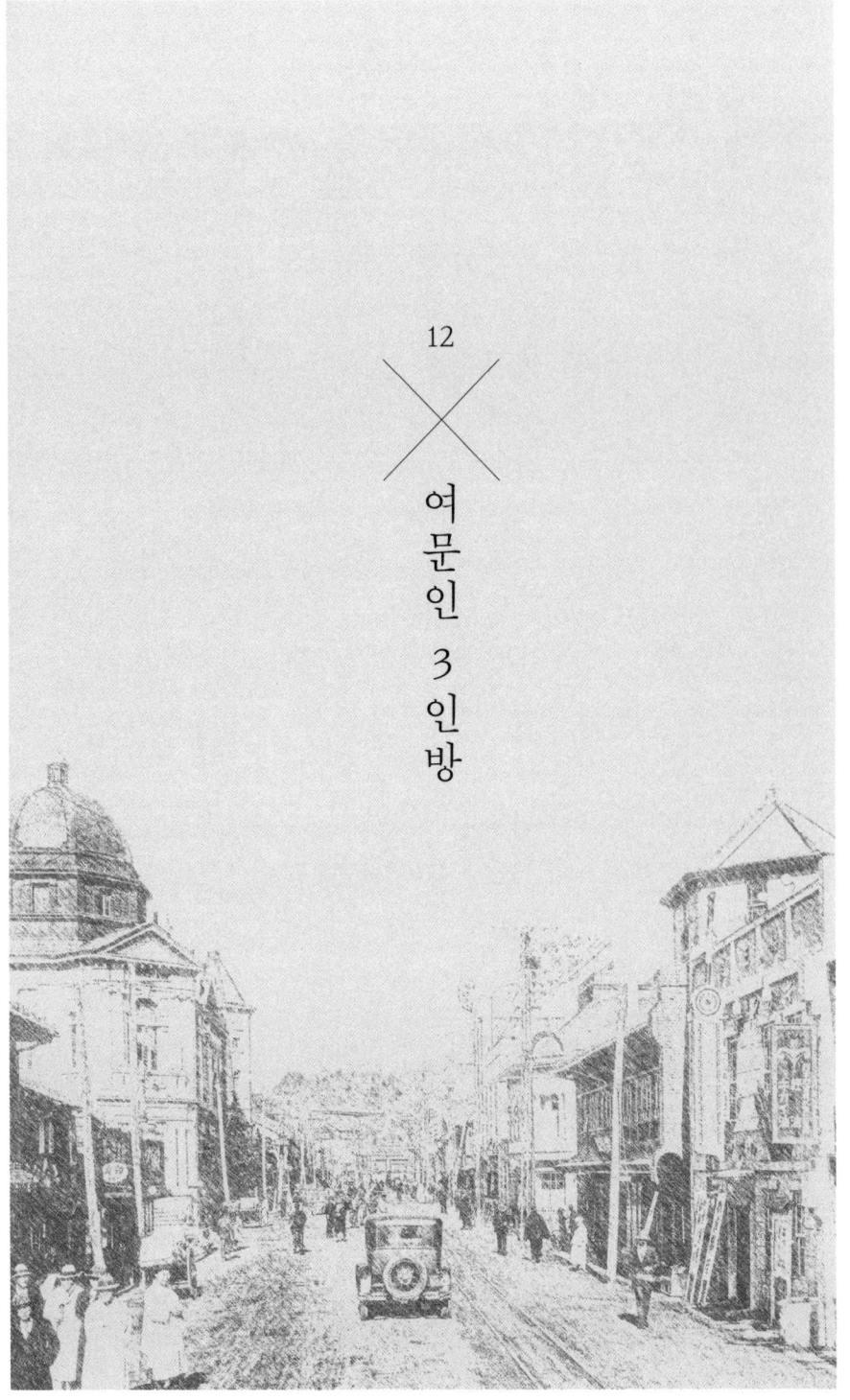

12 여문인 3인방

"야, 천명야! 네가 쓴 시 〈사슴〉, 참 좋더라! 그런데, 너의 사슴이 그 사슴이냐?"

소공동 입구에 있는 카페, '낙랑파라'에서 윤혜정이 노천명을 발견하곤 반갑다며 말을 건넸다. 노천명은 최선숙과 함께 차를 마시며 담소를 나누고 있었다. 이들 세 명은 '여문인3인방'으로 통했다. 이들은 비가 오면 비가 온다고 모이고, 눈이 오면 눈이 온다고 만났다. 만날 수 없으면 편지를 보냈다. 마치 조선 후기에 다산 정약용이 만든 시 짓기 모임인 '죽란시사竹欄詩社'와 비슷했다. 죽란시사 회원들은 살구꽃과 복숭아 꽃이 피면 모이고, 참외가 익을 때와 연꽃과 국화가 필 때 만나고, 첫눈이 내리고 매화가 필 때 모여 시를 지었다.

여문인3인방은 1938년 새해가 밝자 만났다. 새해를 축하하고 며칠 뒤에 열릴 노천명의 출판기념회를 위한 마지막 점검을 위해서였다. 천명은 첫 시집 『산호림珊瑚林』을 출간했다.

"천명이의 사슴이 백석을 가리킨다는 거야, 알만한 사람은 다 아는 거 아니야?"

최선숙이 윤혜정의 말을 맞장구로 받았다.

"혜정아, 지금 그걸 묻는 건 네가 백석과 천명의 관계에 대해 너무 무심하다는 증거야."

"으이구, 이 귀신들. 니네들 이 얘기, 다른 데 가서 얘기하면 그 순간 죽는 줄 알아!"

노천명은 두 벗의 농담이 싫지 않은 듯 미소지으며 말했다. 말의 뉘앙스는 '다른 곳에 가서 널리 얘기하라'고 당부하는 것처럼 들렸다. 노천명 시인이 백석의 시집 『사슴』을 읽고 〈사슴〉이란 시를 썼다는 건 이미 공공연한 비밀이었다.

노천명은 나와 동갑내기다. 본디 이름은 기선基善이었다. 6살 때 홍역을 세게 앓다가 살아난 것이 하늘의 뜻인 천명天命이라 여겨, 예쁘게 잘 살라는 뜻으로 바꿨다. 그 이름이 문제였을까. 인천 등지에서 무역업을 하던 아버지를 아홉 살 때 여의었다. 이화여전에 입학하던 스물세 살 때는 어머니마저 돌아가셨다. 결혼 전에 고아가 된 천명은 이모와 함께 서촌의 체부동과 옥인동 등에서 살았다. 1932년 신동아에 시 〈밤의 찬미〉와 〈단상〉, 소설 〈닭 쫓던 개〉 등으로 등단했다. 내가 도쿄의 청산학원대학에서 유학하고 있을 때 천명은 이미 시인으로 활동하고 있었다.

노천명은 〈밤의 찬미〉에서 "오 밤-거룩한 밤이여/ 영원히 네 눈을 뜨지 말지니// 네가 눈 뜨면 고통도 눈 뜨리/ 밤이여, 네 거룩한 베개를 빼지 말고/ 고요히 고요히 잠들어 버려라"고 시대의 아픔을 노래할 정도의 시 세계를 보여줬다.

천명의 세례명은 베로니카다. 예수가 십자가를 메고 로마 군인들에게 매 맞고 쓰러졌을 때, 예수의 피를 닦아준 성녀다. 글로써 아픈 사람과 고통받는 시대를 잘 보듬어 주라는 뜻을 담았을 것이다. 당시는 시인으로 활동하는 사람이 손에 꼽을 정도여서 나는 천명과 자주 만났다. 만날 때마다 자연스럽게 시를 주제로 얘기했다. 서로 쓴 시를 주고받아 보며 짧은 시평을 나누기도 했다.

"흰돌, 내가 시를 한 편 썼는데…"

천명은 나를 흰돌로 불렀다. 나는 흰돌이 너무 어린애 같아서 극구 사양했다. 하지만 천명은 백석白石을 우리말로 풀어 쓴 흰돌이 더 가깝게 느껴진다고 했다. 결국 '둘이서만 있을 때'라는 단서를 달아 양해했다.

"그으래, 어떤 신데?"

"그게~"

천명은 평소답지 않게 머뭇거렸다. 뭐가 부끄러운지 얼굴까지 조금 발개졌다.

"야, 천명! 무슨 시를 썼길래 너답지 않게 우물쭈물이야? 얼굴까지 붉히고."

"이 신데, 지금 보지 말고 집에 가서 보고 난 뒤에 평 좀 부탁해…"

천명은 기어들어가는 목소리로 겨우 말한 뒤 휙 돌아섰다. 그렇게 받은 시가 바로 〈사슴〉이었다.

>   모가지가 길어서 슬픈 짐승이여
>   언제나 점잖은 편 말이 없구나
>   관(冠)이 향기로운 너는
>   무척 높은 족속이었나 보다
>
>   물속의 제 그림자를 들여다보고
>   잃었던 전설을 생각해 내곤
>   어찌할 수 없는 향수에
>   슬픈 모가질 하고 먼 데 산을 바라본다
>   ─ 노천명, 〈사슴〉 전문, 『산호림』, 1938.1.

 천명은 〈사슴〉에서 나를 사슴에 빗댔다. 과묵해서 늘 심각한 표정을 하고 말을 잘 하지 않는 내 모습을 "언제나 점잖은 편 말이 없구나"로 표현했다. 내가 비싼 양복을 입고 멋을 내는 '모던 보이' 모습을 "관(冠)이 향기로운", "무척 높은 족속이었나 보다"라고 썼다. 연이를 그리워하느라고 먼 데 바라보는 것은 "어찌할 수 없는 향수에 슬픈 모가질 하고 먼 데 산을 바라본다"고 했다. 그 눈길 끝에 자신이 있기를 바라는 마음도 담았을 것이다.
 "천명! 너는 나보다 나를 더 잘 아는 것 같다."
 "무슨 얘기야?"
 "〈사슴〉 말이야. 어쩌면 그렇게 나를 분명하고 멋지게 그렸어?"

"맘에 들어?"

"그러엄! 내가 정말 너의 〈사슴〉 같은 사람인지를 뒤돌아봤다니까. 고마워."

"고맙긴, 다 내 마음이지. 그런데, 〈사슴〉을 포함해서 그동안 쓴 시를 묶어 시집을 내려고 해."

"정말? 잘됐다. 〈사슴〉은 너의 대표작이 될 거야~"

"흰돌이 그렇게 말하니 서둘러야겠다. 사실 그동안 낼까 말까 고민했거든."

나와 동갑인 천명은 나를 좋아했다. 나와 가깝게 지내며 매우 면밀하게 관찰했다. 그 결과 태어난 것이 〈사슴〉이었다. 나도 천명을 '문학동반자'로 여겼다. 나와 천명은 지은 시를 서로 보여주었다. 내가 보지 못하는 점을 천명이 도와주고, 천명이 놓친 것을 내가 찾아 주었다.

1938년 새해 벽두에, 경성호텔에서 열린 노천명의 첫 시집 『산호림』의 출판기념회는 윤혜정 최선숙 장덕조 김수임 등이 발기인을 맡았다. 천명의 인기를 반영하듯 당시 내로라하는 문인들이 거의 모두 참석했다. 2년 전 나의 『사슴』 이후 최대의 성황이었다. 출판기념식장의 화제는 단연 '사슴이 과연 누구인가?'였다. 남자 문인들이 질문했고 윤혜정과 최선숙 등은 미소를 띠며 짐짓 모른 체 시치미를 뗐다.

"윤혜정 소설가 오랜만이야? 노천명 시 〈사슴〉에서 사슴이 누구지?"

"그걸 제가 어떻게 알겠어요~ 작가에게 직접 물어보셔야지요."

"그럼 최선숙 작가는 알겠네?"

"저도 몰라요. 근데…"

"근데, 라니? 뭐 아는 거 아냐?"

"알기는요? 오늘 〈사슴〉의 '사슴'이 나타날지, 궁금하다는 거지요."

그때 내가 출판기념식장에 들어섰다. 눈으로 나를 찾던 노천명이 제일 먼저 알아보고 손을 번쩍 들었다. 최선숙이 웃으며, 명랑한 소리로 크게 외쳤다.

"범도 제 말 하면 온다더니, 사슴께서 때 맞춰 오셨네요."

참석자들의 눈이 일제히 나에게로 쏠렸다. 윤혜정의 눈동자가 흔들리며 낯이 흐려졌다.

"사슴이라고?"

"네! 사.슴.이요."

노천명이 최선숙에게 눈을 흘기며 내게 다가왔다.

"오, 흰돌! 어떻게 왔어?"

"걷고 기차 타고 또 걸어서 왔지."

"함흥에 있어야잖아?"

"마침 겨울방학이고, 너의 첫 시집 출판기념회가 있다는 기사를 보고 한달음에 달려 왔지."

"그랬구나. 윤혜정 선배가 알리지 못했다고 해서 아쉬웠는데, 신문이 좋은 점도 많네!"

"그러게, 연락했으면 더 반가웠을 텐데, 첫 시집 출간 축하해!"

"정말 고마워!"

"흰돌 잘 있었어~"

1938년 봄이었다. 봄이 늦게 오는 함흥에도 진달래가 만발했을 때니 4월 중하순쯤이었을 것이다. 첫 시집 출판기념회 등으로 바쁘게 지낸 천명이 느닷없이 영생고보로 나를 찾아왔다. 얼굴은 장난기 가득한 웃음을 띠었다.

"천명, 무슨 일이야? 편지나 전보도 없이, 갑자기 함흥에 나타나다니."

"내가 흰돌을 보고 싶어 견딜 수 없어, 동남풍을 몰고 왔지."

"뭐야? 뜬금없이."

"흰돌의 별명을 사슴에서 당나귀로 바꿔 부르는 것을 상의하려고."

"웬 당나귀?"

"시치미를 떼도 소용없어. 내가 〈나와 나타샤와 흰 당나귀〉를 보고 그렇게 정했으니까."

"아, 그 시?"

나는 1937년 겨울 〈나와 나타샤와 흰 당나귀〉란 시를 썼다. 연이와 배신우가 도둑결혼한 고통을 달래기 위해서였다. 나는 시 초고를 천명에게 보여줬다. 고통은 나누면 줄어들고 기쁨은 같이 즐기면 불어난다는 말처럼, 배신의 고통을 줄이기 위해서였다.

"흰돌! 이 시 정말 좋다. 네가 지금 겪고 있는 현실을 세심하면서도 감정에 흐르지 않게 잘 표현했어."

"너무 과찬하면 부끄러운데."

"정말이야. '산골로 가자 출출이 우는 깊은 산골로 가 마가리에 살자'는 구절은 눈물이 날 정도야. 흰 눈, 나타샤, 소주라는 시어에서도 진한 아픔을 느낄 수 있지. 하지만 그런 아픔에만 머무르지 않고, '산골로 가는 것은 세상한테 지는 것이 아니다/ 세상 같은 건 더러워 버리는 것이다'는 표현으로 승화하지. 저 가슴 속 깊은 아픔을 이겨내려는 의지와 이겨낼 수 있다는 신념을 느낄 수 있는 싯구야!"

"천명! 그렇게 얘기해 주니 정말 고마워."

"나는 이 시가 앞으로 흰돌의 대표작이 될 것으로 확신해. 시인은 물론 보통사람들에게도 많은 사랑을 받을 것이야."

천명은 나를 위로하는 데 그치지 않았다. 〈나와 나타샤와 흰 당나귀〉의 시 세계를 정확히 꿰뚫어 보았다. 천명은 나의 〈나와 나타샤와 흰 당나귀〉를 본 뒤 〈반려〉라는 시로 화답했다. 시 제목 '반려'는 '짝이 되는 동무'라는 뜻의 '반려伴侶'가 아니라, 노새를 뜻하는 '반려斑驢'다.

> 도무지 길들일 수 없는 내 나귀일래
> 오늘도 등을 쓸어주며
> 노여운 눈물이 핑 돌았다
> 그래도 너와 함께 가야 한다지
>
> 밤이면 우는 네 울음을 듣는다
> 내 마음을 받을 수 없는
> 네 슬픈 성격을 나도 운다

— 노천명, 〈반려〉 전문.

노새는 암말과 수탕나귀 사이에서 태어난 잡종이다. 숫말과 암탕나귀 사이에서 난 새끼는 버새라고 부른다. 노새와 버새는 힘이 좋아 일을 시키기는 좋지만, 번식 능력이 없는 비극을 안고 있다. 천명은 〈반려〉에서 '도무지 길들일 수 없는 내 나귀'라고 나를 빗댄 뒤 '내 마음을 받을 수 없는/ 네 슬픈 성격을 나도 운다'고 했다. 이 시를 쓰며 눈물을 주르륵 흘렸을 천명이 떠올랐다.

'오죽했으면 생식 능력이 없는 노새를 제목으로 정했을까?'

나는 천명을 가까운 시벗이자 문학동반자로만 여겼다. 가깝게 지냈지만, 남녀관계로 생각한 적은 거의 없었다. 하지만 감수성 강한 천명은 그렇지 않았다. 나와 시벗을 넘어 연인관계로 나아갈 속내를 여러 번 비쳤다. 〈반려〉도 그중의 하나였다. "도무지 길들일 수 없는 내 나귀"는 바로 나였다. 천명도 내가 그의 연인이 될 수 없음을 알았다. 그래서 "내 마음을 받을 수 없는/ 네 슬픈 성격"이라고 읊었다. 천명은 "나도 운다"고 하면서도, "그래도 너와 함께 가야 한다지"라고 했다. 참으로 고마운 마음이었다.

그런 천명이 멀고 먼 함흥으로 나를 찾아왔다. 시벗으로 시를 나누기 위한 것만은 아니었을 것이다. 〈나와 나타샤와 흰 당나귀〉를 핑계로 내 마음을 한 번 더 확인해 보기 위해서였을 것이다. 나는 그런 천명의 마음을 받을 수 없음에 늘 먹먹했다. 어떻게든 달래서 잘 보내야 했다.

"천명! 함흥까지 몰고 온 동남풍을 무엇으로 환영해 줄까?"

"오며 보니까 진달래가 만발했던데, 진달래가 많이 핀 산자락에 가서 한잔하는 게 어때?"

"좋은 생각이야. 귀주사 입구에 진달래가 멋지니 거기서 한잔하자. 돌아올 때는 함흥8경 중 하나인 불타는 성천강 저녁노을을 만세교에서 보자."

"나는 그저 따라만 갈 테니, 사슴 아니 당나귀가 알아서 모셔봐."

천명의 목소리가 밝게 튀었다. 환한 미소로 화답하는 내 모습에서 조그만 가능성이라도 보았을까.

"흰돌! 내가 오늘 함흥까지 찾아온 것은…"

"사슴을 당나귀로 바꾸기 위해서였지!"

"아냐, 그게 아니라고!"

"아까 네가 그랬잖아?"

"이 멍청이."

"…"

사하촌寺下村에서 마신 막걸리의 힘이었을 것이다. 내가 말없이 멍한 눈을 하고 바라보자, 천명이 속내를 털어놓았다.

"내가 찾아온 것은 흰돌과 더 가까워지고 싶어서야."

"뭐야? 천명! 우리는 이미 이렇게 가깝게 지내고 있잖아?"

"아니, 그게 아니고요."

천명의 말이 간절하게 바뀌었다.

'이런 바보가 시는 어떻게 그리 잘 쓴담?'

혼잣말을 하면서, 눈물을 머금은 천명의 두 눈에선 눈물이 금방이라도 쏟아질 것처럼 그렁그렁했다.

"휜돌! 나랑 사귀자. 시벗의 단계를 넘어 연인이 되자는 말이야."

"뭐? 연인?"

"그래 연인! 우리 연인이 돼서 결혼도 하고 행복하게 살자."

"…"

나는 두 눈을 크게 뜨고 천명을 바라보았다. 너무 놀라, 말도 나오지 않았다.

"왜? 말도 하지 않고 그렇게 놀란 토끼 눈으로 쳐다봐?"

"천명, 너무나도 갑작스러워서."

"나는 이 말을 하려고 불원천리不遠千里하고 찾아왔어."

"그래도…"

"휜돌, 이별의 고통은 사랑으로만 감쌀 수 있다고 했어. 〈나와 나타샤와 흰 당나귀〉에서 드러낸 너의 아픔을 나와 함께 이겨내면 훨씬 쉬울 거야."

"네 뜻은 잘 알겠고, 정말 고마운데."

"잘 알았고 정말 고마우면 함께 하면 되는 거야."

"근데 그게…"

사람 마음이란 게 손바닥 뒤집듯 쉬운 게 아니었다. 마음은 늘 머리와 따로 놀았다. 머리로는 연이를 잊어야 한다는 것을 너무나 뚜렷하게 다짐했다. 하지만 가슴은 늘 그리움을 피워냈다. 머리로는 천명을 받아들이라고 했다. 그러나 마음은 여전히 열리지 않았다. 연인이 아니라 시벗으로 오래오래 지내고 싶은 마음이 더

컸다. 천명도 그걸 알았다. 사랑은 억지로 되는 게 아니라는 사실을…

> 차마 못 봐 돌아서오며 듣는 기차 소리는
> 한나절 산골의 당나귀 울음보다 더 처량했다
>
> 포도 위에 소리 없이 밤 안개가 어린다
> 마음속엔 고삐 놓은 슬픔이 뒹군다
>
> 먼-한길에 걸음이 안 걸려
> 몸은 땅속에 잦아들 것만 같구나
> ― 노천명, 〈돌아오는 길〉, 1~3연.

 천명은 기대하던 나의 대답을 듣지 못하고 서울로 돌아갔다. 돌아가는 기차 안에서 〈돌아오는 길〉이란 시를 썼다. 얼굴은 봤지만, 마음을 보지 못한 심정을 "차마 못 봐 돌아서오며"라고 표현했다. 그런 상태에서 "듣는 기차 소리는/ 한나절 산골의 당나귀 울음보다 더 처량했"을 것이다. 천명의 고백을 받아들이지 못하면서 터트린 내 울음도 슬펐지만, 텅 빈 가슴으로 돌아가며 들어야 하는 기차 소리가 더 처량하게 느꼈을 터였다. 그렇게 돌아간 서울의 포장도로에 "소리 없이 밤 안개가 어린다." 그 모습을 바라보는 마음은 "고삐 놓은 슬픔이 뒹구는" 곳이 되었다. 그러니 걷는 길이 "먼-한길"로 여겨져 걸을 수도 없는 느낌이었을 것이다. "몸은 땅속에 잦아들 것만 같"이 무겁고 무거웠을 것이다. 금방이라도 쓰러질 모습으로 보였다. 인연은 그렇게 닿지 않고 엇갈리면서 애달픈 고통을 만들며 쌓였다.

그리운 석!
잘 지내고 있겠지?
1938년도 벌써 여름에 접어들었군. 세월 참 빠르네. 작년에 함흥에 다녀온 지도 벌써 1년이 훌쩍 지났으니 말이네.

천명이 함흥에 다녀가고 나서 보름쯤 지난 뒤였다. 서울의 벗, 이진에게서 편지가 왔다. 반가운 마음에 서둘러 뜯어보니 뜻하지 않은 얘기가 쓰여 있었다. 의례적인 안부 말 다음에 '백석이 윤혜정과 사귄다'는 소문이 돈다는 것이었다.

그런데 석.
서울에 해괴망측한 소문이 돌고 있네. 그냥 넘어가려다, 석이도 알고 있어야 할 것 같아 펜을 들었네. '윤혜정이 백석과 바람 났다'는 소문이네. 그 누구보다 자네를 잘 아는 나는 헛소문이라고 일축했네만, 사정을 알지 못하는 호사가들은 무슨 큰일이나 난 것처럼 이 소문을 옮기고 있네. 어떤 사정이 있었는지 모르겠지만, 소문이 더 확산되지 않도록 자네가 적절히 대응하면 좋겠다는 생각이네…

'피식~'

나는 이진의 편지를 읽으면서 나도 모르게 헛웃음을 지었다. 소문은 십중팔구 헛말에 불과하다. 하지만 자기를 과시하려는 일부 이야기꾼들은 대중의 입맛에 맞는 헛말을 만들어 낸다. 늘 새로운 것을 찾는 대중들은 그런 소문을 이곳저곳으로 퍼트린다. 소문은 한동안 구름 과자처럼 부푼다. 부풀기만 하던 말풍선도 시간이 흐르면 바람이 빠진다. 그리곤 다른 소문이 만들어진다. 루머도 인생처럼 생로병사生老病死를 거친다는 말이다. 다만 '아니 땐 굴뚝에 연기나랴?'는 속담처럼, 소문에 아무런 실마리가 없는 것은 아니다.

나와 윤혜정의 '바람' 소문은 왜 났을까. 그 책임의 반은 나에게 있었고, 나머지 반은 윤혜정에게 있었다. 나는 〈나와 나타샤와 흰 당나귀〉를 퇴고한 뒤 1937년 12월, 윤혜정에게 보냈다. 그때 윤혜정은 1938년 1월에 창간할 『사천리문학』의 편집자였다. 창간호에 실을 시를 보내 달라고 해서, 〈나와 나타샤와 흰 당나귀〉와 〈추야일경秋夜一景〉 두 편을 우송했다. 그런데 윤혜정은 〈추야일경〉 한 편만 실었다. 나는 윤혜정을 찾아가 따졌다. 『사천리문학』 창간호가 출간되고 나서였다.

"선배! 〈나와 나타샤와 흰 당나귀〉가 사천리문학에 발표되지 않았던데요?"

"알아!"

"알고서 싣지 않았다는 건가요?"

"맞아! 그거, 석이가 나에게 사랑을 고백한 연서戀書 아니야?"

"연서라고요?"

"그래, 나는 사랑 고백으로 받아들여서 개인적으로 보관하기로 했어."

 윤혜정은 나보다 서너 살 많았다. 그녀는 결혼했으나 살림살이가 어려워 사천리사에 입사해 편집을 맡았다. 남편이 투옥됐을 때 함께 옥고를 치르기도 했다. 그 뒤 이혼하고, 나에게 적극적으로 호감을 표시하곤 했다. 소설로 등단한 뒤 노천명 최선숙과 어울리며 '여문인 3인방'으로 활동했다. 이 세 여인은 모두 나에게 호감을 표시했다. 나는 그들의 마음을 알고는 있었지만 애써 모른 척했다. 경쟁적 애정 공세에도, 개인적으로는 호감을 표시하지 않았다. 그런데도 윤혜정은 〈나와 나타샤와 흰 당나귀〉를 자신에게 보낸 연서로 착각한 것이다.

"선배~ 그 시가 어떻게 연서예요?"

"나타샤가 바로 나잖아?"

"아닌데요."

"산골로 가서 오두막에서 함께 살자며?"

"누가요?"

"나타샤가 아니 올 리 없다며?"

"그래요, 나타샤는 틀림없이 올 거예요."

"어디서 흰 당나귀도 올밤이 좋아서 응앙 응앙 울 것이라며?"

"그게 혜정 선배랑 무슨 상관이냐고요?"

"그렇게 힘들게 부정하려고 하지마! 내가 석이 맘 다 알아."

"아니라고요. 아니라니까, 정말. 선배 왜 이러세요?"

 나는 윤혜정의 눈동자를 응시했다. 그녀도 눈을 크게 뜨고 내 눈빛을 맞받았다. 두 눈은 사랑을 절절하게 갈구하고 있었다. 사랑에

눈멀어 그 어떤 말도 들리지 않는 듯했다. 그 간절한 눈동자를 보고 나는 할 말을 잃었다. 혜정의 눈은 아름다웠다. 하지만 사랑을 혼자 차지하겠다는 마음에 아름다운 눈이 먼 것 같았다. 그래서 나와 사귄다는 소문을 퍼트렸을지 몰랐다. 나는 돌아오며 마음을 굳혔다.

윤혜정 씨

당신은 거짓말을 하십니다. 전에는 당신을 문학 선배로서 존경했는데, 거짓말하는 모습을 보고 실망했습니다. 당신이 그동안 종교와 예술과 인생 등에 말한 것이 거짓이라고 생각되니, 그런 말씀들조차 밉게 바뀝니다. 당신도 아시는 것처럼, 나는 순수하고 높고 아름다운 것을 동경하고 갈망하며 숭앙합니다. 그런데…

함흥으로 돌아온 뒤 나는 윤혜정에게 편지를 썼다. 사람은 생각의 자유가 있으나, 〈나와 나타샤와 흰 당나귀〉를 연서로 여겼다는 사실을 그대로 묻어둘 수는 없었다. 또 나에게 아무런 말도 하지 않은 채 '투고용'으로 보낸 시를 자의적으로 싣지 않은 것도 용서할 수 없었다. 특히 윤혜정이 전에 보내온 편지를 다시 읽으면서 그냥 넘어갈 수 없었다. 분노가 끓어올라 그동안 하지 못했던 말까지 쏟아졌다.

사람을 사랑하다가 사랑하게 되지 못하면 두 가지 일이 일어납니다. 하나는 동무가 되고 하나는 원수가 되는 것입니다. 하나는 관대한 탓이고 하나는 순수하고 정직한 까닭입니다.

세상에는 아름다운 육체를 아름다운 정신보다 높이 아는 사람이 있습니다. 아름다운 육체가 계기가 되어 아름다운 정신으로 이끌어질 수도 있습니다. 하지만 실제로 그렇지 않다면, 그것은 비극일 것입니다. 비극은 왕왕 스스로가 짓는 것입니다. 스스로 긁어 놓은 생채기입니다.

당신은 늙은 소녀처럼 값싼 연애를 하신 것이 아닌 것으로 압니다. 그래서 앞으로도 존경하고 친절하도록 노력하겠습니다. 하지만 당신이 보낸 편지에 있는 '썩은 개고기 같은 말씀'이란 구절은 도무지 용서할 수 없습니다. 무엇으로 제 눈을 씻어야 합니까…

그렇다. 윤혜정이 나에게 보낸 편지 속에 나온 '썩은 개고기 같은 말씀'이 나를 장문의 편지로 이끌었다. 내가 보낸 편지를 받고, 윤혜정은 앓아누웠다는 소리를 들었다. 내 편지의 내용도 내용이려니와, 윤혜정이 근무하는 사천리사로 보낸 것에 충격을 받은 듯했다.

혜정!
그동안 별고 없소?
몸이 아프다더니 좀 어떤지, 병원에는 다니는지?
마음을 크게 먹자. 남이 뭐라든지. 우리는 작은 것에 신경 쓰지 말고 크게 살아가야지. 당신이나 내나 앞으로 몸에 살이 좀 부를게요. 허나 또 속은 상하고 지금도 나는 저 스스로 몸을 괴롭히고 있소. 이상한 운명이구려.

부디 몸을 조심하고 잘 있으오. 사슴은 아직 올라오지 않았나?
한번 만나세.

노천명은 윤혜정이 아프다는 소식을 듣고 편지를 보냈다. 윤혜정은 앓아누우면서도 원인에 대해 시원하게 말할 수 없었다. 친하게 지내는 '여문인 3인방'에게조차 털어놓지 못했다. 그만큼 자존심이 상했다. 노천명은 속도 모르고 '사슴' 얘기를 꺼내 윤혜정의 가슴에 못을 박았다. 자신이 무슨 짓을 저지른지도 모르고…

시간은 쉼 없이 흘러갔다. 많은 사연을 낳았던 1938년도 봄 여름 가을이 지나고 겨울로 접어들고 있었다. 그해 겨울 나는 영생고보를 그만두고 서울로 되돌아왔다. 그 소식 역시 노천명이 가장 빨랐다. 낙랑파라에서 노천명이 호들갑스럽게 소식을 전했다.

"여러분! 사슴이 왔다는 소리 들었어?"

"그래? 언제?"

"며칠 전에 높새바람보다 한발 앞서 왔다네."

"겨울방학이라서 온 건가?"

"아니~"

"아니라고?"

"응! 이번엔 영생고보에 사표 내고 완전히 돌아왔다는군."

"왜? 평생 꿈이라며 조선일보까지 그만두고 그토록 머리칼 날리며 떠나더니."

"그러게 말이다. 시절이 하 수상하니 사슴 마음도 뒤숭숭했겠지."

"뭔 소리래?"

"나도 자세한 건 모르겠고, 우리 사슴을 불러 그동안 격조했던 회포를 푸는 게 어때?"

"좋기는 한데…"

윤혜정이 뭔가 걸리는 듯한 말투로 마지못해 찬성을 표했다.

"나야 물론 좋지!"

최선숙은 보다 적극적이었다.

"당장 쇠뿔을 빼자!"

노천명은 싱긍벙글하며 당장 만나자고 나섰다.

"그럼, 천명아! 지금 사슴에게 쪽지 보내서 이리로 오라고 하면 좋겠다."

"그럴까?"

노천명이 자리를 떴다. 메신저 보이를 불러 백석에게 쪽지를 보내기 위해서였다. 그 사이에 윤혜정과 최선숙이 백석에 대한 수다를 떨었다.

"시인으로 등단한 지 얼마 안 돼 최신 제품이라고 할 수 있는 백석 시인의 외모는 보이 종족에 속하나 시상詩想은 옛날로 돌아가 뿌리를 박고 있지. '로버트 번즈'를 생각게 하는 향토 시인이라고 할 수 있는데, 증나물 돼지비계 거름뎅이 잎담배 등, 현대가 생채기 내지 않은 우리들의 살림살이를 묘하게 노래해서 즐겁지."

최선숙은 평안도 정주 사투리를 살려 대한 사람들의 삶을 있는 그대로 묘사한 『사슴』과 백석의 시를 평가했다. 로버트 번즈는 1759년 스코틀랜드에서 태어나 활동한 영국 시인이다. 잉글랜드의 고전적 취미에서 벗어나 스코틀랜드 방언을 써서, 자신을 포함한 서민의 소박하고 순수한 감정을 표현한 것으로 유명하다.

"내가 최근에 꿈을 꿨지 뭐야."

윤혜정이 말을 받았다.

"네 얼굴이 꽃처럼 피어나는 걸 보니 무슨 좋은 꿈인가 보네?"

"꿈에 시인과 소설가 등이 목멱산에 붙잡혀 왔는데…"

"문인들을 누가, 왜 잡아들였는데?"

"문학의 주된 흐름과 다르게 자기 색깔을 너무 드러냈기 때문이지."

"그래? 그럼 그다지 즐거워할 꿈도 아닌데 그래."

"아니지. 우리말은 끝까지 들어야 그 맛이 드러나거든."

"끝에 반전이 있다는 말인가?"

"바로 그거야."

"무슨 일인데?"

"사슴도 그 자리에 잡혀 왔어!"

"사슴이?"

메신저 보이에게 심부름시키러 자리를 떴던 노천명이 되돌아와서 '웬 사슴?'이라는 듯 물었다.

"역시 사슴 얘기가 나오니까 천명이 관심을 보이는구만~ 그래 사슴은 왜 붙잡혔나?"

최선숙이 농담 반 진담 반으로 대거리했다.

"사슴이 서울에서는 알아듣기 힘든 평안도 사투리를 너무 많이 썼다는 게 이유였다네."

"맞아. 사슴의 시를 읽으려면 우리말사전이 옆에 있어야 한다니까."

노천명이 맞장구를 치자

"별 시덥지 않은 꿈을 꿨구만."

최선숙이 김 빼는 소리를 했고

"왜그래, 재밌는데, 그럼 너는 더 재밌는 꿈을 꾸었남?"

뾰루퉁해진 노천명이 물었다.

"나는 사슴 왕자가 용궁에서 이름 모를 악기를 멋지게 연주하는 꿈을 꾸었지."

"사슴 왕자가 악기를?"

"그래 우리 세 여인이 아주 멋진 집에서 노래하고 춤추며 놀고 있는데, 사슴 왕자가 '펑'하고 나타나서 가슴 설레게 만드는 곡을 연주했지."

"그렇게 좋은 꿈을 왜 너만 꾸고 그러냐?"

"그거야 사슴 왕자 마음 아니겠어?"

"치~"

윤혜정이 어이없다는 듯 입술을 쑤욱 내밀며 김빠지는 소리를 냈다. 윤혜정은 나와 다른 사람 모르게 격한 편지가 오갔지만, 이런 자리에서는 적당히 넘어가는 센스가 있었다.

13
함흥

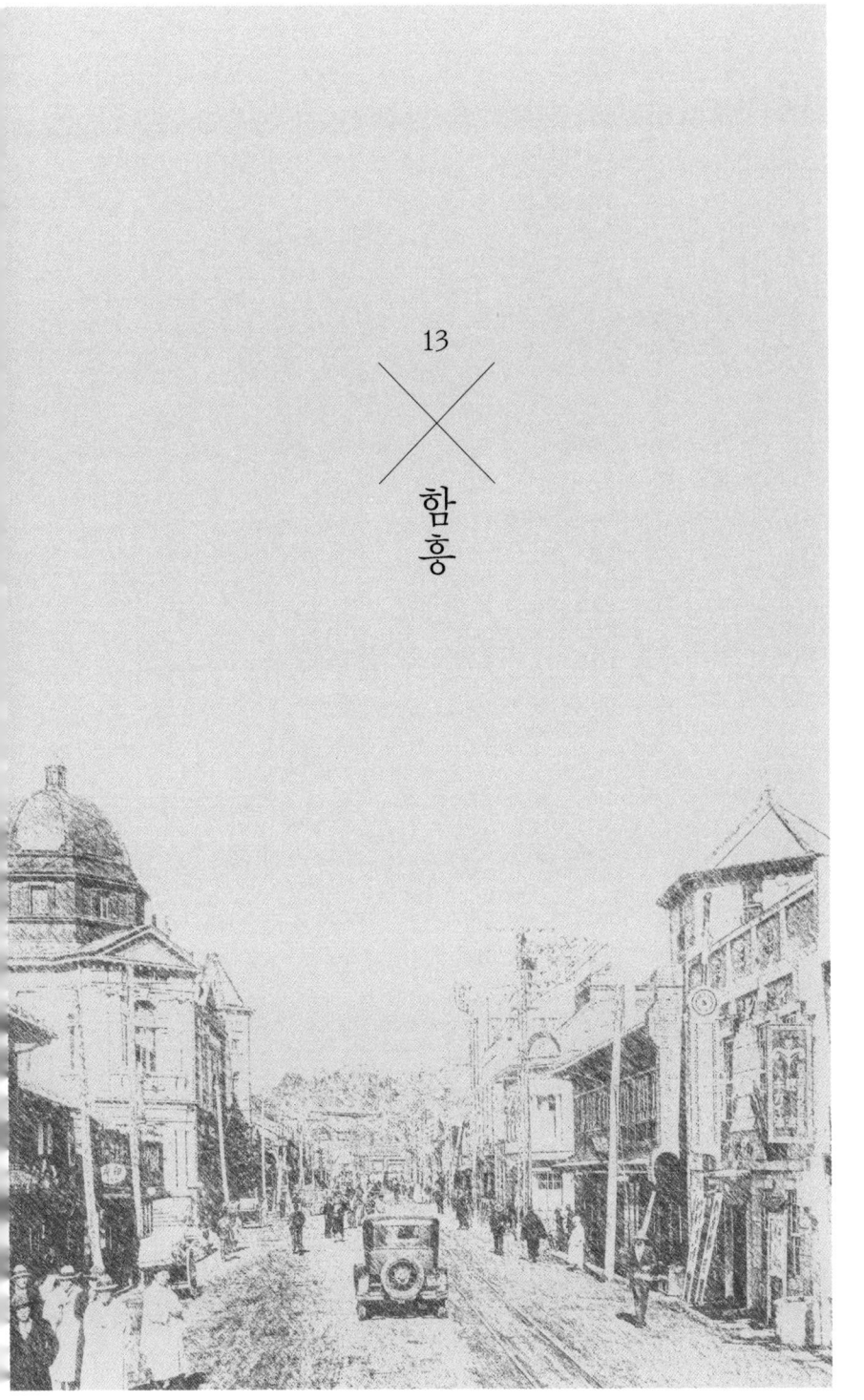

언제나 그리운 벗, 진에게.

잘 지내고 있겠지? 오늘따라 자네가 더욱 그립다네. 그만큼 이곳 함흥에서 지내는 게 힘들다는 뜻이겠지. 진이 옆에 있다면 술 한 잔 나누며 아픔을 달랠 텐데, 진은 천 리 밖 서울에 있으니.

이렇게 글이나마 보내지 않으면 내 마음 달랠 길 없어 펜을 들었네. 며칠 전 영생고보에서 사건이 하나 있었네. 나와 함께 문학 하는 학생들이 함흥경찰서에 붙들려갔네. 일제 앞잡이로 암약하는 스파이 학생을 응징하려다 실패해서라네. 내가 지도교사로 경찰서에 가서 학생들을 빼냈지만…

"선생님 큰일 났습니다~"
내가 하숙집으로 돌아와 막 저녁을 먹으려고 할 때였다. 백석문학회에서 시를 배우는 박경남이 헐레벌떡 뛰어들었다. 박경남은 영생고녀를 다니는 문학청년이었다.

"무슨 일인데 숨이 넘어가느냐?"

"선생님, 학생들 열댓 명이 함흥경찰서로 붙잡혀 갔습니다."

"학생들이 붙잡혀 갔다고?"

"네. 일제 경찰들이 조금 전, 영생고보에 들이닥쳐 강당에 있던 학생들을 모조리 연행해 갔습니다."

"이유가 무엇이라더냐?"

"자세히는 모르겠고요, 스파이 학생 관련…"

"학생 스파이라고?"

나는 그 말을 듣자, 숟가락을 놓고 벌떡 일어섰다.

"알았다. 내가 함흥경찰서에 가 봐야겠다."

"저도 함께 가겠습니다."

"아니다. 네가 가면 너도 갇힐 수도 있으니 너는 집에 가서 기다리거라."

조마조마하던 일이 드디어 터졌다. 나는 영생고보 영어 선생을 하면서, 영생고보는 물론 함흥 시내에서 문학에 뜻을 둔 학생들과 함께 '백석문학회'를 만들었다. 내가 문학청년文靑들에게 문학창작을 가르치고, 문청들이 지은 시와 소설 등에 대해 서로 평가하는 모임이었다. 백석문학회에서는 내가 서울에 있을 때 출간한 첫 시집 『사슴』도 큰 관심을 끌었다.

"선생님, 『사슴』 정말 멋져요."

"지금까지 출간된 시집 가운데 가장 비싼 2원에 걸맞듯 고급 한지에 스며들 듯 자리 잡은 우리 글씨가 너무도 아름답습니다."

"며칠 빌려주시면 『사슴』을 정성껏 필사해서 평생 보관하겠습니다."

"『사슴』을 이렇게 아껴줘서 고맙네."

"선생님, 『사슴』의 대표시 〈모닥불〉과 〈여승〉, 그리고 〈정주성〉 등을 쓰게 된 동기와 우리들이 반드시 알아야 할 것들을 얘기해 주세요."

"그걸 내가 먼저 얘기하는 것보다 여러분들이 읽은 뒤 느낌을 서로 얘기한 뒤에 내가 정리하는 게 나을 것 같은데."

"그렇겠네요. 우리나라 최고 시인으로부터 자작시를 직접 배울 수 있는 우리는 정말 행운아들입니다."

백석문학회는 매주 토요일 오후에 정기적으로 모여 시와 소설 창작방법과 문학을 토론했다. 함흥의 진산인 반룡산盤龍山 남쪽 기슭의 암자가 정기모임 장소였다. 이곳은 조선 태조 이성계가 말을 달리며 무예를 익히던 치마대馳馬臺 바로 뒤쪽에 있었다. 치마대에서 이성계의 기상을 배워 일제를 하루빨리 몰아내고, 자유독립을 이루자는 각오를 새기자는 뜻에서, 이곳을 정모 장소로 정했다. 치마대는 함흥을 방어하는 읍성의 북쪽 지휘를 맡던 북장대인 구천각九千閣 부근이었다.

1938년 2월 셋째 토요일이었다. 백석문학회 아지트에서 정기모임을 하는 데 학생들이 술렁거렸다. 졸업을 한 달 앞둔 고순덕이 학생들을 모아놓고 결의대회 같은 것을 준비하는 듯했다. 학생들은 내 눈치를 보았다. 나는 모르는 체했다.

"우리 학교에 일제 끄나풀이 있는 거 알지?"

"알지. 이호일李好日이잖아?"

"맞아 그놈이 일제의 스파이가 되어 학교에서 일어나는 일을 시시콜콜하게 함흥경찰서에 고자질하고 있지."

"며칠 있으면 기미년에 독립만세를 부른 기념일이잖아."

"그렇지!"

"그래서 이호일을 잡아 응징하고 대한독립만세 운동을 하려고 하는데."

"쉿! 낮말은 새가 듣는다는데, 그런 얘기는 좀 더 은밀하게 해야 하지 않을까?"

"괜찮네. 여기서 우리 말을 엿들을 새는 없다네."

"자네의 계획을 말해보게!"

"다음 주 토요일에 수업이 끝난 뒤 이호일을 강당으로 불러 말로 타이르고, 3월 1일에 만세를 부르면 어떨까 하네만."

"좋네. 그런데 다른 학교와 함께 만세를 부르는 게 좋지 않겠나?"

"함흥고보와 영생여고보 및 함흥농업학교 등과 이미 연락해서 함께 하기로 했다네!"

"역시 순덕이구만. 좋아, 그럼 이호일을 강당으로 부르는 것도 순덕이가 맡아주게. 자네가 부르면 호일이도 별다른 의심 없이 강당으로 올 거네."

"그럼 다음 토요일 오후 강당에서 보기로 하세!"

"이호일, 너를 배달겨레를 배반한 일제의 스파이로 응징하겠다!"

"무슨 소리야? 나는 일제의 스파이 노릇을 한 적이 없어."

"네가 아무리 아니라고 해도 네가 한 짓을 증명하는 증거를 갖고 있다!"

"증거를 대라!"

"증거는 너 스스로가 알 것이다! 네가 방과 후에 함흥경찰서를 들락거리는 것은 우리 모두의 공공연한 비밀이다."

"그래도, 일제의 스파이가 아니다."

"거짓말하지 마라. 네가 경찰서에 다녀온 다음 날엔 반드시 경찰이 찾아와 김관식 교장 선생님이 최근에 다녀온 곳이라든지, 김동명 선생님의 수업 내용을 조사하곤 했다."

"나하곤 상관없는 일이다."

"너의 집 형편을 우리가 아는데, 전과 달리 일본에서 들여온 비싼 옷과 고급 운동화를 신고 있는 것도 증거다!"

"그건 일본에 갔던 형님이 귀국해서 선물로 사 온 것이다."

"뻔한 거짓말로 우리를 속이려 하지 마라! 그럼, 네가 받은 함흥경찰서 장학금을 어떻게 해명하겠느냐?"

"…"

"네가 스파이 짓 한 것을 진심으로 뉘우치고 사과한 뒤, 다시는 스파이 노릇을 하지 않겠다고 다짐해라. 그러면 그동안 스파이 짓 한 것을 용서해주겠다."

"스파이 노릇을 하지 않았는데 무엇을 사과하라는 말이냐?"

이호일은 그렇게 소리치더니 갑자기 안 주머니에서 단도를 꺼내서 휘두르기 시작했다. 단도는 15cm 정도였으며 칼날이 시퍼렇게 서 있었다. 학생들이 순간적으로 뒤로 물러섰다.

"가까이 오지 마라. 내 앞길을 막는 사람은 누구든지 찌르겠다!"

그는 단도로 위협하며 학생들의 포위망을 뚫고 도망가려고 했다.

"이호일! 너는 배달의 자손으로서 일제의 앞잡이, 일제의 개 노릇을 하는 게 부끄럽지도 않느냐?"

학생들은 주춤주춤 뒤로 물러나면서도 칼끝을 피해 이호일을 제압하려 했다.

"아악…"

이호일이 막무가내로 휘두르는 단도에 고순덕과 몇몇 학생이 찔려 비명을 질렀다. 학생들이 멈칫거리자 그는 단도를 더욱 세차게 휘두르며 출구를 빠져나갔다.

"순덕아, 괜찮아?"

학생들이 피가 뚝뚝 떨어지는 순덕의 오른손을 손수건으로 지압하며, 도망간 이호일이 어떤 일을 벌일지 걱정했다.

"너희들은 모두 포위됐다. 두 손 들고 순순히 나와라!"

학생들이 자상刺傷 입은 벗들의 출혈을 막느라 허둥지둥하는 사이에 밖에서 확성기 소리가 들렸다. 이호일은 곧장 함흥경찰서로 달려가 고자질했다. 트집거리만 찾고 있던 함흥경찰서 경찰은 '웬 떡이냐' 싶게 서둘러 출동했다. 학생들은 일제히 고순덕을 바라보았다.

"어쩔 수 없네. 우리가 크게 잘못한 일도 없으니 일단 여기서 손들고 나가도록 하세!"

나는 함흥경찰서로 가서 이토伊藤 서장을 만나 단도직입적으로 말했다.

"내가 지도교사로서 모든 책임을 지겠으니, 학생들을 모두 풀어주시오!"

"백 선생이 어떻게 책임을 지겠다는 거요?"

"학생들 사이에서 흔히 일어날 수 있는 갈등이 조금 크게 불거졌을 뿐이니 제가 잘 타이르겠소!"

"백 선생! 아직 상황을 제대로 파악하지 못한 것 같은데, 학생들이 대일본에 저항하는 집단행동을 했소. 그런 집단행동은 명백한 실정법 위반이오!"

"학생들 사이에 일어난 갈등을 대일본에 저항하는 집단행동이라고 볼 수는 없소! 게다가 칼을 휘둘러 학생들에게 상해를 입힌 학생의 잘못이 더 크다고 할 수 있소!"

"아무런 잘못도 없는 이호일을 에워싸서 위협한 학생들이 책임을 져야 하오!"

"이호일이 아무런 잘못이 없다고 했소? 이호일이 학교에 있었던 일을 경찰서에 고자질하지 않았다면, 경찰이 어떻게 그렇게 빨리 학교에 와서 학생들을 연행할 수 있었단 말이오?"

"그건…"

"책임은 내가 질 테니 학생들을 모두 귀가시켜주시오!"

"그럼, 여기 서약서에 서명하고 날인하시오!"

나는 이토 서장이 내민 서약서에 서명했다. 서약서에는 "나는 영생고보 학생들이 대일본에 저항하는 집단행동을 한 사실을 확인하고, 가담 학생들을 훈방하는 대신 그 책임을 묻는 일에 협조할 것을 서약합니다."라고 씌어 있었다. 문구가 거슬렸다. 하지만 학생들을 경찰서에서 빼내 무사히 집으로 돌려보내는 게 중요하다고 여겼다.

"선생님, 면목 없습니다. 저희가 일을 잘못 벌여 선생님께 송구한 일을 끼쳐드렸습니다."

"괜찮다. 칼에 베인 상처는 어떠냐?"

"큰 부상은 아니라 괜찮습니다."

"다행이다. 모든 것은 나에게 맡기고 집에 돌아갔다가 내일 등교하도록 해라."

나는 학생들을 집으로 돌려보낸 뒤 김관식 교장 댁으로 향했다.

"교장 선생님, 이토 서장은 학생들의 강력한 처벌을 요구할 것입니다."

"학생들이 다치지 않았다니 다행이오. 백 선생께서 수고해준 덕분이오!"

"어떻게 대응해야 좋을지 묘안이 떠오르지 않습니다."

"일단 나에게 맡기고, 밤이 깊었으니 백 선생도 돌아가서 쉬도록 하세요. 자세한 건 내일 논의하도록 합시다!"

나는 하숙으로 돌아와 자리에 누웠지만 잠이 오지 않았다. '그날 백석문학회에서 고순덕 등이 스파이 학생을 응징하기로 의논할 때 침묵으로 묵인한 것이 잘못이었을까? 아니야, 내가 말렸어도 학생들은 그들의 뜻대로 일을 추진했을 거야. 끈질긴 이토 서장의 학생 처벌 요구를 어떻게 넘겨야 할까…' 두서없이 떠오르는 생각에 새벽녘까지 잠을 이루지 못했다.

'꼬끼오 꼬옥.'

첫닭이 울자 나는 벌떡 일어나 아침밥도 먹지 않고 학교로 향했다. 김관식 교장 선생님은 이미 나와 계셨다. 김동명 선생도 미리 연락을 받았는지 자리에 있었다.

"아무래도 내가 책임지고 그만둬야 할 것으로 생각합니다."

김관식 교장이 무거운 침묵을 깨고 입을 열었다. 모두 깜짝 놀란 눈으로 교장을 향했다.

"교장 선생님, 이렇게 물러나시면 안됩니다!"

"그렇습니다, 교장 선생님! 각오를 새롭게 다지시고 저희의 바람막이가 되어 주서야 합니다!"

"아닙니다. 왜놈들이 노리는 것은 바로 저입니다. 제가 버티면 죄 없는 학생들이 많이 다칠 겁니다. 석 달 전부터 일본 경찰들이 날 미행하고 있습니다. 이호일 학생이 몰래 교장실에 들어와 내 책상 서랍 등을 뒤진 일도 있었지요."

"그런 상황에서 교장 선생님께서 그만두시면 왜놈들의 간섭은 더욱 악랄해질 것입니다."

"백 선생님, 일단 저들의 요구를 본 뒤 결정하도록 합시다."

김관식 교장의 말이 떨어지자마자 이토 경찰서장이 문을 거칠게 열며 들어섰다.

"어제 사건의 주동자를 모두 강하게 처벌하도록 하시오!"

"신성한 교육현장에 스파이를 심은 당신들의 잘못이 가장 크고, 칼을 휘둘러 학생들에게 상해를 입힌 스파이의 잘못이 그 다음이오. 스파이를 찾아내 경고하려고 한 학생들이 잘못한 것은 없소!"

"뭐야? 당신이 대일본제국을 모독하는 말을 하고도 괜찮을 것 같아!"

"아무런 잘못도 없는 학생들을 내 손으로 처벌할 수는 없소!"

김관식 교장과 이토 경찰서장이 두 눈을 부릅뜨고 논쟁을 벌이자 내가 나섰다.

"이토 서장, 잠시 자리 좀 비켜주시겠소. 우리가 논의한 뒤 그 결과를 알려드리겠소!"

"좋소. 하지만 시간을 끌려고 하는 것이라면 아무런 소용이 없다는 것을 똑똑히 알아주시오!"

이토 서장은 그렇게 윽박지르며 문을 박차고 나갔다. 선생들은 김관식 교장을 설득했다.

"교장 선생님께서 그만두셔도 학생들 처벌은 어쩔 수 없는 상황입니다. 교장 선생님께서 꾹 참으시고 자리를 지키면서 학생들의 징계 수준을 최대한 낮추도록 하는 게 현재로선 가장 좋은 방법입니다."

"아니요. 저들의 목표가 나임이 분명한데 내가 버티면 영생고보의 존폐도 문제가 될 수 있소!"

"영생고보는 캐나다계 미션스쿨이라 악랄한 일제라도 함부로 어쩔 수 없을 것입니다."

"김동명 선생님, 일제를 잘 모르고 하는 소리요. 아무리 생각해도 내가 스스로 물러나는 게 좋을 것 같소."

김관식 교장은 그렇게 사직서를 책상 위에 올려놓고 교무실을 나섰다. 눈물을 잔뜩 머금은 눈은 벌겋게 충혈돼 있었다.

"제가 떠나더라도 선생님들은 흔들리지 말고 영생고보와 학생들을 지켜주시기 바랍니다!"

"교장 선생님."

나는 속으로 피눈물을 흘렸다. 나를 영생고보 영어 선생으로 추천해준 김동명 선생도 울음을 삼켰다. 선생들은 모두 김관식 교장의 마지막을 어쩔 수 없이 말 없는 눈물로 배웅했다. 김관식 교장은 캐나다 토론토대학 신학부를 졸업한 목사다. 독립운동가 김규식 선생의 사촌 동생에 걸맞게 민족의식이 투철한 분이었다. 그래서 일제 경찰이 밀착 감시하고 교장에서 물러날 트집거리를 찾고 있었다.

"교장 선생님."

김관식 교장이 운동장을 지나 교문을 향해 걸어가자 학생들이 달려 나와 무릎을 꿇고 길을 막았다.

"교장 선생님, 저희를 버리고 떠나시면 안됩니다!"

"교장 선생님, 저희들 때문에 이렇게 떠나시게 돼서 송구합니다."

학생들의 읍소泣訴에 김관식 교장이 발걸음을 멈추고 말을 꺼냈다. 말은 느렸지만 단호한 어투가 학생들의 가슴에 깊이 파고들었다.

"내가 떠나는 것에도 다 뜻이 있는 것이다. 나는 떠나지만, 제군들은 흔들리지 말고 옳은 공부에 진력해 주기 바란다. 여러분들의 어깨에 우리 겨레의 앞날이 달렸다는 사실을 한시라도 잊지 말도록…"

그는 감정이 복받치는 듯 말을 잇지 못했다.

"교장 선생님!"

학생들도 무릎을 꿇은 채 어깨를 들썩였다. 한동안 말을 멈추고 먼 산을 바라보던 김관식 교장이 목을 가다듬고 말을 이었다.

"제군들이 잘못한 일은 하나도 없다. 제군들은 내가 학교를 떠나야 하는 이 현실을 잊지 말고, 우리의 이별을 강요한 일제를 물리치기 위해 조국의 동량棟樑이 되기를 바란다…"

그는 말을 다 맺지 못하고 발걸음을 옮겼다. 학생들도 어쩔 수 없다는 것을 알고 길을 텄다.

"교장 선생님의 가르침을 영원히 기억하겠습니다!"

"교장 선생님, 늘 건강하시고 저희가 커가는 모습을 지켜봐 주십시오."

진!

김관식 교장의 말이 옳았다네. 김관식 교장이 스스로 사표를 내고 그만둔 뒤에도, 이토 서장은 학생 처벌이 자신들의 요구수준에 미치지 못하면 학교도 폐교시킬 것이라고 협박했다네.

나는 학교를 대표해 이토와 징계를 놓고 줄다리를 벌였지. 하지만 학교는 어쩔 수 없이 가담했던 학생 14명은 2주간 정학, 주동자 고순덕은 퇴학처분을 내렸네. 내가 아끼던 고순덕은 졸업을 불과

한 달 남기고 졸업장을 안지 못하는, 최초의 영생고보 학생이 되었다네. 참으로 울화통 터지는 일이었네. 화딱지 나는 일은 또 일어났다지. 이번엔 내가 함흥에 와서 가깝게 지내는 벗, 조익준 선생과 관련된 일이었네…

"조선어를 가르치지 말라. 영어 교육시간도 줄여라!"
봄 같지 않은 봄을 지낸 그해, 함흥의 여름은 더욱 견디기 힘들었다. 일제는 중일전쟁을 일으킨 뒤, 학교에서 한글을 쓰지도 가르치지도 못하게 했다. 한글 금지는 또 하나의 고통을 몰고 왔다.
"조선 사람이 조선 말을 쓰는 것이 무엇이 나쁘냐?"
"네가 뭔데 나서느냐! 상관하지 말고 물러나라!"
"군인은 군대로 가라!"
"뭐야, 이 빠가야로!"
"뭐 임마. 내가 본때를 보여주마!"
함흥농업학교에서 교편을 잡고 있던 나의 벗, 조익준이 일본군 장교, 오다케大竹 소좌를 두드려 패는 '사건'이 일어났다. 당시 일제는 학교에도 군인을 파견해 군사훈련을 시켰다. 오다케 소좌는 함흥농업학교의 훈련교관이었다. 그날 학생들은 우리말로 즐겁게 얘기하며 등교하고 있었다. 교문에 들어서자 오다케 소좌가 두 눈을 부릅뜨고 큰 소리로 학생들을 불러세운 뒤 다짜고짜 때리기 시작했다. 학생들이 맞으면서도 굽히지 않고 따졌다.
"왜 때립니까?"
"왜 때리냐고? 너희들이 금지된 조선말을 썼기 때문이다!"

"우리가 우리말을 쓰는 게 뭐가 잘못입니까?"

"조선어를 쓰지 말라는 법규를 어기고도 잘못했다는 사실을 모르니 맞아도 싸다!"

그때 출근하던 조익준 선생이 그 광경을 목격했다. 학생들을 매우 사랑하고 일제강점에 울화통이 터지고 있던 조익준 선생이 그냥 넘어갈 리 없었다. 그는 오다케 손목을 잡고 제지했다. 오다케 소좌는 일제 육군의 위세로 조익준 선생의 기를 꺾으려고 했다.

"학생들이 한글로 이야기를 나눴다고 다짜고짜 때리는 것은 교육자로서 할 일이 아니오!"

"학생들의 잘못을 고치려고 훈육하고 있다. 이를 방해하면 대일본 육군의 처벌을 받을 것이다!"

"그건 내가 알 바 아니오. 군인은 교육자가 아니니, 군대로 가시오!"

조금도 굴하지 않는 조익준 선생의 태도에 오다케 소좌는 움찔했다. 하지만 그대로 물러서는 건 일제 육군 장교의 명예를 더럽히는 것이라고 여긴 오다케 소좌는 칼을 뽑으려 했다. 조익준 선생이 더 빨랐다. 평소에 열심히 단련한 태권도로 오다케 소좌를 흠씬 두들겨 팼다.

이 사고로 함흥이 들썩거렸다. 일제 군대는 "감히 조선인이 일본 장교를 구타했다"며 조익준을 금방이라도 잡아들이겠다고 야단법석을 부렸다. 시민들은 조익준을 잡아가면 가만히 있지 않겠다며 사태추이를 지켜보고 있었다. 불행인지 다행인지 당시 함경남도 보안과장, 지방법원 판사와 검찰청 검사로 재직하던 일본인들은 조익준과 경성제국대학 동창생들이었다. 그들이 중재에 나섰다.

사토(함흥주재 헌병사령관): 대일본 육군 장교를 구타한 조익준을 당장 잡아들여 감옥에 쳐 넣겠소!
다나카(함흥지방법원 판사): 사토 사령관의 입장은 충분히 이해합니다. 하지만 투옥만이 능사는 아닙니다. 지금 함흥 시민들의 분위기가 심상치 않습니다.
가와소메(함흥지방검찰청 검사): 다나카 판사님의 말씀이 맞습니다. 이익준을 투옥한다면 시민들과 충돌이 불가피하고 인명피해가 우려됩니다.
이토(함흥경찰서장): 그렇다고 대일본 육군 장교가 구타당했는데 그냥 넘어갈 수는 없지 않습니까?
다나카: 조익준이 함흥농업학교를 스스로 사직하고 함흥을 떠나도록 하는 게 어떨까 합니다. 사토 사령관이 양해해주신다면 제가 가와소메 검사와 함께 조익준을 설득해보겠습니다.
사토: 눈엣가시 같은 조익준이 함흥을 떠난다면야…

사토가 슬그머니 양해하는 모습을 보이자, 다나카는 가와소메와 함께 조익준 선생의 집을 찾았다.

조익준: 내가 별다른 잘못을 저지르지도 않았는데 학교를 그만두다니, 받아들일 수 없네!
다나카: 조 상! 그렇게 감정적으로만 대해서는 안되네. 자네가 버

티면 헌병대는 자네를 투옥할 테고, 그러면 함흥 시민들이 들고 일어날 걸세.

가와소메: 그렇네. 헌병대와 함흥 시민들이 충돌하면 죄 없는 사람들이 많이 다칠 것이네. 냉정하게 생각해보게.

조익준: 내가 그만둔다고 해서 이 사건이 아무런 일 없다는 듯 마무리될 수 있겠는가?

다나카: 그건 염려하지 말게. 우리가 사토 헌병대 사령관과 그렇게 하기로 합의했다네.

    진! 그렇게 조익준은 5년 동안 재직했던 함흥농업학교에 사표 내고 서둘러 함흥을 떠났네. 익준은 학생들에게 신망을 받고 있었네. 학생들에게 늘 "대망을 품으라!"고 격려하면서 "영어나 수학을 더 열심히 공부하라!"고 조언했지. 농업학교를 졸업한 뒤 직장에 다니려고만 하지 말고, 전문학교나 일본의 대학으로 진학해 나라를 위해 큰일을 하라고 적극적으로 권유하고 도와주기도 했네. 익준마저 떠난 함흥은 정붙일 만한 곳이 없어졌다네. 게다가 내가 도저히 참을 수 없는 일제의 폭력이 또 벌어졌지.

    "선생들도 머리를 깎도록 하시오!"

    일제는 학생들은 물론 선생들도 군인처럼 머리를 짧게 깎도록 강요하기 시작했다네. 머리는 나의 자존심이라는 것을 자네도 잘 알지 않나. 바람에 휘날리는 머리칼은 나를 대표하는 상징이니 말일세. '내 목을 잘라도 내 머리는 자를 수 없다'는 '오두가단吾頭可斷 차발불가단此髮不可斷'을 내세우며 일제의 단발령에 저항했던 을미

의병까지는 아니더라도, 머리를 깎는 것은 도저히 받아들일 수 없었네. 이제 함흥을 떠날 때가 된 것이라네…

함흥은 나에게 이중적이었다. 영생고보 영어 선생으로 근무한 뒤 첫 1년여는 열정이 넘쳤다. 평생의 꿈인 선생이 되기 위해 잘 나가던 조선일보 기자도 스스로 그만뒀다.『사슴』출간 이후 높아지던 시단詩壇에서의 인기도 지푸라기처럼 버렸다. 오로지 학생들과 함께 지내며 그들의 꿈을 키우기 위해 몸과 마음을 쏟았다. 그렇게 1년은 매우 행복해서 시간 가는 줄도 모르며 보냈다. 학교생활이 너무 바쁘고 즐거워서 시를 쓸 여유가 없었다. 그래도 아쉬워하지 않았다. 가끔 여유가 생기면 노트에 시의 초고를 적어놓는 것만으로도 행복했다.

명태 창난젓에 고추무거리에 막칼질한 무이를 뷔벼 익힌 것을
이 투박한 북관北關을 한없이 끼밀고 있노라면
　쓸쓸하니 무릎은 꿇어진다

시큼한 배척한 퀴퀴한 이 내음새 속에
나는 가느슥히 여진女眞의 살내음새를 맡는다

얼근한 비릿한 구릿한 이 맛 속에선
깜아득히 신라新羅 백성의 향수鄕愁도 맛보았다
― 백석,〈북관北關〉전문,『조광』1937년 10월호.

나는 이 시를 『조광』 1937년 10월호에 발표했다. 서울을 떠나 함흥에 온 1936년 3월말부터 1년6개월 만이었다. 그동안 시를 발표하지 않았지만, 아예 시를 쓰지 않은 것은 아니었다. 학생들을 가르치는 일이 즐겁고 바빠 발표할 틈이 없었을 뿐이었다. 학생들과 함께 백석문학회를 하면서 틈이 날 때마다 습작을 썼다.

"학생을 가르치는 데 열중하다 보면 시 쓸 여유를 찾기 힘들 것이네."

"선생을 하면서도 시를 쓸 수 있다네."

나는 함흥에서도 시를 열심히 썼다. 나의 가장 가까운 벗, 이진이 내가 함흥으로 떠나 올 때 했던 우려를 씻어내기 위해서였다. 초고만 적었다가 나중에 발표한 시 〈노루〉〈고사〉〈산곡〉〈추야일경〉〈양악〉〈야반〉 등이 그것이었다.

나는 시간이 날 때마다, 아니 일부러 시간을 만들어, 함흥 주변을 많이 다녔다. 함흥은 풍패지향豐沛之鄕이란 별명을 가졌다. 한漢을 세운 유방劉邦의 고향인 풍읍豐邑 패현沛縣을 풍패지향이라 부르는 것처럼, 이성계가 태어나 자라면서 개국의 꿈을 키웠다는 점을 부각한 것이었다. 이성계가 태어난 선원전璿源殿이 귀루동에, 왕이 되기 전에 살았던 집 가운데 하나인 경흥전慶興殿이 경흥동에 남아 있다. 또 사포구역 소나무동에는 이성계의 별궁인 함흥본궁도 있다. 이곳에 있는 함흥반송은 왕의 품격을 유지하면서 국권을 상실한 조선과 대한제국의 아픔을 새김질하고 있다.

함흥을 여행하면서 망국의 한을 달래고 북관의 정서를 담은 시를 여러 편 주웠다. 〈치마대〉도 그중의 하나였다.

달리는 말에 채찍을 더한 것은
때와 곳을 가리지 않고 쳐들어와서
착하디 착한 사람들의 곡식을 빼앗고 죽이고 노예로 잡아가는
여진놈들을 혼내주어 다시는 우리 땅을 넘보지 못하게 하기 위함이었다

달리는 말에 채찍을 더하다 보니
착하디 착한 사람들의 곡식을 빼앗고 죽이고 노예로 삼는 것은
여진놈들 뿐만 아니라 대대손손 권력을 틀어쥐고 사사로운 사익을 모두의 공익보다 앞세우는 권귀들이라는 사실이 눈에 보여
착하디 착한 사람들을 지키기 위해 고려를 멸하고 조선을 세웠다

달리는 말에 채찍을 더하는 것에만 얼이 빠졌음일까
아들에 쫓겨 이곳에 머무르면서 죄 없는 신하들만 죽이는
함흥차사를 수없이 만들었고
착하디 착한 사람들을 더 들볶는 탐관오리들이 들끓었다

치마대는 억울한 것이었다
이성계가 오기 훨씬 전부터 이곳을 차지하고 있었는데
달리는 말에 채찍을 가해 달렸다며 치마대라 이름 붙이고는
손자의 손자의 손자의 … 손자의 잘못을 나에게 묻는 것이었다
― 백석, 〈치마대〉 전문, 미발표 유고.

물론 나는 〈치마대〉를 공식적으로 발표하지 못했다. 일제의 검열 때문이었다. 일제는 조선을 건국한 태조 이성계에 대해 언급하는 것도 철저히 금지했다. 그런 상황에서 〈치마대〉를 발표하는 것은 불가능했다. 일제의 검열에 걸릴 게 틀림없었다. 요행히 검열을 통과했더라도 나중에 보복을 당할 것이 뻔했다. 이는 쓸데없는 걱정인 기우杞憂가 아니라 실제상황이었다. 손기정 선수가 1936년 8월9일, 베를린올림픽 마라톤에서 2시간 29분19초2로 우승했을 때였다. 이는 사상 처음으로 2시간 30분대를 깬 신기록이었다. 조선중앙일보는 8월13일자에, 동아일보는 8월25일자에 손기정이 입은 옷, 가슴에 그려진 일장기를 지운 사진을 보도했다. 일제는 이를 문제 삼아 동아일보를 8월29일자로 무기정간시켰다. 조선중앙일보는 폐간됐다.

　사실 나는 〈치마대〉를 내가 기자로 근무했던 조선일보에 보냈다. '조선을 세운 이성계의 초심初心을 되살려 항일투쟁에 나섬으로써 일제강점에서 하루빨리 벗어나라'는 뜻을 전하기 위해서였다. 하지만 중일전쟁 이후 더욱 통제가 심해진 탓인지, 조선일보가 일제의 눈치를 보거나 친일로 돌아선 때문인지, 〈치마대〉는 빛을 보지 못했다. 당시는 그런 시대였다.

　진!
　이제 나는 함흥을 떠나기로 했네. 자네가 잘 알듯이, 나는 오로지 학생들 가르치는 것 한 가지에 즐거움을 찾으며, 온갖 어려움과 수모를 이겨내지 않았나. 그런데 영어 시간이 줄어든 데다 선생도 군인처럼 머리를 깎도록 한 학교에 더 머무를 이유가 없어졌네. 특히 영생고보의 학생스파이사건으로 김관식 교장 선생님이 사표를 냈고, 가까운 벗 조익준마저 일본군 장교 구타로 함흥을 떠난 상황에서 더는 함흥에서 머무를 수 없다네. 2년8개월 만에 '함흥의 꿈'을 접어야 하네. 자세한 사정은 서울에서 만나 얘기하세…

이진에게 편지를 보내고 함흥을 떠날 채비를 하려니 시원섭섭했다. 1년여 동안 겪었던 지옥에서 벗어나서 시원했고, 젊었을 때부터의 꿈을 접어야 했기 때문에 섭섭했다. 하지만 어쩔 수 없었다. 인생은 내가 짠 계획표대로 흘러가는 게 아니니까. 하얀나라를 벗어날 때 내 앞에 섰던 흰 사슴도 서울을 향하고 있었다.

"경성으로 가는 열차가 곧 출발할 예정이오니 승객 여러분들은 타는 곳 1번 승강장에서 열차에 승차해주시기 바랍니다!"

2년8개월 동안 20대 중반의 청춘을 바쳤던 함흥은 점점 현실에서 추억으로 넘어가기 시작했다. 그때 함흥에서의 또 다른 비극이 떠올랐다. 이주하라는 젊은이의 죽음이었다.

"선생님, 긴히 부탁드릴 것이 있어 찾아뵈었습니다."

견디기 힘들었던 까망나라에 겨울이 왔다. 내가 힘든 하루하루를 견디면서 시로 시름을 달랠 때였다. 한동안 몰아쳤던 강추위가 고삐를 잠시 늦춘 듯 제법 따뜻한 날 오후였다. 그해 초에 영생고보를 졸업한 제자, 김철손이 헐레벌떡 뛰어 나를 찾아왔다. 얼굴에 울음이 가득했고, 목소리는 가마솥에 눌린 듯 무거웠다. 평소에 쾌활

했던 그가 이처럼 굳은 표정으로 찾아온 것은 좋지 않은 일이 있는 게 분명했다.

"무슨 일인길래 이렇게 울상인가? 어서 얘기하게!"

"선생님 이주하 학생 기억하시지요?"

"이주하? 그럼 기억하고 말고, 공부도 잘하고 사교성도 많아 동무가 많은 학생이었지. 그런데 왜, 갑자기 이주하 얘기를 꺼내는가?"

"이주하가 오늘 아침에 죽었습니다."

"이주하가 죽었다고? 정말이야?"

나는 믿을 수 없었다. 이주하가 어제도 나를 찾아와 앞으로의 진로에 대해 상의하고 갔기 때문이었다. 질문이 잇따라 나올 수밖에 없었다.

"네, 성천강에서 동네 동생들과 썰매를 타다가 얼음이 깨져 동생이 물에 빠지자 구하려고 뛰어들었다가, 동생만 구한 뒤에 주하는 그만…"

"어째 그런 일이, 그래서, 시신은 건졌고?"

"다행히 동네 어른들이 달려가서 시신을 가까스로 건져, 지금은 집에 모셨습니다."

이주하는 아동문학가 강소천과 영생고보 동기생이었다. 그는 집안이 가난했지만, 공부를 잘해 경성제국대학 의대를 지원했다. 의사가 되어 가난 때문에 병에 걸려도 제대로 치료하지 못해 소중한 목숨을 잃는 사람들을 도와주겠다는 뜻을 가졌다. 하지만 운이 따라주지 않았다. 첫 시험에서 떨어진 뒤 함흥에 있는 영신보통학교에서 학생들을 가르치면서 다시 도전하고 결과를 기다리는 중이었다. 그동안 강추위로 방안에 묶여 있어서 갑갑했던 마음을 달래려고 동네 동생들과 함께 성천강으로 가서 썰매를 타다가 변을 당했다는 것이다.

"저런, 그럼 나도 가봐야겠네."

"아닙니다. 선생님께는 다른 일을 부탁드리려고 이렇게 허겁지겁 찾아뵈었습니다."

"다른 일? 문상보다 더 급하고 중요한 일이 있단 말인가?"

"네."

김철손은 계속 울먹이며, 어렵게 말을 꺼냈다.

"선생님! 저희들이 이주하 묘 앞에 세울 조그만 비석돌을 마련했습니다."

"잘했네. 아까운 인재가 비명에 갔으니 비석이라도 세워 그 넋을 달래야겠지."

"그래서 이렇게 선생님께 달려왔습니다. 비석돌이 작아 비문을 77자 이내로 써야 하는데, 이 일을 맡아 하실 분은 선생님밖에 없을 것으로 생각해서…"

"알았네! 내가 그토록 아끼던 주하 군의 영혼을 달랠 수 있는 진혼시를 쓰도록 하겠네."

나는 김철손에게 가서 장례 준비를 한 뒤, 다음 날 진혼시를 찾으러 오라고 했다. 하지만 청운의 높은 뜻을 갖고 살다가 스물셋이란 짧은 생을 마감한 젊은이의 삶을 77자로 풀어내는 일은 쉽지 않았다. 김철손이 돌아간 뒤 나는 집을 나섰다. 답답한 방안에서 이주하를 기리는 글을 쓸 수가 없었다. 발길은 자연스럽게 성천강으로 향했다. 햇살이 따사했지만, 반룡산을 넘어 불어오는 바람은 제법 쌀쌀했다.

'이 겨울에 돌아오지 못할 먼길을 떠났으니 이주하의 발길은 얼마나 춥고 무거울까.'

나는 말 없이 만세교를 서너 차례 오갔다. 겨울이라 그런지 오가는 사람은 그다지 없었다. 잡념을 바람에 날려버리고, 슬픔을 성천 강물에 흘려보내자 머리가 비워지며 글의 뼈대가 잡혔다. 입으로 중얼거리며 글을 다듬었다. 밤새워 퇴고를 마치니 동쪽 하늘이 환해지고 있었다.

> 가난한 아들로 단천에 나니
> 재간이 뛰어났다
> 자라 영생에 배우고
> 뒤에 영신에 가르칠쌔
> 맑고 고요한 마음이
> 하늘과 사람을 기쁘게 하였다
> 뜻을 두고 스물세 살로
> 동해에 가니
> 우리들의 정은 운다
> ― 백석, 〈이주하 이곳에 눕다〉 묘비명 전문.

이주하! 그의 맑고 고요한 마음으로 우리는 기뻤는데, 스물세 살에 뜻을 이루지 못하고 동해에 가니 우리는 울 수밖에 없었다. 죽은 사람은 말이 없었지만, 남은 사람들은 눈물로, 진혼시로 아프게 떠난 젊은이를 위로해야 했다. 딱 77자였다.

'어떻게, 이렇게 일흔일곱 글자로 딱 떨어질 수 있단 말인가?'

곰곰이 생각하면 '이주하 묘비명'은 이주하 만을 위한 글은 아니었다. 그것은 당시 이런저런 일로 고통을 겪고 있는 나 자신을 위한 것이었다. 일제가 강점한 식민상황에서 우리말조차 제대로 배우고 쓰지 못하는 내 제자들에게 주는 글이었다. 먹을 것과 입을 것과 살 곳을 모두 일제에게 수탈당한 뒤 하루하루를 죽지 못해서 사는, 대한 사람들 모두를 위한 위로의 글이었다.

나는 '이주하 묘비명'을 정성껏 다시 쓴 뒤 하늘을 올려보았다. 하늘도 이주하의 죽음을 슬퍼하는지 먹구름을 잔뜩 머금고 있었다. 금방이라도 함박눈을 펑펑 흩날리려는 듯 높새바람도 쎙쎙 불었다. 저 바람과 구름과 함박눈 속에 이주하의 얼이 날아올랐을 것이었다.

'주하! 좋은 곳에 가서 편히 쉬게. 자네의 갑작스러운 죽음으로 삶과 죽음을 다시 한 번 더 새김질해 보네. 사람의 목숨은 하늘에 달렸다 했으니, 이렇게 일찍 이 땅을 떠난 것에도 다 하늘의 뜻이 있지 않겠나. 짧았지만 하루도 허투루 보내지 않은 자네처럼, 나도 지금의 이 어려움을 딛고 나에게 맡겨진 일을 묵묵히 해야겠다고 다짐하네. 먼저 가서 기다리게. 나도 이 땅에서 해야 할 일을 모두 마친 뒤 뒤따라가 가서 반갑게 해후하겠네…'

'반짝!'

먹구름 속에서 문득 반짝거리는 한 줄기 빛을 보았다. 이주하가 나의 송사送辭에 반가운 답사答辭를 보내는 듯했다.

'선생님을 만나 좋은 가르침을 받을 수 있어 행복했습니다. 제가 세운 꿈을 다 이루지 못하고 떠나는 것이 안타깝지만, 저의 때 이른 죽음에도 다 뜻이 있겠거니 하고 떠납니다. 선생님, 하루하루가 어렵더라도 젊은이들에게 희망을 줄 수 있도록 좋은 시 많이 써주시기를 부탁드립니다.'

한 줄기 빛이 이내 먹구름 속으로 사라졌다. 그 자리에 김철손이 힘없이 걸어오는 모습이 보였다.

"감사합니다. 선생님! 주하도 선생님의 진혼시를 보고 편안하게 저 하늘로 갔을 것입니다."

"진혼시 몇 줄로 생때같은 주하 군의 명복을 모두 빌 수는 없겠지. 그래도 이 시를 새긴 비석을 묘 앞에 세우면 먼 훗날 스물셋에 죽은 이주하가 이곳에 묻혔다는 사실을 알게 되겠지."

"흐으흑."

77자의 진혼시를 받아든 김철손이 소리를 삼키며 한참을 흐느끼다 돌아갔다.

"선생님, 저 다음 달에 단천으로 시집갑니다…"

"어, 그래?"

"가고 싶지 않지만, 부모님께서 결정한 곳이라서 버틸 수가 없네요."

"그럼, 부모님 말씀에 따라 어려움이 있더라도 참으며 잘 사는 게 자식의 도리지."

"선생님…"

각별한 사제지간으로 지내던 박경남이 어느 날 갑자기 시집간다고 울먹였다. 나는 영생고보 영어 선생만 했기 때문에 엄밀하게 말하면 여제자는 없었다. 다만 당시 함흥에는 여학교에 다니는 여학생이 많았다. 일찍 개항한 덕분으로 여자들도 학교에 다녀야 한다는 분위기가 강했다. 항구도시라서 경제력도 제법 있던 덕분이었다. 여학생 가운데는 문학에 뜻을 둔 문학청년들도 적지 않았다. 나는 방과 후나 주말에 그런 문청들과 함께 문학을 지도하고 토론하는 '백석문학회'를 지도했다.

그런 문청 가운데 박경남이란 여학생이 있었다. 집안 형편이 넉넉하지 않아 영생고녀를 졸업한 뒤 대학에 진학하지 못했다. 집에 머물며 엄마를 도와 집안일을 하면서 시에 뜻을 두고 '백석문학회'에 열심히 나왔다. 수줍음이 많아 말이 적었고, 자그마한 일에도 얼굴이 발개지고 얼굴에 보조개가 활짝 피는 상큼한 여학생이었다.

나는 문청 박경남을 성심성의껏 지도했다. 경제적으로 어려운 내색을 하지 않고 함흥의 아름다운 자연과 순박한 함흥 사람들이 사는 이야기를 밝게 시로 풀어내는 것이 매우 훌륭했다. 한번은 이런 시를 들고 와서 나를 깜짝 놀라게 하기도 했다.

    넉넉하고 비릿한 짠물 내음이 풍겨오는
    함흥 앞바다 모래밭 곁에 한불 널려 하늘거리는 날미역은
    뒷마을 그님이 오기를 기다려

살포시 떠오른 보름달과 함께

해정한 해변에서 밤새워 놀고 싶은가 본데

까칠한 그님은 꽃섬 앞 가재미와 만세교 아래 털게 맛에 빠져

내 마음 새까매지도록 오지를 않고

보름달은 하릴없이 날미역과 놀다 설봉산을 넘어간다

— 박경남, 〈동해〉 전문, 미발표 유고

  이 시를 받아본 뒤부터 박경남이 여성으로 보이기 시작했다. 어찌 그렇지 않을 수 있겠는가. '함흥 앞바다 모래밭 곁에 한불 널려 하늘거리는 날미역은' 박경남이고 '꽃섬 앞 가재미와 만세교 아래 털게 맛에 빠'진 '뒷마을 그님'은 나를 비유한 것 아닌가. 스무 살 박경남이 나에게 연시를 보낸 것이었다.

  하지만 나는 박경남의 마음을 받을 수 없었다. 날이 갈수록 더 깜깜해지는 함흥에 머물 날이 얼마 남지 않았다는 것을 알고 있었기 때문이었다. 아니 함흥뿐만 아니라 대한에서 살날도 그리 많지 않음을 직감적으로 느끼고 있었던 게 더 큰 이유였다. 그렇게 애인도 아니고, 사제지간도 아닌 어색한 사이가 몇 달 흘렀다. 그때 박경남이 눈물로 결혼소식을 전했다.

  박경남은 '내가 자신과 결혼하자'고 말하기를 기다렸을지 몰랐다. 그럴 수 없다는 것을 잘 알면서도, 내키지 않는 곳으로 시집가면서 마지막으로 내 마음을 확인하려 했을 것이다. 하지만 나는 박경남의 기대에 부응하지 못했다. 그 대신 눈물로 시를 써서 박경남에게 주었다. 박경남은 눈물로 그 시를 받아서 함흥을 떠났다.

북관北關에 계집은 튼튼하다
북관에 계집은 아름답다
아름답고 튼튼한 계집은 있어서
힌저고리에 붉은 길동을 달어
검정치마에 받어 입은 것은
나의 꼭 하나 즐거운 꿈이였드니
어늬 아츰 계집은
머리에 묵어운 동이를 이고
손에 어린것의 손을 끌고
가파어룬 언덕길을
숨이 차서 올라갔다
나는 한종일 서러웠다

— 백석, 〈절망〉 전문, 『삼천리문학』, 1938.4.

나는 그렇게 박경남을 떠나보내고 저녁에 동해로 갔다. 어둠을 삼킨 바다가 거칠어졌다. 바람은 불지 않았지만, 보이지 않는 먼바다에서 용과 용이 크게 다투는 듯했다.

해변을 한입에 삼키려는 듯, 끊임없이 밀려왔다 쓸려가는 파도를 보며 외로움에 젖어들었다. 저 검푸른 바다 위로 훨훨 날아온 바람은 자유로울까. 그 바람 타고 떠밀려 오다, 물에 잠긴 바위에 부딪쳐 물보라 일으키는 파도는 자유로운 걸까. 저, 함흥 앞바다, 내가 마주한 저 바다의 흐느낌은 나를 알아주기는 하는 걸까.

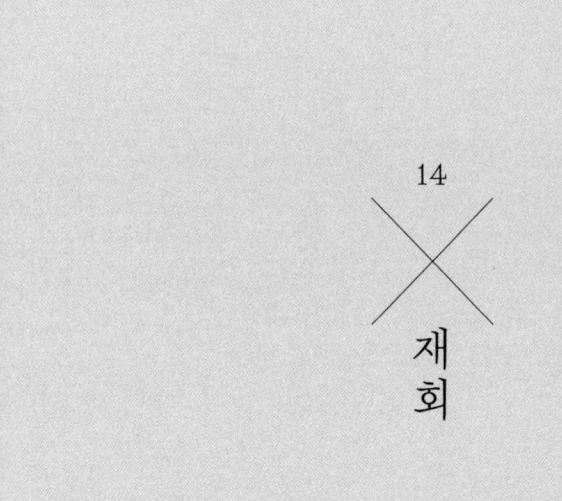

14

재회

"석이, 이번 주 토요일에 시간 있나?"

"왜? 시간은 되는데…"

"잘 됐네. 토요일 저녁에 우리 집으로 오지?"

"무슨 일 있나?"

"자네가 서울에 다시 왔으니 우리 집에서 함께 밥 먹으며 얘기 좀 나눌까 해서."

내가 함흥에서 서울로 돌아와 조선일보에 다시 입사한 지 달포쯤 지나서였다. 내가 편집을 다시 맡은 『여성』이 인기를 끌어 판매부수가 급증하고 나의 성가가 높아지던 때였다. 나의 재입사를 환영하고 『여성』의 판매증가를 기념하기 위한 회식이 열렸다. 회식이 끝날 즈음에 배신우가 나에게 다가와 초대의 말을 건넸다. 연이가 나를 만나보고 싶어 한다고 했다.

"여보! 백석 시인이 함흥에서 돌아와 조선일보에 다시 입사했다면서요?"

"으응, 그래 얼마 전에 재입사해서 『여성』지 편집을 맡고 있지, 왜?"

"당신은 백석 시인과 아주 가까운 벗이잖아요?"

"그렇지."

배신우는 나 몰래 연이와 결혼한 것에 대해 늘 미안했다. 결혼한 뒤 아내에게 나와 관련된 얘기를 한마디도 꺼내지 않았다. 내가 서울로 돌아온 뒤에도 마찬가지였다. 그런데 연이가 먼저 나를 화제에 올렸다고 했다.

"『여성』을 읽어봤더니 내용이 아주 좋더군요. '서울의 모던 보이'로 다시 돌아온 백석 시인을 우리 집으로 초대하면 어떨까 해서요."

"석이를 초대한다고?"

"예, 서울에서 학교를 같이 다녔던 통영 벗들이 남편과 가까운 백석 시인의 근황에 대해 자꾸 물어보네요."

"그으래?"

"백석 시인은 당신과 가까운데도 우리 결혼식에 참석하지 않았잖아요? 그동안 함흥에 있어서 어려웠겠지만, 이제 서울로 왔으니 저녁을 같이 먹으면 좋을 것 같아서요."

"저녁 식사? 그거 아주 좋은 생각이네."

연이가 '나를 보고 싶어한다'는 신우의 말을 듣자, 내 눈앞에는 갑자기 연이의 모습이 펼쳐졌다. 4년 전, 이진의 결혼피로연 때 처음 본 바로 그 얼굴이었다. 두 눈이 왕방울처럼 컸고, 큰 눈 한가운데 동그랗게 뜬 검은 눈동자가 크고 맑았다. 눈동자는 호기심 많은 여학생답게 초롱초롱 빛났다. 머리는 옻칠한 것처럼 까맸고, 검은 머리는 쪽을 지어 단정하게 묶었다. 머리를 반으로 나눈 가르마가 훤한 이마 가운데로 지나 코와 입을 일직선으로 이어졌다. 오뚝 솟은 코와 살며시 다문 입술이 다정다감한 성격을 그대로 드러내고 있었다. 나는 그 모습을 보고 첫눈에 반했었다. 배신우가 연이와 결혼한 뒤에도 1년 넘게 연이 얼굴이 불쑥불쑥 떠올랐다. 그때마다 술을 마셨고, 술로도 달랠 수 없을 때는 시를 썼다.

　　푸른 바다가의 하이얀 하이얀 길이다

　　아이들은 늘늘히 청대나무 말을 몰고
　　대포풍잠한 늙은이 또요 한마리를 드리우고 갔다

　　이 길이다
　　얼마가서 감로甘露 같은 물이 솟는 마을 하이얀 회담벽에 옛적본의 장반시계를 걸어놓은 집 홀어머니와 사는 물새같은 외딸의 혼사 말이 아즈랑이 같이 낀 곳은
　　― 백석, 〈남향〉 전문, 『조광』, 1938. 10.

푸른 바닷가는 통영이고, 하얀 길은 통영항에서 연이가 사는 명정으로 가는 길이다. 감로 같은 물은 연이가 사는 집으로 들어가는

골목 앞에 있는 명정明井이고, 쟁반시계를 걸어놓은 곳은 연이의 집이며, 외딸은 바로 연이다. 나는 연이를 만나러 통영에 세 번 갔지만, 운명의 여신이 훼방 놓아 한 번도 만나지 못했다. 눈을 감으면 명정골 연이의 집과 골목이 생생하게 떠올랐다. 환하게 웃는 연이의 얼굴에 나도 모르게 눈을 번쩍 뜨며 "연이야!"를 부르짖곤 했다.

> 나의 정다운 것들 가지 명태 노루 뫼추리 질동이 노랑나뷔
> 바구지꽃 메밀국수 남치마 자개집섹이 그리고 천희千姬라는
> 이름이 한없이 그리워지는 밤이로구나
> ― 백석, 〈야우소회夜雨小懷〉 마지막 연, 『조광』, 1938, 10.

이 시에 나오는 천희千姬가 바로 연이다.
"석이, 무슨 생각을 그렇게 하고 있나?"
내가 아무 말도 하지 않고 한동안 멍하니 있자, 배신우가 의아한 듯 물었다.
"아, 아니네. 뭣 좀 생각하느라고, 이번 주 토요일 저녁이라고 했지? 좋네. 나도 할 얘기가 있기도 하네."
"그럼, 그렇게 알고 준비하겠네."

"아~ 시인님."
연이의 뜨거운 속삭임에 나는 깜짝 놀라 잠에서 깼다. 아직도 한밤중인지 주위는 캄캄했다. 조금 전까지 달콤한 키스를 나누던 연

이는 바람처럼 사라졌다. 눈을 크게 뜨고 어둠 속을 천천히 살펴보았다. 서둑도리 656번지에 있는 우리 집의 내 방이었다. 벌떡 일어나 앉아 머리를 흔들고 정신을 가다듬었다. 조금 있으니 꿈에서 펼쳐졌던 일이 새록새록 되살아났다.

나는 당나귀를 타고 명정골로 가고 있었다. 옆에는 고삐잡이가 당나귀를 끌었고, 뒤에는 벗, 이진과 배신우가 싱글벙글하며 따라오고 있었다. 이진은 등에 상자 하나를 지고 있었다. 흰 광목줄로 묶어 어깨에 맨 모습을 보니 함函이었다.

'내가 지금 뭘 하는 거지?'

나는 의아했다. 행렬은 내가 장가들러 가는 모습이었다.

'내가 장가들러 간다고? 그럼 신부는?'

"함 사세요~ 함이요!"

뒤에서 이진의 목소리가 나의 생각을 파고들었다.

'함을 사라고?'

나는 머리를 흔들어 정신을 차리고 주위를 둘러봤다. 우리 일행이 어느덧 하얀 벽을 돌아 쟁반시계가 걸려있는 집 대문 앞에 서 있었다. 함은 신부가 혼례 때 입을 치마저고리용 채단采緞과 혼서지婚書紙를 넣은 나무 상자다. 혼례 전에 신랑과 신랑 친구들이 저녁 무렵에 신부 집으로 가서 전달하는 절차를 '함 판다'고 한다. 이때 함을 지는 사람은 첫아들을 낳은 사람이다. 하지만 내가 서울에서 살고 있어 연이와 나의 결혼에선 함을 혼례와 함께 팔기로 한 일이 아슴하게 떠올랐다.

이진이 소리치자 기다렸다는 듯 대문이 열렸다. 함을 사고파는 과정에서 약간의 옥신각신이 있었지만, 곧 마무리됐다. 함 값을 흥정하는 과정으로 으레 있는 절차였다. 함을 사고팔기가 끝나고 나는 초례청으로 들어갔다. 이윽고 연지곤지를 찍고 족두리를 쓴 연이가 천사처럼 등장했다. 하객들이 웅성거리며 한마디씩 했다.

"하늘에서 선녀가 내려왔구마."

"그러게, 오늘 신랑은 횡재했다 아이가, 횡재!"

"아이다. 신랑은 안으로 들어오면 재상이요, 밖으로 나가면 장군인, 출장입상出將入相 감으로 자~알 생겼다. 신부가 횡재라카이."

"자세히 보니 그렇기도 하다, 한마디로 선남선녀로다."

"신랑 웃는 것 좀 봐, 너무 웃으면 딸 낳는다는데."

나는 하객들의 그런 편잔에도 아랑곳하지 않고 연신 싱글벙글거렸다. 이윽고 혼례가 모두 끝났다. 나는 신부가 기다리는 신방으로 갔다. 연이는 아까 혼례식 그 복장으로 윗목에 다소곳이 앉아 있었다.

"연이, 나는 오늘이 오기를 학수고대해왔소."

"…"

"걱정하지 말아요. 내가 영원히, 연이를 위하고 사랑할 거요!"

"…"

"왜 아무 말도 없소?"

"…"

연이는 여전히 말을 하지 않은 채 얼굴을 살포시 들어 족두리를 올려보았다.

"아~ 참. 내가 혼인이 처음이라 어떻게 해야 할지 잘 몰라서."

나는 당황하면서 연이 머리에서 족두리를 벗겼다. 족두리를 벗기는 것은 생각보다 쉽지 않았다. 다행히 연이가 몸짓으로 도와주어 무사히 마쳤다. 겹겹이 입은 혼례복을 벗기자 하얀 속 치마저고리가 나왔다. 연이가 몸을 돌려 등을 문 쪽으로 댔다. 문밖에서는 첫날밤을 훔쳐 보겠다는 여인들이 웅성대고 있었다. 나는 연이의 앞에 앉았다. 문에서 보면 정면이었다. 나와 연이 사이에는 주안상이 놓여 있었다. 첫날밤을 멋지게 보내기 위해 마련한 합환주合歡酒였다. 잔에 술을 따라 함께 마셨다. 안주는 빨간 대추였다. 내가 입으로 반을 물고 반을 연이에게 내밀었다. 연이는 부끄러운 듯 머리를 살래살래 흔들었다.

"받아라! 받아라! 받아라!"

갑자기 문밖에서 합창이 터졌다. 받지 않으면 밤새워 지켜볼 것이라는 시위였다. 볼이 붉어진 연이는 잠깐 고개를 숙이고 있다가 어쩔 수 없다는 듯 입으로 받았다.

"우와."

함성이 터졌다.

"자~ 자, 이젠 물러들 가시게."

연이 어머니의 목소리가 잔잔하게 흘렀다.

"조금만 더요~ 조금만 더요."

하던 소리도 어지러운 발소리와 함께 사라졌다. 이제 나와 연이만의 시간이었다.

나는 술을 한 잔 더 따라 연이와 함께 마셨다. 이번 안주는 밤이었다. 대추 먹을 때처럼 반을 입에 물고 연이에게 다가갔다. 연이는 잠깐 쳐다보더니 이내 입술로 받았다. 연이의 입술이 조금 떨렸다. 술은 그런 떨림을 다스리는 데 좋은 약이었다. 나는 이번엔 술을 한 모금 머금고 연이의 입술을 찾았다. 놀란 눈으로 바라보던 연이가 눈길을 낮추며 입술을 내밀었다. 천천히 한 방울 한 방울씩 연이의 입으로 흘려보냈다. 술 한 모금 대추 한 개, 술 한 모금 밤 한 개…

내 손이 연이의 저고리를 헤치고 가슴을 찾았다. 연이는 불을 끄라고 했다. 연이가 속 치마저고리를 벗는 소리가 사그락거렸다. 연이의 입술에 내 입술을 포갰다. 연이의 입술은 촉촉했다. 혀로 입술을 열자 달콤한 합환주 내음이 풍겼다.

"연이 사랑해!"
"저도 시인님 사랑해요!"
"나는 영원히 연이만을 사랑할 거야."
"저도요."

말이 끊겼다. 입술이 엉겼고 숨이 거칠어지고 몸이 뜨거워졌다.
"아, 시인님."

연이의 달콤하게 달뜬 목소리에 잠이 깼다. 연이가 나를 초대했다는 배신우의 말을 듣고 꿈속에서 연이를 만난 것이었다.

'이게 꿈이 아니라 현실이었다면…'

"뭐라고? 자네가 석이를 집으로 초대했다고? 그게 정말인가?"
"그렇다네. 내 아내의 초대이기도 하네. 자네도 함께 하면 좋겠는데."

배신우는 나를 초대한 뒤 매제인 이진에게도 함께 하자고 했다.

"아니, 신우! 자네 제정신인가?"

"석이가 조선일보에 재입사했으니 한때의 잘못을 털고 옛날의 '광화문 3총사'를 회복하는 기회로 삼으면 좋겠다는 생각…"

"안되네!"

이진은 배신우의 말을 끊으며 단호하게 말했다. 그 서슬에 신우도 주춤했다.

"지금이라도 석이에게 연락해서 초대가 취소했다고 말하게!"

"꼭 그래야 할까? 내 아내도 원하는데."

"신우! 자네 정말 뻔뻔하기 그지없네. 후안무치厚顔無恥의 극치네, 후안무치!"

"나도 내가 잘못한 것에 대해 깊이 반성하고 있네. 하지만…"

"하지만 뭔가? 가장 가까운 벗이 사랑하는 사람을 도둑질하고도 할 말이 있단 말인가?"

"진이, 너무 그렇게 몰아붙이지만 말게. 자네는 나의 가까운 벗이지만, 나의 매제 아닌가?"

"자네의 매제이기에 더욱 화가 나는 거네! 자네가 매제가 아니라면 정신 바짝 차리게 흠씬 두들겨 팼을 것이네."

"그렇게 감정적으로만 뻗대지 말고, 우리 집에 와서 석이와 함께 식사하면서 그동안 쌓인 응어리를 풀도록 하세. 내가 그동안 말하지 못한 사정도 이번에 석이에게 얘기하고 용서를 빌 생각이네."

배신우는 이진의 두 팔을 잡고 사정했다. 이진은 배신우의 손을 뿌리치며 가시 돋친 말을 쏟아냈다.

"과부가 애를 배도 사정이 있고, 핑계 없는 무덤이 없다는 속담이 거짓이 아니로군."

"뭐야? 과부가 뭐 어쩌고, 핑계 없는 무덤이 없다고? 이 짜식이!"

"뭐~ 짜식? 이게 누구 보고 욕지거리야?"

"이게라고? 정말 보자 보자하니까, 이놈이 막 가네!"

"이놈이라고?"

"그래 이놈아."

"이 짜식이."

이진은 크게 욕하며, 배신우의 얼굴을 향해 주먹을 날렸다. 부드럽지 않은 말싸움으로 시작한 뒤, 그동안 가슴에 쌓였던 응어리가 배신우의 뻔뻔한 합리화와 욕설을 듣는 순간 감정이 폭발했다. 배신우도 그냥 맞고 있지만 않았다.

"이 짜식이 사람을 치네."하며 맞받아 주먹을 날렸다. 주먹을 한두 차례 주고받은 이진과 배신우는 함께 넘어져 뒹굴며 싸웠다. 할 일이 남아 조금 늦게 퇴근한 내가 마침 그곳을 지나가다 두 사람을 뜯어말렸다. 이진은 입술 근처가 찢어져 피가 났고, 배신우는 눈 주위가 퍼렇게 멍이 들었다.

"아니, 자네들 이게 무슨 일인가. 대로에서 주먹질까지 해대며 싸우다니, 창피하지도 않나?"

"이 짜식이 갑자기 욕지거리를 해대서."

"뭐야? 네놈이 먼저 주먹을 날렸잖아."

둘은 떨어져서도 눈알을 부라리며 씩씩댔다.

"자네들은 처남, 매제 사이가 아닌가? 아니, 그보다 나와 함께 광화문3총사가 아니었나? 원수처럼 이렇게 싸운 이유가 도대체 뭔가?"

"…"

"…"

둘은 씩씩거리며 서로 노려볼 뿐 대답하지 않았다.

"안되겠네. 일단 가까운 찻집으로라도 가서 피투성이인 얼굴부터 닦고 얘기하세."

"일 없네!"

이진이 내 말을 자르고 홱 돌아서서 갔다.

"나도 다른 일이 있어서."

배신우도 내 눈치를 살피며, 발길을 돌려 이진과 반대 방향으로 갔다.

'대체 무슨 사정이 있길래…'

"진이! 이번 주 토요일 저녁 때 신우 집에 가기로 했는데, 함께 가세!"

다음날 출근해서 나는 이진을 보고 조심스럽게 말했다. 그의 얼굴은 어제 배신우와 난타전을 벌였던 흔적이 곳곳에 남아있었다.

"뭐라고? 석이, 자네가 신우 집엘 간다고?"

"그래, 연이와 신우가 나를 저녁에 초대했다네."

"안되네!"

"안되다니? 신우는 우리의 벗이 아닌가?"

"신우가 벗이라고? 자네의 연인을 도둑질했는데, 그래도 벗이란 말인가?"

"나도 한동안 신우를 미워하고 연이를 원망했다네. 하지만 이제 어쩌겠나?"

"그럼, 석이 자네는 신우 집에 가서 연이를 아무렇지도 않게 대면할 수 있단 말인가? 이제 겨우 마음을 다스렸을 텐데, 아픈 상처에 소금을 뿌릴 수도 있네."

"나도 감정의 동물이니, 쉽지는 않겠지. 하지만 서로 고통 속에서 평생 자책하며 사는 것보다 이젠 아픔의 고리를 끊는 게 좋다고 생각하네. 그리고 이번 초대는 '뜻밖의 선물'이 될 수도 있을 것이네."

"뜻밖의 선물이라고?"

"그렇네. 이번 만남으로 배신우가 내 가슴에 박은 대못을 뽑고 옛날처럼 '광화문 3총사'로 돌아가는 선물이 될 수도 있지 않겠나?"

"이보게 석이! 이미 엎질러진 물이네. 다시 담을 수도 없거니와 대못을 뽑는다고 해도 그 흔적은 아프게 남아있을 뿐이네."

"나도 아네. 하지만 이런 상태를 죽을 때까지 이어가는 것은 바람직하지 않네."

"그거야 어쩔 수 없는 일 아니겠나? 지금 그 일을 다시 꺼내서 누구에게, 어떤 이익이 있겠나?"

"이익이 있고 없고의 문제가 아니라…"

"아무튼, 나는 자네와 배신우, 그리고 연이가 함께 하는 자리에는 참석하지 않겠네!"

배신우가 연이와 결혼했을 때, 이진은 통영에서 열린 결혼식에 참석하는 대신 함흥으로 나를 찾아왔었다. 손위 처남인 배신우를 성토하면서 폭음하고 내가 정신을 잃었을 때, 이진은 장문의 편지를 남기고 서울로 떠났다. 이진은 서울로 돌아온 뒤, 배신우와 인연을 거의 끊고 살았다. '가장 가까운 벗의 연인과 결혼한 사람은 사람이 아니다'는 이유 때문이었다.

"진이, 다시 생각해보게. 신우가 아무리 미워도 처남, 매제 사이 아닌가?"

"나는 아직 그럴 수 없네!"

'아~ 백 시인님.'

배신우의 뒤를 따라 마당으로 들어서는 나를 보고 연이가 낮은 탄성을 흘렸다. 얼굴에 반가운 미소가 살포시 피어났다. 연이의 미소를 따라 나온 듯, 불고기 굽고 전 부치던 향기가 물씬 풍겼다. 나를 맞이하기 위해 음식을 만드느라 온종일 바쁘게 보낸 탓인지 피곤한 기색이 조금 보였다. 결혼 3년 차답게 4년 전 처음 봤을 때의 풋풋함은 거의 사라졌다. 약간 야윈 듯한 모습이었다. 문득 코끝이 찡했다.

'아~ 연이.'

가슴 아린 사람이여
그대는 나의 빛
한 번 보고 반한 뒤

두 번 보고 놀랐고

세 번은 볼 수 없어

늘 마음으로만 만나

늘 시로만 전한 그대

늘 그리움으로 남는 그대

— 백석, 〈연이〉 전문, 미발표 유고

"시인님 어서 오세요!"

"오랜만입니다. 결혼을 뒤늦게나마 축하드립니다."

"축하해주셔서 감사합니다."

"결혼식에 참석하지 못한 점도, 늦었지만 사과드립니다."

"함흥에서 통영까지는 너무 멀잖아요. 보내주신 마음은 잘 받았습니다."

"…"

'연이는 내가 결혼식에 참석하지 않은 진짜 이유를 알지 못하는 것일까. 사정을 알고도 이렇게 평화로운 표정을 짓는 것일까. 결혼 뒤부터 할 말을 하지 못하고 속앓이하는 신우를 도와주기 위해 오늘 자리를 마련한 것일까.'

나는 연이의 상냥한 웃음과 말을 들으면서 잠깐 생각에 잠겼다.

"이런, 제가 시인님 만난 반가움에 말이 길어졌네요. 시장하실 텐데…"

"맞아, 당신! 남은 얘기는 저녁 먹으면서 천천히 하기로 하고, 음식을 좀 준비해주시오. 석이, 방으로 들어가세."

방으로 들어간 지 얼마 되지 않아 저녁상이 들어왔다. 상에는 아까 향기를 풍겼던 불고기와 파전과 녹두전이 먹음직스럽게 놓여 있었다. 통영 친정에 특별히 부탁해서 보내온 것인지, 맛깔스럽게 차려진 회와 가자미 구이도 있었다. 술병과 잔 2개도 빠지지 않고 놓였다. 저녁상을 다 차린 연이가 웃음 지으며 말했다.

"시인님, 차린 것은 없지만 맛있게 많이 드세요."

"차린 게 없다니요. 상다리가 뿌러지겠다고 아우성을 치는데요. 그리고 내가 좋아하는 가자미 구이도 있네요."

"시인님께서 가자미를 좋아하신다고 해서 특별히 준비했습니다."

"아니, 당신! 석이가 가자미 좋아하는 걸 어떻게 알아?"

"그거 공공연한 비밀 아닌가요?"

"내가 가자미 좋아한다는 사실을 모든 사람이 다 알고 있다는 말인가요?"

"그럼요. 시인님께서 〈선우사〉라는 시로 공개하셨잖아요?"

"부인께서 그 시를 읽으셨어요?"

"그럼요. 저는 시인님이 발표하는 시는 하나도 빼지 않고 모두 읽는 걸요."

"읽을 뿐만이 아니지, 자네 시를 모두 줄 줄 줄 왼다네."

"아이참, 이이는."

연이와 신우가 나의 시 〈선우사〉를 거론하는 것을 듣고 깜짝 놀랐다. 〈선우사〉는 배신우가 연이와 결혼했다는 말을 듣고 그들을 원망하면서 쓴 시였기 때문이었다. '선우사膳友辭'는 시의 소재가 된 가자미를 음식 벗, 즉 '선우膳友'에게 주는 글이라는 뜻이다. 또 선膳은 선물로 준다는 뜻도 있다. '선우사'가 '벗에게 주는 글'이라는 뜻도 포함하고 있다. '음식 벗에 관한 글'과 함께 '벗에게 주는 글'이라는 이중적 뜻으로 썼다. 나를 배신한 배신우를 가자미만도 못한 놈이란 뜻을 담았다.

>낡은 나조반에 힌밥도 가재미도 나도 나와 앉아서
>쓸쓸한 저녁을 맞는다
>
>우리들은 모두 욕심이 없어 히여졌다
>착하디착해서 세괏은 가시 하나 손아귀 하나 없다
>너무나 정갈해서 이렇게 파리했다
>
>우리들은 가난해도 서럽지 않다
>우리들은 외로워할 까닭도 없다
>그리고 누구 하나 부럽지도 않다
>
>힌밥과 가재미와 나는
>우리들이 같이 있으면
>세상 같은 건 밖에 나도 좋을 것 같다
>― 백석, 〈선우사〉 제1, 4~6연, 『조광』, 1937, 10.

"내가 어떤 기분으로 〈선우사〉를 쓴지 아나요?"

나는 술 한 잔을 서둘러 마신 뒤 물었다.

"시인님의 마음을 어떻게 알겠습니까마는, 가난하다는 이유로 가까운 사람에게서 버림받은 아픔을 가자미와 이야기하면서 이겨내려는 아픔을 느꼈습니다. '세상 같은 건 밖에 나도 좋을 것 같다'는 마지막 줄을 읽고선, 흐르는 눈물 때문에 한동안 멍하니 있었습니다."

"나도 그 시를 읽고, 자네의 원망하는 마음을 느꼈다네."

'아니, 그런데도 나를 초대했단 말인가?'

"석이 정말 미안하네!"

"갑자기 무슨 말인가?"

"내가 자네에게 정말 해서는 안 될 일을 했네. 용서해주게!"

"다 지난 일이네."

"…"

배신우는 잠시 말을 끊고 잔에 술을 채워 천천히 한 잔을 마셨다. 그리곤 내 눈을 정면으로 쳐다보았다. 나도 신우의 눈길을 피하지 않았다.

"이런, 음식과 술이 더 있어야겠네요."

분위기가 차분해지자, 연이는 살며시 일어나 부엌으로 나갔다. 음식과 술을 더 갖고 오겠다는 핑계였지만, 신우와 내가 자연스럽게 얘기할 수 있도록 하는 배려였다. 연이가 나가자 배신우가 무릎을 꿇고 두 손으로 내 손을 잡으며 입을 열었다.

"석이, 용서해주게!"

"자네는 진이와 함께 나의 가장 가까운 벗인데, 뭘 용서하란 말인가?"

"결과만 놓고 보면 나는 천하의 몹쓸 놈이네!"

"과정으로는 할 말이 있다는 뜻으로 들리네만?"

"그렇다네. 그 과정이란 것도 지금에 와선 결과와 똑같이 되고 말았지만."

"자네도 당했다는 뜻인가?"

"그렇다네. 내가 어떤 말을 해도 자네에게 찍힌 배신자라는 낙인은 없어지지 않겠지만, 나도 희생자 가운데 한 사람이네."

"희생자라니?"

"나도 한일수한테 당했네!"

"한일수? 한일수라고?"

나는 깜짝 놀라 두 눈을 동그랗게 뜨고 큰 소리로 반문했다. 한일수는 나에게 첫 시집 『사슴』을 우리나라에서 가장 멋지게 내라며 전폭적으로 지지해준 은인이었다. 나중에 친일로 돌아서 내가 인연을 끊은 배신자였지만, 한일수와 나의 관계는 두 사람만이 아는 비밀이었다. 그런데 배신우 입에서 한일수란 이름이 나왔다.

"왜 그렇게 놀라나? 한일수와 무슨 특별한 관계인가?"

"아, 아니. 무, 무슨, 트, 특별한 관계?"

"놀랄 것 없네. 한일수가 자네의 첫 시집 『사슴』의 출간을 지원했고, 그의 동생인 한사랑이 자네를 좋아한다는 얘기도 들었네."

"하, 한일수가 그런 말을 했다고?"

"그렇다네. 내가 여재영을 부인으로 맞이한 것도 한일수의 음모였네."

"한일수의 음모?"

"지금 생각하면 어처구니없는 일이었고, 일언지하에 거절할 일이었지만, 나는 당시에 어쩔 수 없이 그의 음모에 말려들었다네."

나는 배신우의 말을 믿을 수가 없었다. 항일투쟁하는 사람들을 도와주다 친일로 돌아선, 한일수가 나를 매수하려고 했다는 것이었다. 내가 좋아하는 연이와 배신우가 결혼하면, 한사랑을 나와 결혼시켜 친일활동에 나서게 하려고 했다는 말이었다.

"당시 나는 약혼녀와 파혼한 상태였네. 경제적으로도 어려움을 겪고 있었지. 박경련에게 호감도 있었고…"

"아무리 그래도 그렇지, 적어도 나에게는 사전에 그런 상황을 알려주고 함께 대안을 마련해야 했네!"

"당연히 그랬어야 했지. 그렇지만 그때 나는 눈에 뭔가가 쓰였음이 틀림없네."

"그래서?"

"한일수의 제안을 받아들여, 자네 모친에 대한 근거 없는 소문을, 연이 외삼촌에게 얘기했다네. 내가 용서해달라고 해도 자네가 용서하지 않는다는 것을 잘 알지만, 그래도 용서를 빌려고 오늘 이렇게 자네를 어렵게 초대했다네."

나는 배신우의 말을 믿을 수도, 믿지 않을 수도 없었다. 내가 함흥에 있을 때 한사랑이 갑자기 찾아와서 한일수가 친일로 돌아선 데다, 자기를 일본 장교에게 시집보내려고 했다고 했다. 일제에게 잘 보여 호의호식하겠다는 것이었다. 한사랑은 그것을 견딜 수 없어 마지막으로 나를 찾아왔었다. 이 모든 것이 한일수의 음모였다는 것이었다.

"자네, 지금 한 말이 한 점의 부끄러움도 없는 진실인가?"

"그렇다네. 나는 자네에게 나의 잘못을 고백하고 조만간 조선일보를 사직한 뒤 통영으로 내려가려고 하네."

"통영으로 내려간다고?"

"천벌 받아야 마땅한 한일수에게 놀아난 내가 자네에게 그토록 못된 짓을 했네. 그런데 무슨 염치로 자네와 서울 하늘을 마주할 수 있겠는가? 고향에 내려가서 독립되는 날까지 후학들을 기르며 앞날을 준비하려고 하네."

"이보게 신우! 그렇다고 낙향하는 게 최선일 수는 없지 않은가?"

"자네도 잘 알고 있겠지만 일제 놈들의 언론통제가 더욱 악랄해지고, 조선일보 사주와 지도층들의 친일행위도 나날이 심해지고 있네. 이제는 서울에 남는 게 의미가 없다는 판단을 내렸네! 내가 함흥으로 자네를 찾아가서 이런 얘기를 하려고 했는데, 마침 자네가 서울에 와서 잘 되었네. 마음의 비밀을 털어놓으니 속이 후련하네."

"…"

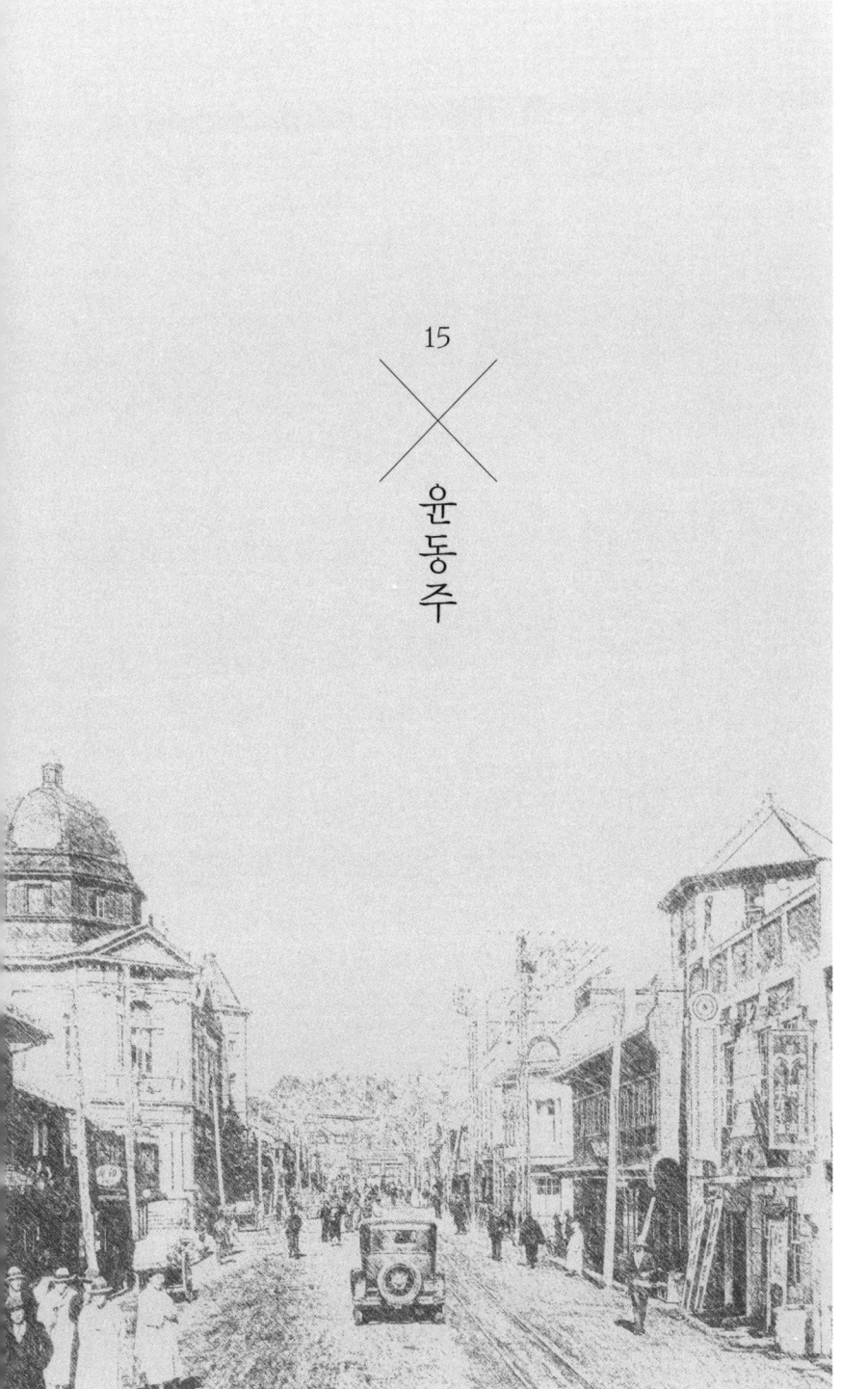

15
윤동주

"선생님, 연희전문에 다니는 윤동주라는 학생이 찾아와 뵙고 싶다고 합니다."

"윤동주? 모르는 학생인데, 왜 왔다고 하던가?"

"선생님 시를 좋아해서 가르침을 받고 싶다고 합니다."

"내 시를 좋아한다고? 들어오라고 하게!"

『사슴』이 출간된 뒤 선후배 시인들의 관심을 많이 받았다. 그런데 한 번도 만나지 않은, 젊은 학생이 시를 좋아한다며 찾아온 것은 처음이었다.

1938년 6월 16일, 목요일 저녁이었다. 나는 영생고보 축구부 학생들을 이끌고 서울 삼화여관에 머물고 있었다. 마이니치每日신문에서 주최하는 '전선고보全鮮高普대항 축구대회'에 참가하기 위해서였다. 영생고보는 함흥 대표로 뽑혔다. 삼화여관은 청계천변에 있었다. 종각의 화신백화점에서 걸어서 10분 정도 떨어진 곳이었다. 화신백화점은 1937년 11월에 지하1층, 지상 6층으로 문을 열었다. 당시 서울에서 가장 높은 건물이었다. 엘리베이터 4대와 에스컬레이터 2대가 설치됐다. 서울을 방문한 사람들은 처음 보는 엘리베이터와 에스컬레이터를 타려고 일부러 찾아가는 명소였다. 삼화여관은 축구대회가 열리는 동대문운동장과 좀 떨어져 있었다. 하지만, 영생고보 학생들이 화신백화점 등 서울 거리를 경험할 수 있도록 이곳에 숙소를 정했다.

'윤동주라~ 어떤 학생일까, 시를 읽고 시가 좋다며, 한 번도 만나지 않은 작가를 직접 찾아오는 것은 드문 일인데, 정말 시를 사랑하는 문학청년인가.'

스스로 궁금증이 일어 혼잣말을 하는데 노크 소리가 들렸다. "네."라고 하자, 조금 뒤 문이 열렸다. 문 앞에는 연희전문 교복을 단정하게 입고 교모까지 반듯하게 쓴 학생이 서 있었다. 나는 첫눈에 그 학생에게 반했다. 우선 두 눈이 맑고 깊었다. 이 세상 모든 것을 끌어들여 담을 수 있는 심연深淵 같았다. 그 맑고 깊은 눈에서 어떤 사람도 거짓말을 할 수 없게 만드는 힘이 느껴졌다. 두 귀는 얼굴을 병풍처럼 보호하는 것처럼 보였다. 커다란 귓바퀴는 세상의 모든 소리를 다 듣는 부처님 귀를 닮았다. 지그시 감은 입은 굳은 의지를 말했다. 세상이 나를 힘들고 어렵게 하더라도 불평하지 않겠다, 묵묵히 자신에게 주어진 길을 걸어가겠다는 고집마저 보였다. 얼굴 한가운데 우뚝 선 코는 높은 자존심이었다. 한 마디로 이 풍진 세상을 있는 그대로 보고, 그 세상이 던지는 소리를 모두 들으면서도 말은 삼가고 중심을 잡으며 내 삶을 살겠다는 각오를 가진 얼굴이었다. 그렇지만 전체 분위기는 부드러웠다.

'이제 스물두 살밖에 안 된 젊은이가 어떻게, 이런 얼굴을 가질 수 있단 말인가.'

"윤동주라고 합니다. 이렇게 불쑥 찾아와서 송구합니다."

그 학생의 인상에 빠져 시간이 꽤 흘렀나 보다. 그가 한참 서서 기다리다 먼저 말을 꺼냈다.

"아, 반갑네. 내 정신 좀 보게. 어서 자리에 앉게."

나는 정신을 차리고 그에게 자리를 권했다.

"절 받으십시오!"

"절은 무슨?"

"아닙니다. 저는 시인님을 스승님으로 모시고 있습니다."

"한 번도 만난 적이 없는 나를 스승으로 모신다고?"

"그렇습니다."

"어떻게 그럴 수 있단 말인가?"

"일단 큰절을 올린 뒤 말씀드리겠습니다."

더는 그를 만류할 수 없었다. 자리에 앉자, 그가 정성껏 큰절을 했다. 나도 맞절로 받았다. 아무리 나를 스승으로 모신다고 해도, 나이 차도 얼마 나지 않는 것 같은 학생의 절을 뻣뻣하게 받는 것은 예의가 아니었다.

"그래 이제 사정을 들어보세."

"저는 어렸을 때부터 시 읽기와 시 쓰기를 좋아했습니다."

"저런, 기특한지고."

"처음에 동시를 쓰다가 선생님의 시집 『사슴』을 읽고부터 시를 본격적으로 쓰려고 노력하고 있습니다."

"내 시집을 봤다고?"

"제가 『사슴』을 본 것은 1937년 8월, 학교 도서관에서였습니다."

윤동주는 도서관에서 『사슴』을 발견한 뒤 즉시 대출을 신청했다. 사서는 『사슴』을 찾는 사람이 많아 외부 대출은 안 되고, 도서관 안에서 열람만 가능하다고 했다. 윤동주는 일단 『사슴』을 빌려 도서관에서 읽기 시작했다. 읽다 보니 『사슴』은 읽는 것으로만 끝낼 수 없었다. 갖고 다니면서 틈틈이 봐야 할 시집이었다. 필사본을 만들어야 했다. 한 자 한 자 정성껏 베끼기 시작했다. 읽으면서 뜻을 새기고 베끼다 보니 시간이 쏜살처럼 흘렀다.

"30분 뒤면 문 닫을 시간입니다. 보던 책들을 반납하시고 퇴관할 준비를 해 주세요."

'아니 벌써? 아직 반도 베끼지 못했는데.'

윤동주는 『사슴』과 필사하던 원고지를 들고 도서 반납하는 곳으로 갔다.

"선생님, 제가 『사슴』을 필사하는데, 절반도 못했거든요. 하루만 대출받아 집에서 나머지를 필사하려고 하는데, 가능할까요?"

"안되네!"

도서관 사서는 두툼한 '『사슴』 열람신청서'를 보여주며 사무적으로 말했다.

"『사슴』을 기다리는 사람이 많아서 외부 대출은 할 수 없네!"

윤동주는 사서를 설득했다.

"선생님, 선생님 말씀처럼『사슴』을 기다리는 사람이 많으면, 제가 오늘 반납한 뒤 다시 열람하려면 한참 기다려야 하잖아요?"

"그렇지."

"그러니까요. 제가 오늘 빌려 가서 밤새도록 필사한 뒤 내일 도서관 문을 열기 전까지 반납하면 되지 않을까요? 어차피 지금부터 내일 아침까지, 도서관 문은 닫혀 있으니까요."

"그게…"

윤동주는 사서의 마음이 흔들리는 것을 느꼈다. 사서도 허용하고 싶지만, 규정상 그럴 수 없어 망설이는 듯했다. 그럴 때는 확실한 믿음을 주는 게 필요했다.

"선생님, 제가『사슴』을 빌려 가는 건 선생님과 저밖에 모르는 일이잖아요. 선생님께서 저의 편의를 봐주시면, 저는『사슴』필사를 끝내서 행복하고, 선생님은 저를 도와주셔서 뿌듯하실 것입니다.『사슴』이 밤사이에 도서관에만 있으면 아무런 의미가 없지만, 잠시 외출하면 저의 인생을 바꿔놓을 수도 있는 엄청난 역할을 할 것입니다. 선생님!"

"『사슴』을 외부로 대출받았다는 사실을 그 누구에게도 절대로 말하지 않겠다고 하느님께 맹세하게!"

"하느님! 저는『사슴』을 외부로 대출받은 사실을 죽을 때까지 그 누구에게도 말하지 않을 것을 맹세합니다!"

"내일 도서관이 문을 열기 1시간 전까지『사슴』을 가져오게!"

"알겠습니다."

윤동주는 그날 밤을 꼬박 새워가며『사슴』을 필사했다.

"『사슴』을 밤새워 필사했단 말인가?"

"그렇습니다. 베껴 쓰는 동안 무척 행복했습니다. 그렇게 만든 필사본을 늘 갖고 다니면서 선생님의 시를 읽고 외웠습니다."

윤동주는 그렇게 말하며, 가방에서 『사슴』 필사본을 꺼내 나에게 보여주었다. 필사본은 표지부터 끝까지 『사슴』 그대로였다. 아니 한 자 한 자 정성껏 쓴 글씨는 활자보다 더 살아 있는 것처럼 보였다. 정말 대단한 열정이었다.

"내 『사슴』을 그렇게 사랑한다니 고맙네."

"제가 선생님께 감사드립니다. 동시를 쓰던 제가 『사슴』을 만난 뒤부터 본격적으로 시를 쓸 수 있게 되었으니까요."

"그래, 『사슴』에서 어떤 시가 마음에 들었나?"

"가장 먼저 눈길을 끈 것은 〈모닥불〉이었습니다."

말을 마친 윤동주는 〈모닥불〉을 암송했다.

새끼오리도 헌신짝도 소똥도 갓진창도 개니빠디도 너울쪽도 집검불도 가락닢도 머리카락도 헌겊조각도 막대꼬치도 기와장도 닭의짗도 개털억도 타는 모닥불

재당도 초시도 문장(門長)늙은이도 더부살이아이도 새사위도 갓사둔도 나그네도 주인도 할아버지도 손자도 붓장사도 땜쟁이도 큰개도 강아지도 모두 모닥불을 쪼인다

모닥불은 어려서 우리 할아버지가 어미아비 없는 서러운 아이로

불상하니도 몽둥발이가 된 슳븐 력사가있다
　　─ 백석, 〈모닥불〉 전문.

"윤 군! 대단하네. 시 낭송도 나의 의도를 살렸네. 목소리도 좋고 말이야."
"감사합니다."
"그래 〈모닥불〉을 읽고 어떤 느낌을 받았나?"
"참 걸작이라고 생각했습니다. 우리 겨레의 전통과 서민의 애환과 주권을 강탈당한 민족의 고통을 잘 살려냈다고 느꼈습니다."
"고맙네. 윤 군 같은 젊은이들이 〈모닥불〉 같은 시를 읽고 강제로 빼앗긴 나라를 되찾을 수 있도록 나서야 하네. 다른 시는 어떤가?"
"제가 동시를 써서 그런지 〈초동일〉이 가슴으로 읽혔습니다. 추운 초겨울날, 물코를 흘리는 어린애들이, 햇살 좋은 흙담 벽에 모여앉아, 집에서 가져온 찐 감자를 함께 먹는 모습이 한 폭의 그림 같았습니다."

　흙담벽에 볓이따사하니
　아이들은 물코를흘리며 무감자를먹었다

　돌덜구에 천상수天上水가 차게
　복숭아나무에 시라리타래가 말러갔다
　　─ 백석, 〈초동일初冬日〉 전문.

"그렇지. 시는 우리 주변에서 일어나고 있는 삶을 있는 그대로 보여줌으로써 많은 공감을 불러일으켜야 하겠지. 물론 그게 다는 아니겠지만."

"〈여승〉이나 〈수라〉 같은 시를 말씀하시는 것인가요?"

"윤 군이 내 시집을 필사본 만들어 외웠다고 하는 게 정말이군. 〈여승〉과 〈수라〉를 딱 집어내니 말이야."

"송구합니다."

"윤 군이 본 대로, 〈여승〉은 일제침탈에 삶의 터전을 잃고 여승이 될 수밖에 없는 우리 겨레의 고통을 표현했네. 〈수라〉에도 그런 상징이 숨어 있지."

거미 새끼 하나 방바닥에 날인 것을 나는 아모 생각 없이 문밖으로 쓸어벌인다
차디찬 밤이다

어니젠가 새끼거미 쓸려나간 곳에 큰 거미가 왔다
나는 가슴이 짜릿한다
나는 또 큰 거미를 쓸어 문밖으로 벌이며
찬 밖이라도 새끼 있는 데로 가라고 하며 설어워한다

이렇게 해서 아린 가슴이 싹기도 전이다
어데서 좁쌀알만한 알에서 가제 깨인 듯한 발이 채 서지도 못한 무척 적은 새끼거미가 이번엔 큰 거미 없서진 곳으로 와서 아물걸

인다

   나는 가슴에 메이는 듯하다

   내 손에 올으기라도 하라고 나는 손을 내어 미나 분명히 울고불고할 이 작은 것은 나를 무서우이 달어나 벌이며 나를 서럽게 한다

   나는 이 작은 것을 곻이 보드러운 종이에 받어 또 문밖으로 벌이며

   이것의 엄마와 누나와 형이 가까이 이것의 걱정을 하며 있다가 쉬이 맞나기나 했으면 좋으려만 하고 슳버한다

― 백석, 〈수라修羅〉 전문, 『사슴』, 1936. 1.

"〈여승〉과 〈수라〉가 갖고 있는 뜻을 스승님께 직접 들으니 감격스럽습니다. 그런데 〈비〉에서는 궁금증이 생겼습니다."

   아카시아들이 언제 힌두레방석을 깔었나
   어데서 물쿤 개비린내가온다

― 백석, 〈비〉 전문.

"아까시 꽃이 하얗게 핀 5월, 그 꽃이 떨어져 하얀 방석을 두른 것처럼 보이는 초여름 풍경을 노래한 시입니다. 꽃향기가 개비린내처럼 느껴지기도 합니다. 그런데 제목이 왜 〈비〉인지 잘 모르겠습니다."

"글쎄, 왜 '비'일까. 내가 그냥 말하는 것보다 윤 군이 더 고민해 보는 게 어떨까. 우리가 다음에 만날 때 화제로 삼으면 좋을 것 같

은데."

"알겠습니다."

"알았네. 내가 함흥에 돌아갔다가 다시 와서 만날 때 얘기하도록 하지…"

"스승님, 최현배 선생님을 만나신 적이 있으신지요?"

1939년 8월이었다. 나는 영생고보에 사표를 내고 서울에 와서 조선일보에서 다시 일하고 있었다. 작년 8월에 만나 『사슴』에 대해 얘기를 나누었던 윤동주를 다시 만났다. 윤동주는 만나자마자 외솔 선생에 관해 물었다.

"외솔 선생 말인가? 말씀은 많이 들었지만, 아직 직접 뵌 적은 없는데."

"스승님께서도 잘 아시다시피, 외솔 선생님은 저희 연희전문에서 교수를 하시다 흥업구락부사건에 연루됐다는 이유로 일제에 의해 강제로 쫓겨나셨습니다."

흥업구락부는 1925년 3월 23일, 신흥우申興雨(1883~1959)의 자택에서 이상재 구자옥 유억겸 안재홍 등이 만든 항일 독립투쟁단체였다. 미국 하와이에서 독립운동을 하던 이승만李承晩(1875~1965)을 지원하기 위한 단체로, 일제의 탄압을 피하려고, 실업단체로 위장해 활동했다. 이광수李光洙(1892~?)가 만든 수양동맹회가 천도교 신파의 최린崔麟(1878~?)과 함께 일제와 타협하며 자치운동으로 흐르는 것에 대응하기 위해 건립됐다. 하지만 일제는 중일전쟁일 일어난 뒤 1938년에 흥업구락부 관련자들을 검거했다. 최현배崔鉉培

(1894~1970)도 여기에 참여했다는 이유로 강제로 사직당했다.

"나도 흥업구락부사건에 대해선 아는데, 외솔 선생은 그 뒤 어떻게 지내시나?"

"북아현동 자택에 칩거하시면서 우리말 연구에 전념하고 계십니다."

"그러시군. 외솔 선생께 인사라도 드리러 가야겠구만."

"외솔 선생님도 스승님을 만나고 싶어하십니다."

"외솔 선생께서, 나를?"

"예. 제가 외솔 선생님 댁을 자주 찾아뵙는데, 스승님을 만난다고 하니까 모시고 오라고 말씀하셨습니다."

"그래? 나도 인사드리려고 했는데, 잘됐네. 오늘 찾아뵈러 가세."

외솔 선생은 한복을 단아하게 입으시고 원고를 쓰고 있었다.

"선생님, 백석입니다. 늦게 찾아뵈어서 송구합니다."

"아닐세. 어서 오시게. 함흥에 있다고 들었는데."

"네. 영생고보에 근무했는데, 그만두고 지금은 서울에 있습니다."

"뭔가 사정이 있었나 보군. 자네처럼 훌륭한 선생이 학교에 있어 이 나라 젊은이들에게 나라를 되찾을 수 있는 의지와 실력을 키워줘야 하는데."

"제가 그럴만한 그릇이 되지 못합니다. 그런데 무슨 원고를 쓰시나 봅니다?"

"아, 이거 말인가. 『한글갈』이라는 책을 쓰고 있네."

"한글갈이요? 무슨 뜻인지 잘 와 닿지 않습니다만…"

"한글이 발전되어 온 역사와 한글 28자의 소리 값, 그리고 글자가 어떻게 운용되고 있는지를 정리하는 책이네. 한글갈은 순우리말이고, 한자로 말한다면 정음학正音學이라고 할 수 있겠지."

"일제가 선생님을 연희전문에서 강제로 쫓아냈지만, 하느님은 우리말의 체계적 발전을 위한 책을 쓰라는 사명을 주신 거네요?"

"그렇게 거창한 것은 아니지만, 대한의 말과 얼을 모조리 없애려고 하는 일제의 망동妄動에 한탄만 하지 말고 내가 할 수 있는 일을 끊임없이 하는 것이 중요하네. 내가 내 모습을 지키면 사람들, 특히 자네와 동주 같은 젊은이들이 꿈을 잃지 않고 독립을 위해 싸우지 않겠나?"

"그런 말씀을 들으니 지금까지 허투루 살아온 제가 부끄럽습니다."

"그렇지 않네. 자네의 『사슴』과 그 이후의 시들은 배달겨레의 얼을 일깨우는 데 큰 몫을 하고 있네!"

"과찬이십니다. 채찍으로 알고 더 열심히 노력하겠습니다. 그런데…"

"무슨 할 말이 있는가 보네. 서슴없이 얘기해보게!"

"말씀드리기 조심스럽지만, 그동안 쭉 고민해오는 문제라서…"

"괜찮네, 우리는 이미 한배를 탄 뜻벗이라네!"

외솔은 될 수 있는 대로 우리말을 골라서 말했다. 뜻벗은 동지同志를 뜻했다.

"그럼 말씀드리겠습니다. 선생님께서는 한글맞춤법통일안을 마련하는 데 중요한 역할을 하셨습니다. 그 뜻을 높이 받들겠습니다. 다만 맞춤법을 통일하면 각 지역의 자연과 역사를 반영해 발전해 온 말이 방언으로 됩…"

"자네가 하려는 뜻은 알겠네. 하지만 말과 글은 사회적 약속이라서 통일성을 갖춰야 오해를 최소화하면서 의사소통할 수 있네!"

"언어의 통일성을 저도 인정합니다. 다만 통일성만 너무 강조하면 다양성이 영향을 받게 됩니다."

"예를 들어 말해보게!"

"오두막을 평안도에서는 마가리라 하고, 강원도에선 막살이, 전라도에선 오마라고 부릅니다. 부추도 경상도에선 정구지, 전라도에선 솔, 제주도에서는 쉐우리라고 하고 충청도 일부에서는 졸이라고 하고요."

"바로 그거네. 모든 지역에서 부추와 오두막으로 하면 아무런 문제가 없는 것이네!"

"하지만 정구지와 솔과 쉐우리라고 하는 건 그 나름대로 환경과 역사가 있을 것입니다. 다양성을 무시하고 통일성만 강조하면 새로운 것을 만들어내는 창조성이 부정적 영향을 받을 수밖에 없을 것…"

"자네는 시를 쓰는 시인이네. 평안도와 함경도 쪽 말맛을 살려 시를 쓰는 것도 바람직하네. 하지만 통일화된 표준어로 쓴다면 더욱 많은 독자가 감동하지 않겠는가?"

"저는 그렇게 생각하지 않습니다. 오히려 사투리를 쓰는 게 더욱 맛깔스럽습니다. 특히 일제의 혹독한 탄압이 지속되고 있는…"

"자네 그게 무슨 말인가?"

"맞춤법통일안이 일제의 대한지배전략의 하나로 악용되는 것 같은 느낌이 자꾸 듭니다."

"어떻게 그런 어처구니없는 말을?"

"약자가 강자의 지배를 벗어나는 것은 자신의 보이지 않는 힘을 유지하는 것입니다. 사투리도 일제가 쉽게 파악할 수 없는 우리의 숨겨진 힘…"

"내가 자네를 그렇게 보지 않았는데, 자꾸 그런 소리 하려면 당장 물러가게!"

"선생님!"

나는 외솔 선생의 갑작스러운 축객령逐客令에 깜짝 놀라 할 말을 잊었다.

"맞춤법통일안은 조선어학회 여러분이 어려운 환경 아래서 악전고투하며 만들어 낸 결과물일세. 그런 통일안을 낮춰보는 건 도저히 묵과할 수 없네. 당장 나가게!"

"선생님."

옆에서 듣고만 있던 윤동주도 깜짝 놀라 외솔 선생님을 불렀다. 하지만 외솔은 요지부동이었다.

"동주 자네도 함께 나가게!"

나와 동주는 어쩔 수 없이 인사도 제대로 하지 못한 채 쫓겨 나왔다.

"내 말이 지나쳤나?"

"그렇지는 않습니다만."

윤동주는 존경하는 외솔과 나 사이에 끼어 어떤 태도를 취해야 좋을지 모르는 듯 머뭇거렸다.

"저는 스승님께서 외솔 선생님의 처지를 좀 배려해주셨으면 좋았지 않았을까 생각합니다."

"배려, 배려라고? 참 좋은 말이네. 하지만 지금은 배려만으로 안 되는 상황이네!"

"그래도요. 뜻을 같이하는 분들끼리 함께 하셔야지요. 부분보다는 전체를 보면서 말입니다."

"좋은 말이긴 한데, 일단 오늘은 여기서 헤어지세. 내가 생각 좀 해보고 연락하도록 하겠네!"

"알겠습니다. 살펴 가십시오."

외솔 최현배(1894~1970)는 경성고보(현 경기고등학교) 다닐 때 한힌샘 주시경을 만나 국어와 국어문법 등을 배웠다. 교토京都대학 철학과를 졸업하고 동 대학원 교육학과에서 수학했다. 1926년에 연희전문학교 교수가 됐다가 1938년 흥업구락부 사건에 책임지고 사임당했다.

윤동주는 그가 지은 『우리말본』을 즐겨 읽었다. 윤동주의 시가 거의 우리말로 된 것은 그의 영향이 컸다. 외솔은 〈단장애곡〉이란 시를 남길 정도로 한글과 대한을 사랑한 분이다.

아무리 생각해도 나는 조선 사람이다
세계는 넓건만은

조선만이 내 땅이다
삼천리 강산 위에
곳곳마다 피땀 흔적
4천년 역사 속에
일일마다 사람 자국
이 강산 이 역사를
잇고 잇고 다시 이어
2천만 2천만이
엉키엉키 살아보세
— 최현배, 〈단장애곡〉 전문.

  하지만 나는 외솔을 이해할 수 없었다. 외솔이 참여한 맞춤법통일안은 지역 말을 위축시켜 지역의 문화를 발전시키는 데 걸림돌이 되는 것도 현실이었기 때문이었다. 내가 굳이 맞춤법에 따르지 않고 평안도와 함경도 사투리로 시를 쓰는 것은 그런 사정을 감안한 것이었다. 맞춤법통일안의 문제점을 공개적으로 제기하지 않고, 외솔 선생께 조용히 여쭈었는데, 받아들여지지 않았다. 어쩔 수 없었다. 윤동주 말대로 지금은 뜻을 합쳐야 할 때였다. 그저 나는 나의 길을 가고, 외솔 선생은 그의 길을 갈 뿐이었다.
  나는 외솔 선생을 만난 뒤 얼마 되지 않아 서울을 떠났다. 조금은 숨구멍을 틀 수 있는 만주로 가서 시를 쓰기 위해서였다. 하지만 만주 생활도 생각보다 거칠었다. 1년여가 지난 뒤 윤동주에게 편지를 썼다. 1940년 겨울이 1941년 봄으로 넘어가는 때였다.

윤군에게

서울은 따뜻한 봄바람이 살랑거리기 시작하겠구만. 이곳 만주에도 봄이 오고는 있지만 봄 같지 않은 날이 이어지고 있네. 지난 겨울을 하얗게 보내며, 시 한 편을 썼네. 윤군의 시작詩作에 도움이 될 듯하여 보내네.

이 흰 바람벽에

내 가난한 늙은 어머니가 있다

내 가난한 늙은 어머니가

이렇게 시퍼러둥둥하니 추운 날인데 차디찬 물에 손을 담그고 무이며 배추를 씻고 있다

또 내 사랑하는 사람이 있다

어늬 먼 앞대 조용한 개포가의 나지낙한 집에서

그의 지아비와 마조 앉어 대구국을 끓여놓고 저녁을 먹는다

벌써 어린 것도 생겨서 옆에 끼고 저녁을 먹는다

그런데 이즈막하야 어늬 사이엔가

이 흰 바람벽엔

내 쓸쓸한 얼굴을 처다보며

이러한 글자들이 지나간다

─나는 이 세상에서 가난하고 외롭고 높고 쓸쓸하지 살어가도록 태어났다

그리고 이 세상을 살어가는데

내 가슴은 너무도 많이 뜨거운 것으로 호젓한 사랑으로 슬픔으

로 가득찬다

　그리고 이번에는 나를 위로하는 듯이 나를 울력하는 듯이

　눈질을 하며 주먹질을 하며 이런 글자들이 지나간다

　―하늘이 이 세상을 내일 적에 그가 가장 귀해하고 사랑하는 것들을 모두

　가난하고 외롭고 높고 쓸쓸하니 그리고 언제나 넘치는 사랑과 슬픔속에 살도록 만드신 것이다

　초생달과 바구지꽃과 짝새와 당나귀가 그러하듯이

　그리고 또 프랑시스 쨈과 도연명과 라이나 마리아 릴케가 그러하듯이

　― 백석, 〈흰 바람벽이 있어〉 일부, 『문장』, 1941.4.

　이 시는 『문장』 마지막 호에 실릴 예정이네. 어두운 시대에 한 줄기 빛이었던 『문장』마저 일제가 강제로 폐간시킨다는 것은, 윤군도 알고 있을 것이네. 이 캄캄한 시대를 어떻게 헤쳐나갈지 참으로 걱정이네. 윤군! 배달겨레의 가슴을 쿵쿵 뛰게 할 시를 많이 쓰시게….

신경에서 석.

　윤동주는 백석의 편지를 읽으며 눈물을 흘렸다. 아니 흘린 게 아니라 저절로 솟아 내렸다. 편지에 쓴 시 〈흰 바람벽이 있어〉는 계속 윤동주의 머리와 가슴에 남았다. 답시를 쓰겠다고 마음먹었다. 하지만 맘처럼 연필이 나아가지 않았다. 생각이 너무 많은 탓이었다.

윤동주는 밤낮을 가리지 않고 신촌을 걸었다. 연희전문 뒷동산에서 쏟아지는 별을 셌다. 새벽에 이슬을 헤치며 논길을 지나 서강에도 다녀왔다. 걸으니 생각이 가벼워졌다. 생각을 버리니 시가 찾아왔다. 걸으면서 싯귀를 주웠다. 〈별헤는 밤〉이었다.

  별 하나에 추억과
  별 하나에 사랑과
  별 하나에 쓸쓸함과
  별 하나에 동경과
  별 하나에 시와
  별 하나에 어머니, 어머니

  어머님, 나는 별 하나에 아름다운 말 한마디씩 불러봅니다 소학교 때 책상을 같이 했던 아이들의 이름과 패 경 옥 이런 이국 소녀들의 이름과 벌써 아기 어머니 된 계집애들의 이름과 가난한 이웃 사람들의 이름과 비둘기 강아지 토끼 노새 노루 프랑시스 잠 라이너 마리아 릴케 이런 시인의 이름을 불러 봅니다
  ─윤동주, 〈별 헤는 밤〉 일부, 1941. 11.

나는 윤동주가 〈별헤는 밤〉을 나에게 보냈다고 나중에 들었다. 하지만 윤동주는 기다리고 기다렸지만, 나의 답장은 끝내 받지 못했다. 나는 그때 신경新京 생활을 정리하고 백구둔白狗屯에서 농사짓고 있었다. 윤동주의 편지는 주인을 찾지 못했다. 신경을 헤매다 호

풍胡風에 사라졌을 것이었다. 아슬아슬하게 이어지던 나와 윤동주의 인연은 〈쉽게 씌여진 시〉로 다시 이어졌다.

　　창밖에 밤비가 속살거려
　　육첩방六疊房은 남의 나라,

　　시인이란 슬픈 천명天命인 줄 알면서도
　　한 줄 시를 적어볼까

　　(중략)

　　인생은 살기 어렵다는데
　　시가 이렇게 쉽게 씌어지는 것은
　　부끄러운 일이다
　　　— 윤동주, 〈쉽게 씌여진 시〉 일부, 1942. 6. 3.

윤동주가 일본으로 유학갔을 때, 동경東京 하숙방에서 마지막으로 쓴 시다. 윤동주가 이 시에서 "시인이란 슬픈 천명인 줄 알면서도"라고 한 것은 내 글을 보고 쓴 것이리라. 나는 『만선일보滿鮮日報』 1940년 5월9, 10일자에 〈슬픔과 진실〉이란 글을 실었다. 여수麗水 박팔양朴八陽(1905~?)이 출간한 시집 『여수시초』를 소개하는 글이었다. 나는 이 글에서 "높은 시름이 있고 높은 슬픔이 있는 혼魂은 복된 것이 아니겠습니까. 진실로 인생을 사랑하고 생명을 아끼는 마음이라면 어떻게 슬프고 시름 차지 아니하겠습니까. 시인은 슬픈 사람입니다. 세상의 온갖 슬프지 않은 것에 슬퍼할 줄 아는 혼입니다. 외로운 것을 즐기는 마음도, 세상 더러운 속중俗衆을 보고 친구여 하고 부르는 것도, 태양을 등진 거리를 다 떨어진 병정 구두를 끌고 휘파람을 불며 지나가는 마음도 다 슬픈 정신입니다. 시인은 진실로 슬프고 근심스럽고, 괴로운 탓에 이 가운데서 즐거움이 그 마음을 왕래하는 것입니다."라고 썼다. 윤동주는 나와의 연락이 끊겼지만, 내 글을 보고 동경 하숙방의 슬픔 속에서 〈쉽게 씌여진 시〉를 쓴 것이다.

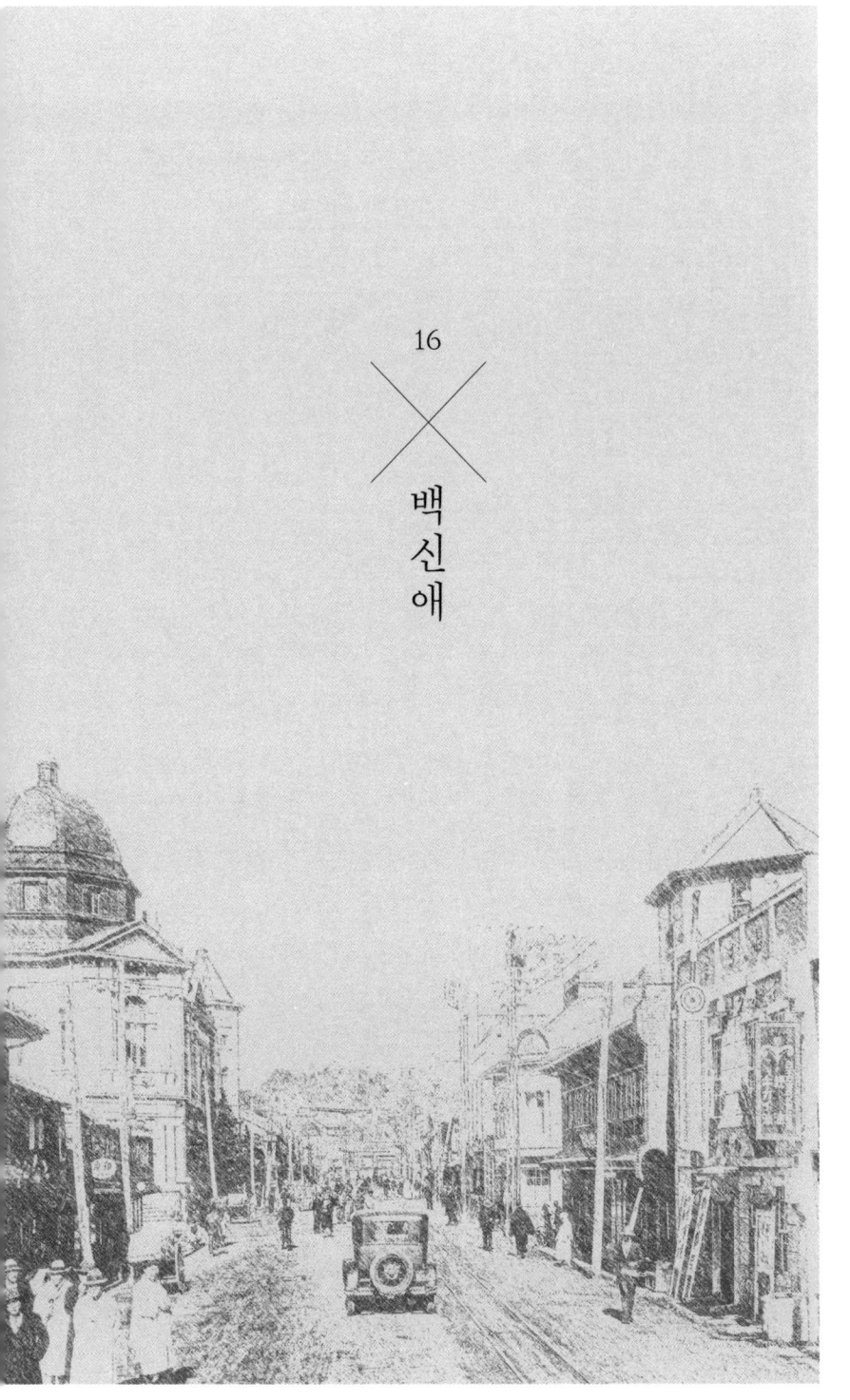

16 백신애

"백 기자, 점심 아직 안 먹었지?"

1939년 3월이었다. 내가 조선일보에 다시 입사해 월간잡지 『여성』을 편집하던 때였다. 4월호 마감을 위해 원고 보느라고 정신없는데, 백철 선배로부터 전화가 걸려왔다. 시계를 보니 12시 반이었다. 점심시간인 줄도 모른 채 일에 몰두하고 있었다.

"네. 시간이 벌써 이렇게 됐네요."

"잘됐네. 나 지금 경성부청京城府廳 뒤의 '향진香珍'에 있는데, 이리 와서 함께 점심 먹도록 하세."

"아닙니다. 저는 4월호 마감이 임박해서 하던 일 마치고 이따 간단히 먹겠…"

"백 기자. 그러지 말고, 지금 오게. 자네를 무척 보고 싶어 하는 분이 영천永川에서 와 계시네."

"경북 영천 말인가요?"

"그렇다네."

"그렇게 먼 곳에서 저를 만나겠다고 일부러 오셨다고요? 누구신데요?"

"누구신지는 직접 와서 인사하게. 자네도 만나고 싶어 하던 분이라네."

"알겠습니다. 조금 뒤에 뵙겠습니다."

백철 평론가는 그때 나와 함께 조선일보에서 근무하고 있었다. 나보다 4년 선배이고 고향도 평북 의주라서 비교적 가깝게 지냈다. 내가 영생고보를 그만두었을 때, 후임 영어 선생으로 백철 선배를 추천했다. 하지만 그는 영생고보 영어 선생으로 부임하지 않았다. 자세한 내막을 모르지만, 내 후임으로 가는 것에 상당한 부담을 느꼈던 것 아닌가 하고 짐작만 하고 있었다.

'누굴까? 영천에서까지 나를 보러 올 정도면 상당히 정열적인 분일 텐데.'

나는 백철 선배의 전화를 끊고 향진으로 가면서 생각했다. 하지만 떠오르는 얼굴은 없었다. 영천도 익숙하지 않은 지명이었다.

"백 기자, 어서 오게. 인사하게, 백신애 소설가네."

내가 향진에서 방을 안내받아 가자 백철 선배가 앉아서 인사를 시켰다.

"처음 뵙겠습니다. 백석입니다."

"백 시인, 반갑소. 나 백신애요!"

백신애는 남자처럼 우렁찬 목소리로 오른손을 내밀었다. 1908년

영천에서 태어난 백신애는 1929년 조선일보 신춘문예에 단편소설 〈나의 어머니〉가 당선돼 등단했다. 내가 단편소설 〈그 모母와 아들〉로 조선일보 신춘문예에 당선하기 바로 한 해 전이었다. 우연의 일치이지만 제목이 비슷했다. 같은 수원 백白씨이기도 해서 처음 만났지만, 매우 가깝게 느껴졌다.

백신애는 등단하던 해 동경東京에 가서 문학과 연극을 공부하고 1932년 귀국했다. 그녀는 식민지 조국을 떠나 만주와 시베리아 등지를 방황하는 실향민들의 고초를 다룬 소설 〈꺼래이〉로 유명했다. 극심한 가난에 시달리는 민중의 모습을 형상화한 〈적빈赤貧〉도 문단의 관심을 끌었다. 〈꺼래이〉와 〈적빈〉 등이 내 정서와 맞았다. 만나고 싶었던 백신애 소설가가 눈앞에 있었다.

"이렇게 뵙게 되어 영광입니다. 선생님의 작품은 잘 읽고 있습니다."

"백 시인, 여기 앉아 술 한 잔 받아요. 내가 백철 오빠에게 부탁해서 백 시인을 불러내라고 했소."

"이렇게 불러주셔서 감사합니다."

나는 이렇게 말하면서 백신애를 똑바로 바라보았다. 나보다 네 살 위라서 서른한 살이라고 해도, 얼굴이 많이 초췌해 보였다. 신문에서 본 초롱초롱한 두 눈에 오똑한 코와 다소곳한 입술을 하고, 단발머리가 멋지게 어울리던 아름다운 모습을 찾기 힘들었다. 백신애는 1938년, 『사해공론』 9월호에 단편소설 〈일여인一女人〉을 발표한 뒤 병이 나서 투병중이라는 소문이 있었는데, 사실인 듯했다.

"아니, 백 시인. 뭘 그렇게 뚫어지게 봐? 민망하게."

"아, 죄송합니다. 평소에 존경하던 대 소설가님을 갑자기 뵈어, 너무 얼떨떨해 잠깐 넋을 놓았나 봅니다."

"무슨, 자~ 우리 이렇게 만난 것을 기념하는 축배를 듭시다!"

백신애는 상당히 들떠 있었다.

"오늘 우리가 이렇게 만난 것은 매우 기념적이다. 유비가 관우와 장비를 만나서 의형제를 맺는 도원결의桃園結義와 비슷하다."

"그럼 누가 유비고 관우와 장비는 누구인가요?"

내가 맞장구친다며 물었고

"그야 유비는 백철 선배고 장비는 막내인 백 시인이 돼야지."

백신애가 받자

"나이로 따지자면 그런데, 성격으로 보자면 장비는 백 소설가가 돼야 할 것 같은데."

백철이 은근슬쩍 튕기자

"그게 뭐 그리 중요하노? 우리의 성이 모두 같으니 '백씨 삼우조白氏 三友鳥라고 부르면 되지 않겠나?"

백신애가 정리했고

"백씨 삼우조, 좋네!"

백철이 추임새를 넣었다. 백신애는 기다리고 있었다는 듯 잔을 부딪치고 높이 들며 기분 좋은 소리로 크게 외쳤다.

"백씨 삼우조를 위하여!"

"백철 오빠를 위하여!"

"백석 동생을 위하여!"

술이 분위기를 돋웠고 분위기가 술을 불렀다. 그날 이후 백씨 삼우조는 자주 어울렸다. 백신애는 사업이 잘되는 오빠 덕분에 돈을 아끼지 않고 썼다. 요릿집에 자주 다닌 듯, 종업원들을 다루는 솜씨가 매우 능수능란했다. 기생을 불러 노래하고 춤추기도 했다. 그녀는 임방울이 부른 〈아서라 세상사〉를 멋지게 불렀다.

아서라 세상사 허망허다
군불견君不見 동원도리편시춘東園桃李片時春
창가소부娼家少婦야 말을 듣소
대장부 평생 사업 연년이 넘어가니
동류수東流水 굽이굽이 물결은 바삐바삐
백천百川은 동도해東到海요 하시부서귀何時復西歸라
우산牛山의 지는 해는 제 경공齊景公의 눈물이요
분수추풍곡汾水秋風曲은 한 무제의 시름이라
피죽죽 저 뒤견아 성성제혈을 자랑 말어라
기천년 미귀혼인 너도 또한 슬프련만
천고 상심 우리 인생들은 봄이 돌아오면 수심인가
낙양성도 낙화소식 공자왕손도 처량하고
청춘몽을 계우 깨어 노니
백발 시름이 더욱 짙네
오음근시五音近侍 은안백마銀鞍白馬 당시 행락이 나건마는
장안청루 소년들은 저혼자만 자랑을 헌다
장강의 배를 띄워 풍월을 가득 싣고 범범중류 떠나갈제
백구비거복래白鷗飛去復來 뿐이로구나

통소 소리가 명명嗚嗚허니 소자첨 적벽인가

어데서 비파곡조

인불견人不見 수봉처水逢處 허니

소상고적瀟湘古蹟이 방불허고나

젊어 청춘에 먹고 노지

늙어지면은 못노라니라

거드렁 거리고 놀아보자

― 편시춘 작사, 임방울 노래 〈아서라 세상사〉 전문.

  백신애의 노래는 내 가슴을 파고들었다. 힘든 세상을 어렵게 살아온 체험에다 여성 특유의 애절함이 묻어 나왔다. 경산군 안심면 반야월 과수원에 살면서 뼈저리게 느꼈던 농촌의 가난함이 배었고, 만주와 시베리아를 여행하면서 만났던 동포들의 고통스러운 삶이 스며있었다. 〈아서라 세상사〉는 내가 함흥에 있을 때, 연이와 배신우와의 도둑결혼을 안 뒤 가슴 아프게 불렀던 바로 그 노래였다. 〈내가 생각하는 것은〉이란 시에서 나는 "〈아서라 세상사〉라도 들을/ 류성기도 없는 것을 생각한다"고 절규했다. 내가 겪었던 아픔과 백신애가 체험했을 고통이 겹치면서 나는 울컥했다. 그 모습을 백신애에게 들켰다.

  "아니, 동생. 이 좋은 날에 왜 눈물을 보이고 그러나?"

  "아무것도 아닙니다."

  "아니긴? 눈알이 빨갛고 어깨가 들썩거리는데."

  "누님, 우리는 왜 이렇게 힘들게 살아야 하는 건가요?"

나는 백신애의 품에 안기며 참고 있던 울음을 터뜨렸다.

"우리가 무슨 잘못을 저질렀기에 이토록 아픈 시련을 겪어야 한단 말입니까?"

백신애는 나를 품에 안고 어깨를 토닥거리며 말했다.

"동생, 지금은 실컷 울어라!"

백철은 이 상황이 당혹스러운지 술잔을 연거푸 비웠다. 시간이 흐르고, 들썩이던 내 어깨가 조용해지자 백신애가 입을 열었다.

"동생, 앞으로는 울지 마라. 운다고 해결되는 건 아무것도 없다. 울 일이 있으면 울게 한 그것을 없애라!"

"울음을 보여 송구합니다. 앞으로 누님 말씀을 가슴 깊이 간직하고 지키겠습니다."

"그래, 그래야지. 쿨럭."

조용히 말을 하던 백신애가 갑자기 손수건으로 입을 가렸다. 손수건은 금세 발갛게 물들었다.

"이런 또 피를 토했네. 위장이 나빠선지 요즘 술을 마시면 자주 피를 토하네."

"이봐 동생, 술을 좀 삼가야 하는 거 아냐?"

백철이 걱정스럽게 말하고 나도

"누님, 건강에 신경 써야 좋은 글을 오래, 많이 쓰시지요."라고 권했다. 하지만 백신애는 막무가내였다. 발자크의 말이라며 이렇게 외치며 술잔을 입으로 가져갔다.

"인생을 짧게, 굵게 살 것!"

백신애는 마치 죽음을 작정한 듯 마셨다.

"누님! 저희 『여성』에 기행문 좀 부탁드려요."

나는 백철 선배와 함께 백신애 소설가가 술을 덜 마시게 할 묘안을 마련했다. 우리 셋이서 모이면 어쩔 수 없이 과음하니까 억지로라도 떼어놓아야 한다는 데 의견을 모았다. 기행문이 그 묘안이었다. 두 번째 만났을 때 내 시집 『사슴』을 드리면서 기행문을 청탁했다.

"기행문? 어떤 기행문?"

"그래, 백 소설가! 좋은 곳에 다녀와서 멋진 글 쓴 뒤에 축하파티 하자."

백철 선배도 거들었다.

"소재와 주제, 그리고 여행할 곳은 누님께서 정하세요."

"그럴까. 우리 미남 시인 동생이 부탁하는 데 내가 거절할 수야 없지."

"누님께서 쾌히 응락해주실 것으로 믿었습니다. 5월호니까, 원고 마감은 4월 15일까지입니다!"

나는 어릴 때 북극의 오로라 빛을 동경해 외롭고 끝없는 방랑자가 되어 보고 싶었다. 낯설은 이국異國의 거리를 외로이 걸어가며 언어 한 마디조차 붙여볼 수 없이 가다가 피로하면 희미한 가로등 아래서 잠잘 곳을 찾아 방황하고, 발끝이 향하는 대로 어디든지 흐르고 또 흘러가리라고 늘 꿈꾸었다.

방랑자! 방랑자! 이 얼마나 나에게 매력적 어구이었던가. 따뜻한 어머니 곁에 누워 방랑자의 가지가지 애상을 마음속으로 그려보며 가만히 눈물짓기도, 한두 번이 아니었다. 그때 나는 스스로 이런 감상을 함으로써 남과 다른, 아니 '평범한 소녀가 아니다'라고 자부도 하였으며 그 얼마나 아름다운 시적 감상인가 하고 생각했다. 그러나 지금은 값싼 유행가로 이런 종류의 감상은 저락低落되어 버렸으나 나는 때때로 그때의 나의 센치感傷를 더듬어보며 못내 사랑한다.

이미 내 나이 반육십이 되었어도 20년 전 그때의 감상에 젖기가 일쑤이니 우스운 자는 우스워하리라. 그러나 근간에 이르러서는 너무나 병약하여지고, 억센 현실 속에 파묻혀 있었고, 또 안타까운 여인의 몸인 줄 알게 되어 감상은 감상으로, 슬픔은 슬픔으로 제혼자 가만히 앉은 자리에서 정리해 버릴 줄을 알게 되어 적으나마 세상만사, 천사만려를 모조리 불교적으로 귀결을 짓기가 일이기도 하여졌다.

나의 이러한 심경의 변화를, 세상은 흔히 있는 패배자의 자위라고 돌릴지도 모르나 나 자신은 그러한 것이 아니다. 오척여촌五尺餘寸의 작은 몸뚱이 하나 속에다 이 세상을 모조리 축적하려는, 그리고 나 스스로를 '소小'에 붙잡히지 않는 인간을 만들려는 그러한 체념에서이다.

이번에 뜻하지 않은 먼 여행을 하게 된 것도 내가 어릴 때의 감상을 버리지 못하여 쥐어짜 만든 찬스가 아님이 기뻤던 것이다. 왜냐하면 이 여로에 오른 후 이윽히, 가다가 문득 옛꿈이 실현되었구나…하는 느낌이 너무나 기쁘고 반가운 듯하여 거리낌 없이 어리던 그때로 휙 돌아가 버리어 마음껏 감상하리라고 생각했던 것이다.

위병胃病으로 입원하였다가 퇴원한 지 사흘 만에 뜻하지 않은 먼

길을 갑자기 떠나게 되고, 또 가는 길이 허구 많은 곳을 다-버려두고 구태여 총탄에 허물어지고 창검槍劍에 짓밟힌 패잔敗殘의 중국 땅임이 얼마나 나를 기쁘게 하였는지 모른다. 참으로 형언할 수 없는 기쁨이었다. 기쁨이 누구나 흔히 상상하는 그런 이유의 기쁨이 아닌 것은 여기서 말하고 싶지 않다…

— 백신애, 〈청도靑島기행〉 앞부분, 『여성』, 1939년 5월호.

백신애는 위병으로 입원했다가 퇴원하고 사흘 뒤 지나支那의 청도로 떠났다. 왜 하필 "총탄에 허물어지고 창검에 짓밟힌 패잔의 땅" 청도였을까? 나는 백신애에게 '여행기'를 청탁했지만, 장소에 대해선 아무런 말도 하지 않았다. 다만 150cm 남짓 되는 작고 아픈 몸뚱이를 이끌고 청도에 가서, 비슷한 처지에 빠진 대한의 아픔을 새김질하려던 것으로 추측할 뿐이었다. 백신애는 그런 아픔을 "참으로 형언할 수 없는 기쁨이었다"는 역설로 자신의 심정을 드러냈다. 글에 나오는 "방랑자! 방랑자! 이 얼마나 나게 매력적 어구이었던가"는 나에게도 그대로 전염됐다.

"〈청도기행〉은 여류 작가 백신애 씨의 작가적 정열이 가득 찬 기행문인데 다감한 이 필자의 유랑을 우리도 같이 유랑하는 것은 얼마나 큰 유랑입니까."

나는 『여성』 5월호 '편집후기'를 통해 백신애에게 감사의 뜻을 나타냈다. 그리고 6월호 주제를 정하고 원고 청탁하느라 바쁘게 보냈다. 그럴 즈음 백신애가 췌장암으로 경성대의원京城大醫院에 입원했다는 소식이 들렸다. 나는 백철 선배와 함께 병문안 갔다. 백신애는 한 달 사이에 몰라볼 정도로 더욱 수척해져 있었다. 눈물이 저절로 핑 돌았다.

"누님…"

"백 시인, 멋진 편집후기 고마워."

"제가 그동안 찾아뵙지 못해서 송구합니다."

"아니야, 아냐."

"백 소설가! 이게 무슨 일이야? 어서 벌떡 일어나 〈청도기행〉 축하파티를 열어야지."

백철의 말에도 눈물과 울음이 배어 나왔다.

"오빠, 당연히 그래야지."

백신애의 말이 눈물에 젖어 떨렸다.

"맞아요, 누님! 기행문 쓴 뒤에 축하파티 하기로 약속했었잖아요?"

"그랬지."

"그래! 어서 훨훨 털고 일어나 퇴원한 뒤 '백씨 삼우조' 힘차게 모이자."

나와 백철은 애써 밝은 표정을 짓고 눈물을 삼키며 병실을 나오려고 했다. 그때 백신애가 갑자기 생각났다는 듯 말했다.

"오빠 먼저 나가고, 동생은 할 말이 있으니 좀 더 있다 가."

내가 백철과 배웅하고 병실로 되돌아오자, 백신애는 책상 서랍에서 원고 뭉치를 꺼내 나에게 주며 말했다.

"이거 내가 입원해 있는 동안 틈틈이 쓴 소설 초고야."

원고 뭉치 첫 면에 〈아름다운 노을〉이라는 제목이 적혀 있었다.

"편찮으셔서 입원했는데도 원고를 쓰시다니, 누님, 참 대단하셔요."

"읽어보면 알겠지만, 내가 모두 창작한 것은 아니고 동생과 오빠와 함께 술 마시면서 나눴던 얘기에서 단서를 잡아 쓴 것이야."

"우리가 했던 얘기가 소재라고요? 어떤 얘긴데요?"

"그건 원고를 보면 알 거고, 아직 퇴고 전이라 손 볼 곳이 많긴 한데, 동생이 읽고 평을 좀 해 줘."

"제가 어찌 감히 누님 작품에 평을?"

"아냐. 동생은 소설로 등단했고 『여성』의 명 편집자잖아. 게다가 동생은 이 소설의 공동창작자 중 한 사람이니까, 충분한 자격이 있어!"

"알겠습니다. 하지만 큰 기대는 하지 마셔요."

나는 그렇게 백신애의 소설 원고를 받아들고 병실을 나섰다. 하지만 나는 그녀에게 원고를 돌려주지 못했다. 소설에 대한 평을 해 줄 수도 없었다. 백신애가 갑자기 사망했기 때문이었다.

"나를 더 괴롭히지 말고, 어서 죽게 해달라!"

백신애는 검진하러 오는 의사에게 이렇게 말했다. 그냥 해보는 투정이 아니었다. 그는 회복할 가망이 없다는 사실을 알고, 스스로 운명을 정하려고 했다. 의사가 처방한 약을 일절 먹지 않았다. 주사도 거부했다. 링겔 주삿줄로 목을 매 자살하려고도 했다. 오빠 백기호가 지극한 정성으로 간호하며 말렸지만 소용없었다. 백신애는 1939년 6월23일 사망했다. 내가 그녀를 만난 것이 3월이니까, 불과 석 달 만에 먼길을 떠났다. 나는 백철에게 부탁해 『여성』 8월호에

'백신애 추모기'를 실었다.

> 31세의 청춘이 때아닌 풍상을 만나 요절이 되니 그것이 어찌 순 평스러운 죽엄일 수 있으랴! … 신애 군과는 나와 같은 혈통, 같은 가계에 속하는 친족과 같은 정의情誼가 우리들 사이에 있었다. 나보다도 신애 편이 더욱 그런 친족의 관념을 고지固持한 때문에 오늘날 그의 죽엄은 결코 내겐 타인의 죽엄이 아니었다. … 지금 본지 편집자도 그와 같은 뜻에서 신애 군과 가깝게 지냈던 나에게 그를 조상弔喪하는 일문을 제청提請한 것이 아닐까? 그리고 그 뜻에 응하여 내가 지금 신애 군에 대하여 약간의 감상을 펴는 것도 결국 내 자신이 이 사실을 인정하기 시작한 뜻일 밖에 없다. … 내가 그를 알게 된 것은 금춘 3월이었으니 그가 죽을 때까지 전 시간을 통산하여도 반년이 다 못된다. 다만 처음 만나자부터 우리들은 전부터 사귀어 온 구면과 같이 가까워졌고 형매兄妹와 같이 지냈다…
> ― 백철, 〈백신애 추모기〉 일부, 『여성』, 1939년 8월호.

나는 백신애 추모기를 실은 뒤 〈아름다운 노을〉을 본격적으로 읽었다. 원고를 받은 뒤에 훑어보기는 했다. 하지만 그녀의 갑작스러운 죽음과 잡지 편집 등으로 차분히 읽을 틈이 없었다. 백신애는 특별히 나에게 비평을 부탁하며 원고를 넘겼다. 자기가 죽은 뒤 이 소설을 『여성』에 유작으로 발표해달라는 부탁으로 생각됐다. 이제 그가 남긴 유고를 세상에 알리는 일이 남았다.

소설은 높은 산줄기에서 흘러내린 언덕에 있는 늙은 소나무 아래에서 저녁노을이 아름다운 어느 해 여름, 화가 여인이 소설가 남자에게 자신이 처한 애달픈 사랑얘기를 들려주는 것으로 시작됐다. '백씨 삼우조'가 함께 술을 마실 때, 백신애가 얼개를 얘기하고 백철과 내가 살을 붙인 바로 그 스토리였다.

"그 여인은 옥색 긴 치마에 흰 은조사 깨끼 겹저고리를 받쳐 입고 머리는 되는대로 넘겨 쪽 쪘으나 그리 보기 흉하지 않았다. 아니 이 여인은 서글서글한 두 눈이나 입이며 후리한 키며 잠깐 보면 몹시도 루스하게 인상되지만 다시 한번 거듭 보면 흐트러진 듯한 그의 전체가 모두 다 정연하고 단정하게 제격대로 맞아 있다."

그림을 그리는 주인공의 인상은 백신애 자신의 모습을 닮았다. 특히 "그 크고 맑은 눈을 위해 그의 입도 조화되고, 둥글고 넓은 이마는 그 얼굴에 조화되어 함부로 넘겨 쪽진 머리 단장도 그 얼굴에 어울리고, 그 후리한 키에 아무렇게나 입은 치마 맵시 역시 어울려 하나도 고칠 것이 없다"는 묘사는 영락없는 백신애 모습이었다.

바로 그때 나는 깜짝 놀랐다. "여보세요. 당신은 나를 어떻게 보십니까?"라는 문장을 보고서였다. 주인공이 소설 속 관찰자인 소설가 남자에게 자신이 겪은 얘기를 하려다가 갑자기 하는 질문이었다. 이 말은 바로 백신애가 죽기 얼마 전 나와 백철에게 한 바로 그 말이었다.

"오빠, 그리고 동생! 나를 어떻게 생각해?"

백신애는 여장부답게 여기저기 활기차게 돌아다니며 사는 게 체질이었다. 암에 걸려 갑갑한 병실에 갇혀 지내는 게 도무지 마음에 들지 않았던 듯, 갑자기 물었다.

"동생, 그게 무슨 말이야?"

"누님, 힘을 내셔야지요!"

백철과 나는 할 말이 없어 겨우 이렇게 대꾸했을 뿐이었다. 하지만 백신애는 그때 이미 결심한 상태였다.

"이렇게 사는 것이 나답지 못하다고 보지 않아?"라고 덧붙인 말로 볼 때 확실했다.

'아, 그때 그의 결심을 깨달아서, 그러지 말라고 설득했어야 했는데…'

나는 갑자기 안개가 몰려오는 것처럼 뿌옇게 된 눈을 들어 창밖을 바라보았다. 밖은 어느새 저녁노을이 발갛게 물들고 있었다. 눈물을 닦고 원고를 읽으면서 다시 깜짝 놀랐다. 주인공이 사랑에 빠진, 이상형의 소년이 바로 나였기 때문이었다.

"그 소년은 내가 그림 붓을 든 후 오늘까지 머릿속에 그리고, 그리던 내 이상의 얼굴이었어요. 나는 항상 머릿속에 그리기를 지극히 온순하고, 지극히 아름다우며, 끝없이 침착하고 점잖으며, 맑고 순결하고 화기를 띠운, 용감하고 고귀하며 단정한 얼굴을 단 한 폭, 내 전생을 통해 그려보려고 욕망해왔던 거랍니다."

주인공 화가 여인은 그 소년을 보자마자 '사랑'에 빠졌다. 자기에게 청혼한 남자의 동생이자, 자신의 아들보다 고작 세 살 많은 그 소년을 사랑했다. 머리로는 그러면 안 된다고 수없이 되뇌었지만, 가슴은 머리의 명령을 듣지 않았다. 여인은 깊은 산속 암자를 찾아 묵으며, 산속을 헤맸다. 몸이 피곤하면 소년을 잊을 수 있을 것으로 여겼다. 하지만 그럴수록 소년에 대한 사랑이 깊어갔다.

백신애가 주인공을 통해 묘사한 소년의 모습, 즉 "그의 얼굴, 소년답지 않을 만치 침착하고 고상하며 온화하고 부드러운 그 얼굴, 그리고 어디인지 소년다운 선을 가진 순결한 그 입과 눈"은 바로 나였다. 주인공이 "나는 나를 잊고 도취되어 있던 거랍니다. 그때까지 아무리 유명한 동서양의 명화를 대해도 이만치 나 스스로 도취 되어 바라보고 바라보아도 그치지 않고 신비로움을 느껴본 적은 없었습니다."라고 고백한 것처럼, 백신애는 나에게 도취 돼 있었는지 몰랐다.

하지만 주인공은 소년과의 사랑이 이뤄질 수 없음을 알았다. 그래서 결심했다. "나는 그 소년을 위해 생명을 던지리라는 것이었어요. 내 괴로움의 실마리는 이 결심으로서 풀어진 거랍니다." 백신애도 그런 것이었을까? 나는 〈아름다운 노을〉을 읽으면서 눈물을 삼켰다.

'아, 신애 누님. 누님은 그 아픈 사랑을 어떻게 견디셨나요? 말을 좀 했으면 애달픔은 어느 정도 풀리지 않았을까요? 멍청한 이놈은 그저 마음씨 좋은 누나로만, 이놈을 잘 챙겨주는 자상한 누님으로만 생각했으니.'

나는 100일도 안되는 백신애와의 짧은 인연을 시로 썼다.

　　믿음이 굳어지는데 100일이면 충분했습니다
　　봄에 문득 만나 여름에 갑자기 떠날 때까지
　　나날은 짧고 다달은 더 짧았지만

그대는 나의 푯대가 되고
나는 그대의 바람이 되어
믿음을 사랑으로 키웠습니다

사랑은 말로 하는 게 아니라
사랑은 몸으로 하는 게 아니라
사랑은 마음으로 정신으로 바람으로 하는 것이었습니다

그놈들의 숭악한 수탈로 다달이 쪼그라드는 겨레의 삶이 아파
10년 동안 몸과 마음이 암세포에 공격당할 때까지
그놈들의 심장에 들어가 배우고 익힌 것으로 겨레의 아픔을 달랬습니다

그대가 하얗게 떠났어도
그대의 믿음과 사랑은 내 가슴에 남아
그대의 100일은 나의 방랑으로 이어집니다
— 백석, 〈하얀 믿음과 사랑〉 전문, 미발표 유고.

나는 〈아름다운 노을〉을 『여성』에 실을 수 없었다. 나와의 이룰 수 없는 사랑을 다룬 소설을, 내 손으로 발표하기는 힘들었다. 전에 시 〈나와 나탸샤와 흰 당나귀〉를 『삼천리문학』에 실으라고 윤혜정에게 보냈는데, 윤혜정이 자신에 대한 연시戀詩로 여기고 싣지 않았던 심정을, 나는 이제야 조금 이해할 수 있을 것 같았다. 하지만

나는 윤혜정이 〈나와 나타샤와 흰 당나귀〉를 보관했던 것과 달리, 〈아름다운 노을〉을 백철 선배에게 맡겨 『여성』에 발표하도록 부탁했다.

  대신 나는 떠나기로 했다. 대한을 떠나 만주로 가기로 마음먹었다. 백신애가 죽은 뒤 서울에 남아있도록 하는 요인이 거의 사라졌다. 일제의 한글 사용금지는 갈수록 집요해졌다. 중일전쟁이 장기화되고, 징용에 끌려나갈 위기도 높아졌다. 백신애가 〈청도기행〉에서 말한 "방랑자!"를, 나는 나의 운명으로 여겼다. 방랑이 어디서 어떻게 끝날지는 알 수 없었다. 1939년 8월 서울에서 내가 해야 할 일은 떠나는 일밖에 없었다.

17

망명

"신분증!"

압록강 철교에 들어서려고 하자, 일제 헌병이 눈을 부라리며 신분증을 요구했다. 나는 무표정하게 조선일보 기자증을 내밀었다. 이런 일이 있을 것을 예상해, 조선일보를 그만두고 떠나올 때 기자증을 챙겼다.

"기자십니까?"

기자증을 본 헌병의 말투가 요상한 경어체로 바뀌었다. 의심이 가득한 눈으로 나의 위아래를 훑으며 말했다. 기자는 인정하되 조선인이 압록강 철교를 걸어서 건너는 것은 수상하다는 태도였다.

"안동安東을 가는데 왜 굳이 걸어서 가려고 하는지요?"

"조선과 만주의 삶을 비교하는 특집기사를 준비하기 위해서요. 오족협화를 실현하는 만주에서 새로운 인생을 개척하기 위해 압록강을 건너가는 조선사람들의 다짐을, 철교를 걸으면서 곰곰이 생각해보려 하오!"

나는 하기 싫은 말을 억지로 했다. 지겨운 헌병에게서 빨리 벗어나기 위해서였다. 일제는 청淸의 마지막 황제 푸이溥儀를 꼭두각시 집정執政으로 내세워 만주국을 세웠다. 만주국을 만든 뒤 벌써 8년이나 흘렀다. 하지만 여전히 국가라고 하기엔 부족한 것이 많았다. 일제는 일본 조선 만주 몽골 지나支那의 5개 민족의 화합을 내세운 오족협화五族協和로 왕도낙토王道樂土를 건설하겠다는 사탕발림을 내세웠다. 대한 사람들의 만주 이주를 적극적으로 장려하기 위해서였다.

나는 그 틈을 이용해 만주로 망명하려고 했다. 그렇다. 그건 망명이었다. 일제는 이미 한글 사용을 금지했다. 학교에서 국어라고 부르는 일본어만 가르쳤다. 일상생활에서 한글을 쓰면 벌까지 내렸다. 성과 이름을 일본식으로 바꾸는 창씨개명도 강요했다. 대한의 얼을 빼앗고 일본인화하겠다는 속셈이었다. 게다가 강제로 징용과 징집마저 시행할 기세였다. 중일전쟁이 길어지자 전선에서 요구하는 병사와 노무자를 보내기 위해서였다.

"만주에 가야겠네!"

"왜? 갑자기 만주로?"

"더는 서울에 남아있을 수 없어서네. 서울에선 숨조차 제대로 쉴 수가 없다네."

"만주에 가면 달라질 것 같은가?"

"크게 개선될 가능성은 없겠지. 하지만 서울보다는 낫지 않겠는가?"

"그렇긴 하겠지만."

"자네도 알다시피 나는 조선일보에 재입사해서 『여성』을 정말 열심히 만들었네. 그것이 점점 악랄해지는 일제와 싸우는 것이라고 믿었기 때문이네. 하지만…"

"그래도 만주로 가는 것보다 여기서 더 버티는 게 낫지 않겠나?"

"아닐세. 지난 몇 달간 고민을 많이 했네. 결론은 떠나는 것이네!"

"자네가 떠나면 『여성』 독자들이 자네를 많이 찾을 것이네.

"요즘 돌아가는 꼴을 보면 일제는 조만간 동아 조선일보와 문장 등 한글 신문과 잡지를 강제로 폐간시킬 것이네."

"설마, 그렇게까지 하려고?"

나는 서울을 떠날 때 나의 영원한 벗 이진과 술잔을 기울였다. 모든 일에 신중한 이진은, 그래도 서울에서 버텨보라고 권유했다. 그럴 수는 없었다. 징용의 그림자가 갈수록 짙어지고 있었다. 조선일보가 살아남는다면 기자로서 버틸 수 있겠지만, 폐간된다면 결혼하지 않은 나는 징용으로 끌려갈 것이 거의 확실했다. 게다가 백신애의 갑작스러운 죽음도 내가 떠나야 함을 말해 주고 있었다.

"내가 만주로 가는 것은 도피가 아니라 망명이네!"

"망명? 망명이라고?"

"그래, 망명이네. 자네 망명의 뜻을 알고 있나?"

"혁명이나 정치적 이유로 박해를 받거나 박해받을 위험이 예상되는 사람이 그런 박해를 피하려고 외국으로 떠나는 것 아닌가?"

"정확히 알고 있는 것을 보니, 자네도 망명을 생각하고 있는 모양이군."

"농담하지 말게!"

"농담이 아니네. 나와 자네처럼 일제의 동화정책에 협력하지 않고 대한의 얼과 글을 지키려는 사람들을, 일제는 멀지 않아 엄청나게 탄압할 것이네."

"그래도 숨 쉴 틈은 주지 않을까?"

"그렇지 않네. 일제는 점점 중일전쟁의 수렁에 빠져들고 있네. 그럴수록 한글사용금지와 창씨개명은 물론 강제 징용과 징집을 시행할 날이 올 것이네. 그렇게 된 뒤에는 만주로 가기가 쉽지 않고, 그때는 정말 도피해야 할 것이네!"

"그래서 선수치고 먼저 망명하겠다고?"

"그렇다네!"

"자네 결심이 그렇다면, 나는 언제든 자네 결정을 믿네. 나는 영원히 자네 편이지 않은가?"

"고맙네. 그러지 않기를 바라지만, 내 말대로 한글 신문과 잡지가 폐간되면 자네도 만주로 망명 오게나."

"알겠네. 부디 몸조심하게!"

나는 서울을 떠나면서 짐을 최대한 간편하게 챙겼다. 장기 체류가 아니라 취재를 위한 단기여행임을 보여주기 위해서였다. 나는 기차를 타고 신경新京까지 갈 예정이었다. 기차가 신의주역에 정차해서 출국 심사를 받을 때였다. 문득 압록강 철교를 걸어서 건너야겠다는 생각이 떠올랐다. 조선일보 기자증으로 헌병의 검문을 따

돌렸다. 철교 위로 올라서서 서쪽을 향해 천천히 걸었다. 소한을 갓 지난 칼바람이 얼굴을 후려갈겼다. 온몸이 덜덜 떨렸다. 추위 때문만은 아니었다. 살을 에는 칼바람이 앞으로 겪을 삶이라는 것을 뼈저리게 깨달았기 때문이었다.

일제 헌병의 가시권서 벗어나자 나는 천천히 뛰었다. 기차를 타면 4,5분이면 건널 다리였다. 이를 악물었다. 나는 편하게 살기 위해 이 다리를 건너는 게 아니다. 일제의 폭압 정치를 이겨낼 의지를 다지고 몰아내기 위해 싸우러 가는 길이다. 두 주먹을 불끈 쥐고 속도를 조금씩 높였다. 그 서슬에 추위도 주춤거리며 물러나는 듯했다. 뛰면서 심장 소리가 들리고 몸이 데워지자 추위는 점점 멀어졌다.

얼마나 달렸을까. 모든 생각을 버리고 달리는 데만 집중했다. 문득 옆에서 인기척이 느껴졌다. 손기정 선수가 오른쪽에서 함께 뛰고 있었다. 철교 중간쯤이었다. 그는 따뜻한 미소를 보내면서 나와 발맞춰 뛰었다.

"어, 손기정! 여긴 웬일이야?"

"웬일이긴, 자네를 전송하러 왔지."

"내가 만주로 떠난다는 것은 비밀인데."

불가능한 일이었다. 내가 만주로 떠난다는 것은 이진과 백철 등 매우 적은 벗들만 알고 있었다. 특히 압록강 철교를 걸어서, 달려서 건너는 것은 당초 계획과 달리 즉흥적 결정이었다. 그런데 천 리 밖 서울에서 신의주의 내 소식을 알고 순식간에 공간 이동한다는 것은 있을 수 없었다.

"내가 압록강 철교를 뛰어서 건넌다는 것을 어떻게 알았지?"

"다 아는 수가 있지."

손기정은 미소만 지을 뿐, 자세한 얘기를 하지 않았다. 하지만 이유는 그다지 중요하지 않았다. 1936년 8월9일에 열린 베를린올림픽 마라톤에서 2시간 29분 19초2라는 세계신기록으로 금메달을 딴, 손 선수와 함께 압록강 철교를 뛰고 있다는 사실이 소중했다.

"베를린의 영웅과 함께 압록강 위를 달릴 수 있어 영광이네!"

"나도 대한에서 가장 좋아하는 시인과 함께 호흡하며 전송할 수 있어서 매우 기쁘다네."

손기정은 나와 동갑이었다. 고향도 평북 의주부 민포동으로, 내 고향 정주와 가까웠다. 나는 그가 베를린올림픽에서 금메달을 따기 전까지는 만난 적이 없었다. 그가 금메달을 따고 귀국했을 때, 나는 함흥의 영생고보에서 영어 선생으로 재직 중이었다. 직접 만날 기회가 없었다. 동아일보와 조선중앙일보가 그의 가슴에서 일장기日章旗를 지운 시상식 사진을 보고 그의 존재를 처음 알았다. 나는 그 기사를 보고 손기정 선수에게 편지를 썼다. 편지 속에는 그의 우승을 축하하는 시를 한 편 포함했다.

손기정 선수께

베를린올림픽 마라톤에서 세계가 깜짝 놀랄 세계신기록으로 우승한 것을 축하합니다. 손 선수의 우승은 저와 일제의 폭압에 신음하는 배달겨레에게 커다란 힘을 주었습니다. 일제가 아무리 우리를 탄압해도 우리의 얼과 넋은 생생하게 살아있음을 일깨웠습니다. 그것은 일제와 싸우고 있는 독립군 못지않은 큰일이었습니다.

저는 함흥 영생고보 영어교사인 백석 시인입니다. 지난 1월에 시집 『사슴』을 출간한 뒤 4월부터 이곳으로 옮겼지요. 손 선수의 금메달 소식을 본 감동을 그냥 놓아둘 수 없어 이렇게 편지로 축하드립니다. 나의 벅찬 가슴을 축하시로 써 보았습니다.

우리는 당신이 눈물을 삼킨 까닭을 안다
베를린올림픽 마라톤에서 세계신기록으로 우승한 뒤
금메달 시상대에 우뚝 서서 고개 떨군 채
참나무 묘목으로 일장기를 가린 그 가슴을 안다

나라를 총칼 든 강도에게 강제로 빼앗겼지만
단 한 번도 대한사람임을 잊지 않았던 당신
굶주린 배를 부여잡고 해진 신발을 질끈 매고
압록강변과 압록강철교를 날마다 달렸던 당신

당신은 베를린에서 일제가 마련한 축하연에 나가지 않고
동메달을 딴 남승룡과 함께 안봉근의 두부 공장에 가서
태극기를 보고 뜨거운 눈물로 대한독립만세를 외쳤다
히틀러를 만나서도 일본인 손기테이가 아니라
대한사람 손긔정임을 당당하게 밝혔다

베를린올림픽 영웅이면서도 "슬푸다!!?"라는 엽서를
조선 벗에게 보낸, 당신이 슬픈 까닭을 우리는 안다

태극기를 가슴에 달고 뛰어 애국가가 시상식에서 울려퍼지는
그런 날을 꿈꾸었다는 것을 우리는 말없는 가슴으로 안다
— 백석, 〈손기정이 꿈꾼 나라〉 전문, 미발표 유고.

당신이 시상식 때 고개를 떨구고, 부상으로 받은 참나무 묘목으로 일장기를 가린 모습은 정말 감동이었습니다. 동메달을 딴 남승룡은 바지를 끝까지 끌어올려 일장기를 가리려고 했지만 가리지 못하자 고개를 떨궜습니다. 저는 두 분의 그런 모습을 보고 가슴이 뭉클했습니다. 석 달 뒤면 겨울방학입니다. 그때 서울에 가서 찾아뵙겠습니다. 모쪼록 건강하세요.

4269년 8월 29일
함흥에서, 백석 드림

나와 손기정의 만남은 편지와 달리 9월로 앞당겨졌다. 심훈 선생께서 그해 9월 16일, 서른여섯의 젊은 나이에 갑자기 서거했기 때문이었다. 나보다 11살 위인 심훈은 손기정의 금메달 소식을 전한 동아일보를 읽으면서 즉석에서 〈오오 조선의 남아여—백림 마라톤에서 우승한 손기정, 남승룡 군에게〉라는 시를 썼다.

그대들의 첩보捷報를 전하는 호외 뒷등에
붓을 달리는 이 손은 형용 못할 감격에 떨린다!
이역의 하늘 아래서 그대들의 심장 속에 용솟음치던 피가

2천 3백만의 한 사람인 내 혈관 속을 달리기 때문이다.

"이겼다"는 소리를 들어보지 못한 우리의 고막은
깊은 밤 전승의 방울소리에 터질 듯 찢어질 듯.
침울한 어둠 속에 짓눌렸던 고토故土의 하늘도
올림픽 거화炬火를 켜든 것처럼 화닥닥 밝으려 하는구나!

오늘 밤 그대들은 꿈속에서 조국의 전승을 전하고자
마라톤 험한 길을 달리다가 절명한 아테네의 병사를 만나 보리라.
그보다도 더 용감하였던 선조들의 정령精靈이 가호하였음에
두 용사 서로 껴안고 느껴 느껴 울었으리라.

오오, 나는 외치고 싶다! 마이크를 쥐고
전 세계의 인류를 향해서 외치고 싶다!
"인제도 인제도 너희들은 우리를 약한 족속이라고 부를 터이냐!"
― 심훈,〈오오, 조선의 남아여!―伯林(백림)마라톤에 우승한 孫, 南(손, 남) 양군에게〉전문.

심훈은 "이겼다는 소리를 들어보지 못한 우리의 고막은 깊은 밤 전승의 방울 소리에 터질 듯 찢어질 듯 침울한 어둠 속에 짓눌렸던 고토의 하늘도 올림픽 거화炬火를 켜 든 것처럼 화다닥 밝으려 하는

구나!"라며 감동을 전했다. 심훈 선생은 이 시를 쓴 뒤 일제 경찰에 끌려가 모진 고문을 당했다. 약해진 몸에 장티푸스 균이 침투했고, 균을 이기지 못해 통한의 눈을 감아야 했다.

나는 학기 중이었지만 휴가를 내서 조문했다. 장례식장은 붐볐다. 일제의 감시가 살벌했지만, 소설『상록수』와 시〈그날이 오면〉을 쓴 심훈 선생의 마지막을 보내는 것마저 막을 수는 없었다. 나는 장례식장에서 자연스럽게 손기정을 만났다. 그는 운동선수답게 군살이 하나도 없이 강인한 모습이었다. 170cm의 키가 우뚝 솟은 미루나무처럼 보였다.

"베를린 영웅을 이렇게 직접 뵈어 영광입니다!"

"보내주신 편지와 축시 잘 읽었습니다. 감사합니다."

"심훈 선생께서 지은 축시에 비해 보잘것없는 시입니다."

"그렇지 않습니다. 심훈 선생 시와 백석 시인 시는 둘 다 저에겐 감동이었습니다!"

"그렇게 말씀해주시니 몸 둘 바를 모르겠습니다."

"오늘은 심훈 선생님 장례식장이라서 긴 얘기를 나눌 수 없지만 앞으로 자주 뵙도록 하겠습니다."

그때부터 나는 손기정과 오랜 벗처럼 매우 가깝게 지냈다. 시와 마라톤, 마라토너와 선생이라는 다른 길을 걸어왔지만, 일제와 싸워 조국의 독립을 쟁취해야 한다는 점에서 뜻이 하나였기 때문이었다. 고향이 같고 나이도 동갑이어서 몇 번 만나는 동안 말도 자연스럽게 텄다. 나는 서울에 올 때마다 손기정을 만났다. 1938년 6월, 영생고보 축구선수를 이끌고 '전선고보全鮮高普대항 축구대회'에 참가하기 위해 서울에 왔을 때는, 손기정이 동대문운동장에 직접 와서 응원해주었다. 1939년 1월, 조선일보에 재입사해서 『여성』을 편집할 때는 거의 매주 만났다. 그래도 만주로 망명한다는 사실은 말하지 않았다. 그만큼 비밀을 지켜야 할 것으로 여겼다. 하지만 그의 예리한 촉각은 나의 만주행을 곧바로 알아차렸다. 이진을 만나 몇 마디 나눈 뒤였다.

"석이 어디 갔나? 요즘 통 안보이네."
"신년특집용 기사를 쓰기 위해 지방으로 장기출장을 떠났네."
"그런가? 지방 어디로 갔나?"
"평양과 정주, 신의주를 거쳐 안동까지 다녀올 예정인 것으로 알고 있네."

그 말을 들은 손기정의 눈이 반짝거렸다. 이진의 말을 더 들을 필요가 없었다. 이진은 '말 없는 말'로, 손기정은 이심전심으로 이진의 뜻을 이해하고, 자리에서 일어섰다. 손기정은 최근 술자리에서 내가 "뭔가 결단을 내려야 한다"고 했던 말을 떠올렸다. 그리곤 그길로 신의주행 기차를 탔다.

휘이힝, 휘익~ 휘이잉….
땅거미가 내리기 시작하는 신경新京역 플랫폼에 칼바람이 휘몰아쳤다. 1940년 1월 13일 토요일 오후 5시였다. 1년 중 가장 춥다는 소한小寒이 지난 지 1주일 뒤라서 귓불을 스치는 바람이 아리듯 아팠다. 단단히 여민 옷깃도 소용없었다. 집요하게 파고드는 칼바람에 몸이 저절로 떨렸다.

'흐휴~'

나는 심호흡하며 옷매무새를 고치고 출구로 나왔다.

"백 시인 어서 오게!"

"이 선배님 오랜만입니다."

마중 나와 있던 이갑기가 반갑게 맞이해주었다. 1908년 대구에서 태어난 이갑기는 카프KAPF(조선 프롤레타리아 예술가 동맹)에서 평론가로 활동했다. 카프가 1935년 5월 해산된 뒤 1936년 봄, 조선일보에 편집촉탁 삽화가로 입사했다. 내가 조선일보 기자를 그만 두고 함흥으로 떠날 즈음이었다. 내가 조선일보에 재입사했을 때는 함께 근무했다. 그는 1939년 하반기에 조선일보를 그만두고 만주에 와서 만선일보滿鮮日報 편집기자가 돼 있었다.

"백 시인, 신경에서 지낼 집은 구했나?"

"아직입니다."

"그래? 요즘 신경의 주택난이 매우 심해서 집 구하기가 쉽지 않을 텐데. 일단 내 하숙집으로 가서 숙소를 구할 때까지 지내도록 하세!"

"감사합니다!"

"감사는 하숙집에 가서 하는 게 좋겠네."

나는 이갑기의 말뜻을 하숙집에 도착해서 금세 알 수 있었다. '만주국 신경시 동삼마로 35번지 황씨방'이 정식 주소인 그의 하숙집은 집이라기보다는 돼지우리 같았다. 초가삼간처럼 좁은 집에 방을 많이 만들고 세를 놓아, 사람을 켜켜이 쌓아놓은 집이었다. 하숙방은 방바닥과 천장 사이에 단을 놓아 한 층을 더 만들고, 그 위를 여러 칸으로 나눠 만든 방이었다. 그곳 사람들은 그런 방을 '쥬비까이'라고 불렀다. 방에서 다락으로 올라가는 중간에 있는 공간이란 뜻이다.

보통사람은 상상하기 힘든 방이었다. 방으로 가기 위해 문을 열자 부엌이 나왔다. 부엌에서는 안주인과 과년한 딸이 저녁을 준비한다고 부산했다. 통로는 그들의 입김을 느낄 정도로 좁았다. 어쩔 수 없이 엉덩이를 스친 채 겨우 지났다.

"아주머니, 엉덩이 좀 실례하겠습니다~"

"그랴, 오늘은 손님이 있네?"

"예, 당분간 이곳에서 저와 함께 지낼 벗입니다, 잘 부탁합니다."

"방이 좁아 둘이 지내기 불편할 것인디."

이갑기는 이런 상황에 익숙해졌는지 제법 농을 섞어 너스레를 떨며 지나갔다. 나는 그런 상황이 어색해 쭈뼛거렸다.

"어이 친구 양반! 뭘 그리 새색시처럼 꼼지락거리나? 후딱 지나가지 않고."

"아, 예."

"빨리 지나가야 저녁 준비를 하지."

"알겠습니다. 그럼 저도 엉, 엉덩이를 실, 실례하겠습니다."

부엌통로는 그나마 양반이었다. 엉덩이를 비비며 겨우 통과해서 방문을 여는 순간, 나는 놀라서 뒤로 자빠질 뻔했다. 그건 사람이 살만한 방이 아니었다. 방은 한 평쯤 돼 보였다. 혼자 눕기도 좁게 느껴질 정도였다. 그나마 이갑기는 키가 좀 작은 편이었다. 내가 누우면 머리와 다리가 이쪽 끝과 저쪽 끝에 닿을 것처럼 보였다.

"이 선배! 이곳에서 둘이 지낸다고요?"

"서울의 모던 보이께서 놀라셨나 보네. 그러나 어쩌겠나? 이 엄동설한에 신경역에서 노숙하는 것보다는 나을 걸세."

"그래도 그렇지."

"피곤할 테니 세수라도 하고 좀 쉬고 있게, 나는 좀 나갔다 오겠네."

나는 방 한구석에 짐을 내려놓았다. 수건을 들고 방을 나선 나는 또 기겁했다. 세수하는 곳이 따로 있는 것이 아니라 바로 부엌과 겸해 있었다. 세수하려고 몸을 구부리자 내 엉덩이가 저녁을 준비하는 주인아주머니 딸의 엉덩이와 부딪쳤다.

"죄, 죄송합니다."

"괜찮습니다."는 딸의 무표정한 말에

"처음엔 좀 어색하고 불편할지 몰라도 곧 익숙해질 거야"라는 주인아주머니의 걸쭉한 말이 이어졌다.

주인아주머니의 말투는 어느새 반말로 바뀌었다. 그래야 새 손님이 이런 생활에 하루빨리 적응할 것이란 경험법칙에 따른 것이었다.

"…"

"왜 꿀 먹은 벙어리처럼 아무 말도 없나? 얼굴은 왜 그리 새빨갛고?"

"아, 아닙니다."

나의 만주 첫날은 이렇게 시작됐다. 망명을 각오하고 떠나온 터라 호의호식할 것으로는 생각하지 않았다. 하지만 이런 땅굴 같은 움집에서 지낼 것이라고는 상상조차 하지 못했다. 어쩔 수 없는 일이었다. 망명객답게 어려운 환경에 맞춰 살아야 한다며 각오를 다졌다. 지금 당장은 직장도 없으니 더부살이를 하지만, 곧 방다운 방, 집다운 집에서 살 수 있을 것이라는 희망을 꿈꾸었다. 그런 꿈마저 엄동설한의 신경은 쉽사리 허용하지 않았다.

"백 시인 이거 미안하게 됐네."

월간 종합지 『대지』 창간을 준비하던 송지영 씨가 머뭇거리며 말을 꺼냈다. 평안북도 박천에서 1916년에 태어난 송지영은 1937년 동아일보에 입사해 이듬해부터 만주특파원을 지냈다. 그는 박팔양 이갑기 박영준 등과 『대지』 창간작업을 하면서 나에게도 참여를 부탁했다. 내가 만주로 망명하겠다고 결심한 것도 『대지』를 발판으로 자리를 잡을 수 있겠다고 믿었기 때문이었다. 하지만 『대지』는 태어나지도 못한 채 없던 일이 됐다. 송지영은 상해로 가서 상해시보上海時報 기자가 되었다. 나는 만주의 외로운 낙엽 신세가 되었다.

도와주겠다는 사람이 있기는 했다. 만선일보에서 부국장겸 학예부장으로 있던 박팔양 선배가 나에게 팔을 내밀었다. 만선일보에 와서 당신을 도와달라는 것이었다. 이갑기가 나의 딱한 사정을 보고 박팔양에게 얘기한 덕분이었다. 하지만 나는 만선일보에서 일할 생각은 눈곱만큼도 없었다. 일제가 싫어 만주로 망명왔는데, 일제가 만든 만선일보에서 일할 수는 없었다. 아무리 목구멍이 포도청일지라도 먹을 것은 가려야 했다. 비록 조선일보에서 선배로 모셨던 홍양명이 편집국장이었고, 최남선 안수길 염상섭 김문집 등이 만선일보에 시와 소설과 수필 등을 발표했지만, 나는 그럴 수 없었다. 서울에서도 매일신보 등 일제의 입김이 작용하는 곳은 아예 거들떠보지도 않았다.

"백 시인, 국무원에서 일해보는 게 어떻겠나?"
"국무원? 만주국 국무원 말인가?"
"그렇네. 내가 지금 국무원 경제부에서 근무하고 있거든."
"자네, 내가 일제를 얼마나 싫어하는지 알지 않나?"
"아네. 하지만 국무원에서 일하면서 새로운 역사를 알아가는 것도 의미 있을 것이네. 특히 자네의 시 세계를 넓힐 수도 있을 것이고."
"시 세계를 넓힐 수 있다고?"
"국무원 경제부에서 만주지역 측량사업을 하고 있네. 러시아와의 접경구역도 사업지역에 포함돼, 러시아어 통역관을 찾고 있네. 자네가 통역관이 되면 배달겨레의 역사가 펼쳐졌고 봉오동, 청산리대첩을 이룬 지역도 직접 볼 수 있을 것이네."
"봉오동, 청산리대첩을 거둔 곳에도 갈 수 있다고?"
"그렇네."
"내가 할 일이란 그저 러시아어와 일어를 통역하는 것이란 말이지?"
"그렇지."
"그럼 해보겠네. 좋은 기회를 주어 고맙네."
"우리는 동지 아닌가? 서로 돕고 살아야지."
하늘이 무너져도 솟아날 구멍은 있었다. 나와 함께 조선일보 '방

응모 장학생'으로 뽑혀 규슈九州제국대학 법문학부를 졸업한 황종률이 숨통을 터 주었다. 황종률은 당시 만주국 국무원 경제부에서 참사관으로 있었다. 나의 만주 주소, '동삼마로 시영주택 35번지 황씨방'의 황씨는 그의 아버지 황재락이었다. 사람은 이렇게 때와 장소를 가리지 않고 끝없이 이어지는 인연으로 살 수 있는 것이었다.

황종률의 말은 사실이었다. 나는 국무원 경제부에 들어가자마자 만주를 돌아다녔다. 서쪽의 흥안령興安嶺에서부터 동쪽의 백두산까지 이어지는 드넓은 동북평원東北平原을 누볐다. 백두산 천지天池 아래의 비룡폭포에서 시작해 북쪽 러시아와 국경을 이루는 아무르강으로 흘러들어가는 송화강을 따라 걸었다. 이곳은 옛날에 단군조선 부여 숙신 고구려 발해 등이 나라를 세웠던 땅이다. 나는 이곳을 누비며 벅찬 가슴으로 시 〈북방에서〉를 주웠다.

아득한 옛날에 나는 떠났다
부여夫餘를 숙신肅愼을 발해渤海를 여진女眞을 요遼를 금金을,
흥안령興安嶺을 음산陰山을 아무우르를 숭가리를,
범과 사슴과 너구리를 배반하고
송어와 메기와 개구리를 속이고 나는 떠났다

나는 그때
자작나무와 익갈나무의 슬퍼하던 것을 기억한다
갈대와 장풍의 붙드는 말도 잊지 않았다

오로촌이 멧돌을 잡어 나를 잔치해 보내던 것도

쏠론이 십리 길을 딸어나와 울던 것도 잊지 않았다

나는 그때

아모 익이지 못할 슬픔도 시름도 없이

다만 게을리 먼 앞대로 떠나 나왔다

그리하여 따사한 햇귀에서 하이얀 옷을 입고 매끄러운 밥을 먹고 단샘을 마시고 낮잠을 잤다

밤에는 먼 개소리에 놀라나고

아침에는 지나가는 사람마다에게 절을 하면서도

나는 나의 부끄러움을 알지 못했다

그동안 돌비는 깨어지고 많은 은금보화는 땅에 묻히고 가마귀도 긴 족보를 이루었는데

이리하야 또 한 아득한 새 옛날이 비롯하는 때

이제는 참으로 이기지 못할 슬픔과 시름에 쫓겨

나는 나의 옛 한울로 땅으로 나의 태반胎盤으로 돌아왔으나

이미 해는 늙고 달은 파리하고 바람은 미치고 보래구름만 혼자 넋 없이 떠도는데

아, 나의 조상은 형제는 일가친척은 정다운 이웃은 그리운 것은 사랑하는 것은 우러르는 것은 나의 자랑은 나의 힘은 없다 바람과

물과 세월과 같이 지나가고 없다

― 백석, 〈북방에서―정현웅에게〉 전문, 『문장』, 1940, 6―7합본호.

  나는 〈북방에서〉에 '정현웅에게'라는 부제를 붙였다. 그리고 『문장』에서 편집을 하는 벗 정인택에게 편지를 썼다. 1940년 5월 17일, 금요일이었다. 정인택은 신경에 도착하면 곧 시를 보내 달라고 부탁했었다. 나는 "알겠다"며 흔쾌히 응낙했다. 하지만 일자리와 숙소를 얻지 못해 하루 이틀 미루다가 6월호 마감이 임박해서야 부랴부랴 시를 보낼 수 있었다. 시와 함께 보낸 편지는 시가 늦어진 것에 대한 변명과 앞으로는 자주 보내겠다는 다짐을 겸했다. "내일이고 모레고 회심의 시품詩品 하나 청람請覽에 공供하렵니다"라는 말에 이어 "이 넓은 벌판에 와서 시 한 백 편 얻어 가지고 가면, 가서 『문장』을 뵈올 낯도 있지 않겠습니까"라고 썼다.

  그렇다. 〈북방에서〉는 내가 만주에 와서 얻은 시 중 대표작이었다. 시에 나오는 오로촌은 후룬페이얼呼倫貝爾과 홍안령 지역에 사는 소수 민족이고, 쏠론은 목축과 농업을 하는 몽골계 민족이다. 지금은 나라가 갈려 먼 민족처럼 느껴지지만, 단군조선과 고구려 때는 한민족처럼 지내던 한 나라 사람들이었다. 그들도 느낌으로 그런 사실을 알아, 멧돼지를 잡아 나를 대접하고 떠날 때는 십 리까지 배웅나와 눈물을 흘렸다. 참으로 뭉클했다.

  "돌비"는 광개토대왕비다. 고구려가 멸망한 뒤 깨어지고 잊혔다가 1870년대에 재발견돼 고구려의 웅장했던 역사를 증거하는 중요한 유산이다. 그럼에도 현실은 돌비로 표현할 수밖에 없었다. 내가 첫 시 〈정주성〉에서 진주성을 정주성이라고 써야 했던 아픔을 다시금 느꼈다.

18

만주비가

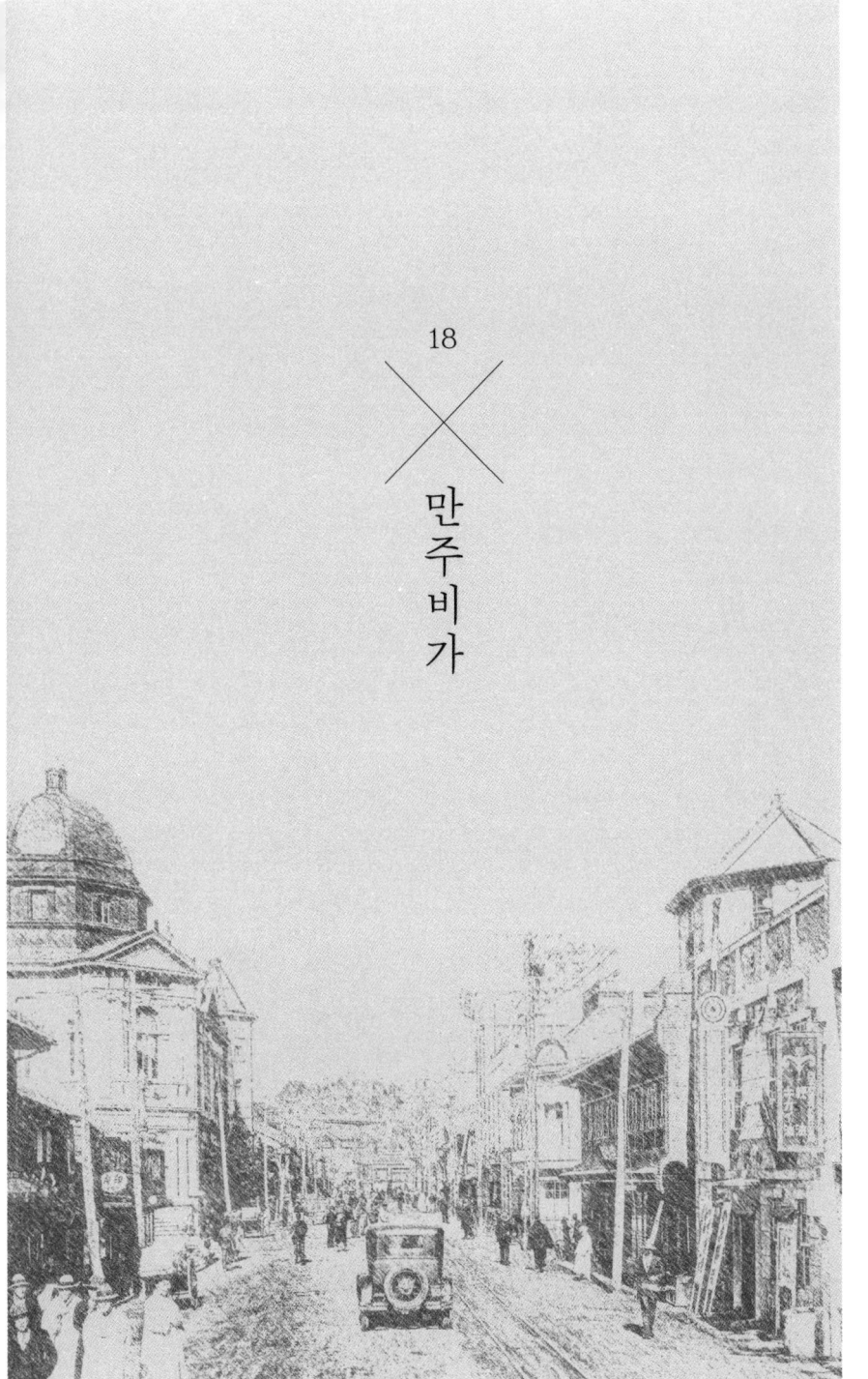

  백구둔의 서쪽 하늘이 발갛게 물들고 있었다. 하루의 일과를 마치고 쉬러 가기에 앞서 가을 해가 벌건 노을을 뿜어내고 있었다. 벼의 고개를 숙이게 하고 밤과 사과를 달콤하게 하려고 온종일 힘쓰느라 얼굴까지 붉어진 것이었다. 노을을 받은 내 얼굴도 발갛게 익었다. 시 100편을 얻어 조국의 광복에 기여하겠다는 각오가 나날이 무뎌지는 것에 대한 부끄러움이었다. 나는 한참 동안 붉은 노을을 바라보았다.

  '아~ 이렇게 또 의미 없는 하루가 저무는구나!'

  발갛던 노을이 차츰 사라지고 어스름이 밀려들었다. 발길을 돌렸다. 바로 그 순간 동쪽 하늘에 둥근 보름달이 반갑게 미소지었다. 그랬다. 오늘은 한가위였다. 신경에 온 지도 벌써 아홉 달이 지나고 있었다. 이국에서 맞는 한가위는 한가위 같지 않았다. 송편을 빚지 않고 기름내를 피우며 부침개도 부치지 않았다. 한가위 기분이 나지 않았다. 허전한 마음을 달래려고 백구둔 뒷동산에 올랐다. 보름달을 보니 외로움이 더 짙게 밀려들었다.

외로움 탓이었을까. 보름달 아래로 난 길을 따라 무엇인가가 이쪽으로 오는 것처럼 보였다. 언뜻 보면 사람 같기도 하고, 큰 개처럼 보이기도 했다. 나는 오른손을 이마에 대고 그것을 바라보았다. 차츰 가까워지자 사람 모습이 드러났다. 그 사람은 손을 흔들며 뛰어오고 있었다.

'누굴까? 이 황량한 백구둔으로 나를 찾아올 사람은 없는데…'

나는 의아한 몸짓으로 그에게 손을 흔들었다. 상대가 차츰 다가왔다. 세상에, 그 사람은 이진이었다. 이 세상에서 가장 가까운 벗, 이진! 이진이 신경新京의 백구둔白狗屯에 나타났다. 나는 믿을 수 없어서 뛰어나가며 큰소리를 질렀다.

"진이, 진이 아닌가? 느닷없이 어떤 일이야?"

나는 진의 두 손을 덥석 잡았다. 반가움과 놀라움에 가슴이 울컥했다.

"석이 오랜만이네. 그동안 잘 지냈나?"

이진도 내 두 손을 맞잡았다. 말이 흔들렸다.

1940년 한가위였다. 이진이 신경으로 나를 찾아왔다. 이진은 1910년 평북 용천에서 태어났다. 중앙고보를 졸업한 뒤 일본 법정法政대 불문학과를 다녔다. 졸업하지 않고 중퇴한 채 귀국해서 조선일보에서 기자로 근무했다. 나보다 두 살 위였지만 고향도 가깝고 조선일보에서 함께 근무해서 평생 벗으로, 가깝게 지냈다. 그는

1935년에 시 〈모체〉를 발표해 시인이 되었다. 1936년에 단편소설 〈탁류濁流〉를 『조광朝光』에 발표한 뒤부터 시보다 소설에 집중했다. 내가 1930년 조선일보 신춘문예에 단편소설 〈그 모母와 아들〉이 당선된 뒤, 1935년 8월, 〈정주성〉을 발표한 뒤 시에 집중한 것과 다른 길이었다.

이진은 시 대신 소설을 선택했다. "시보다 소설을 쓰는 게 낫겠다"는 나의 조언을 받아들였다. 나는 만주로 망명을 떠나기 전에 이진과 상의했다. 서울에서 일제의 발악이 심해지면 이진도 만주로 오라고 했다.

"지난 7월호 『문장』에 실린 자네의 시 〈북방에서〉를 보고 몸이 근질거려서 참지 못하고 이렇게 왔네."

"잘 왔네! 자네가 오니 추워지려던 만주가 다시 가을로 돌아가는 듯 포근하게 느껴지네."

"따뜻하게 맞이해줘서 고맙네!"

"서울 사정은 어떤가?"

"아니 석! 오랜만에 만났는데 허허벌판에 이렇게 세워둘 생각인가?"

"이런, 진이 너무 반가워서 내가 얼이 빠졌네. 내 하숙집으로 가서 오랜만에 회포를 풀어보세!"

"만주국 국무원에 다녀야 할 자네가 왜, 백구둔이란 농촌에 틀어박힌 건가?"

하숙집에서 독한 고량주로 건배한 뒤 이진이 더는 궁금증을 참을 수 없다는 물었다.

"만주국은 일제의 꼭두각시 아닌가?"

"그거야 세 살짜리 아이들도 다 아는 사실이네."

"국무원에서 6개월 정도 일하면서 만주 곳곳에 있는 우리 겨레의 유적지를 찾아다닐 때는 열심히 했다네. 그동안 알지 못하던 사실을 깨달아가는 것이 즐겁고 보람도 있었지."

"나도, 『문장』 6월호에 실린 자네의 시 〈북방에서-정현웅에게〉를 보고 그렇게 생각했다네!"

"그런데."

"무슨 사정이 있었던 게로군!"

"맞네. 국무원 상사로 있는 일본인이 창씨개명을 강요하더군. 창씨개명을 받아들일 수 없어 만주로 망명왔는데, 여기도 일제 마수가 뻗치기는 마찬가지였지. 만주의 유적지견학을 위해 다음 달에 하겠다며 미루다가, 견학이 어느 정도 끝난 뒤에 미련 없이 그만뒀네."

"잘했네. 역시 석이답네."

"자네가 칭찬해 줄 것으로 믿었네."

    그 맑고 거룩한 눈물의 나라에서 온 사람이여
    그 따사하고 살틀한 볕살의 나라에서 온 사람이여

    눈물의 또 볕살의 나라에서 당신은
    이 세상에 나드리를 온 것이다
    쓸쓸한 나드리를 단기려 온 것이다

눈물의 또 볕살의 나라 사람이여

당신이 그 긴 허리를 구피고 뒤짐을 지고 지치운 다리로

싸움과 흥정으로 왁자짓걸하는 거리를 지날 때든가

추운 겨울밤 병들어 누은 가난한 동무의 머리캍에 앉어

말없이 무릎 우 어린 고양이의 등만 쓰다듬는 때든가

당신의 그 고요한 가슴 안에 온순한 눈가에

당신네 나라의 맑은 한울이 떠오를 것이고

당신의 그 푸른 이마에 삐여진 억개쭉지에

당신네 나라의 따사한 바람결이 스치고 갈 것이다

높은 산도 높은 꼭다기에 있는 듯한

아니면 깊은 물도 깊은 밑바닥에 있는 듯한 당신네 나라의

하늘은 얼마나 맑고 높을 것인가

바람은 얼마나 따사하고 향기로울 것인가

그리고 이 하늘 아래 바람결 속에 퍼진

그 풍속은 인정은 그리고 그 말은 얼마나 좋고 아름다울 것인가

— 백석, 〈허준許俊〉 일부, 『문장』 2권9호, 1940.11.

나는 백구둔으로 찾아온 벗, 진을 만난 기쁨을 살려 시를 썼다. 이진은 도스토프예스키나 조이스처럼 멋진 소설을 썼다. 또 사랑하는 어린 자식에게 엿 한 가락 사 주는 것을 아끼고 아내에게 해진 옷을 입히면서도 마음이 가난한 낯선 사람에게는 수백 량을 거져 주는 인정을 지녔다. 그럼에도 눈물의 땅으로 나들이 온 그는 모

든 것을 다 잃어버리고 넋 하나를 얻는다는 크나큰 말을 믿으며 살았다. 그래도 주권 잃고 눈물로 나날을 보내는 조국을 끝까지 지키려고 했다. 내가 먼저 만주로 망명하겠다고 했을 때, 이진은 끝까지 남아서 일제와 싸우겠다고 했다. 하지만 갈수록 악독해지는 일제의 폭력을 견디지 못하고 신경으로의 망명을 택했다. 신경으로 오는 그의 발걸음은 매우 무거웠을 것이다. 나는 만주에서 일제와 싸우는 일을 이진과 함께 할 수 있다는 사실이 너무도 행복했다. 우선은 진과 함께 그동안 미뤄놓았던 유적지를 답사하는 것부터 시작했다.

"굴라재! 굴라재라…"
"굴라재에 어떤 사연이 있길래, 그렇게 혼잣말로 중얼거리나?"
길림성 통화현에 있는 신흥무관학교 터를 찾아가는 길이었다. 큰 고개를 지나는데 이정표에 굴라재라고 쓰여있는 것을 보고 나도 모르게 중얼거렸다. 이진이 나를 흘깃 쳐다보며 물었다.
"글쎄, 퍼뜩 떠오르지는 않는데, 매우 익숙한 이름이라서."
그렇게 말하는 순간, 서울을 떠나올 때 만났던 만해卍海 선사의 목소리가 들렸다. 나는 평소에 존경하던 만해 한용운韓龍雲 선사께 하직 인사를 하러 성북동의 심우장尋牛莊을 찾았다.
"만주에 가면 신흥무관학교 터에 꼭 가보게!"
"우당 이회영 선생께서 세운 신흥무관학교 말입니까?"
"그렇네. 지금은 흔적도 없이 사라졌을지 모르겠지만…"
말꼬리를 흐리는 만해의 모습을 보니 감개무량한 추억이 있는 듯했다.

"신흥무관학교와 특별한 추억이 있으신가 봅니다?"

"내가 젊었을 때 신흥무관학교를 찾아간 일이 있네. 그때 굴라재에서 독립군이 쏜 총알을 맞았지."

"독립군이 스님께 총을 쐈다고요? 그리고, 총알을 맞고도 사셨고요?"

"그렇다네. 화승총알 세 발을 머리에 맞았다네. 이제 죽었구나라고 생각하며 쓰러져 의식을 잃었어."

'만해, 만해야~ 정신차리거라.'

'…'

'만해야 어서 정신차리라니까! 이렇게 정신 잃고 누워있으면 큰일 난다.'

만해가 가까스로 의식이 들어 힘겹게 실눈을 뜨고 바라보니 누군가가 그의 이름을 부르며 흔들어 깨우고 있는 모습이 보였다.

'누, 누구세요?'

'나를 모르겠느냐?'

'모, 모르겠는데요.'

'눈에 초점을 모으고, 자세히 보거라!'

만해가 눈을 비비고 살펴보니 인자한 얼굴을 한 사람이 잔잔한 미소를 띠고 내려보고 있었다. 백담사 대웅전에서 뵙던 바로 그 얼굴이었다.

'아~ 관세음보살님!'

'그래, 바로 보았다.'

'보살님이 어떻게 여길?'

'내가 부처님 곁에서 세상을 바라보고 있는데, 네가 여기서 총 맞고 사경을 헤매는 모습이 보이더구나. 너는 아직 해야 할 일이 많은데 여기서 죽어서는 안 되기 때문에 너를 살리려고 달려왔단다.'

'감사합니다. 그런데 이곳은 인적이 드물고 깊은 숲속이라서 살기 힘들 것입니다.'

'아니다. 내가 부축해줄 터이니 어서 정신 차리고 일어서거라!'

'감사합니다. 나무관세음보살.'

"나는 관세음보살이 이끄시는 대로 천천히 발걸음을 옮겼지. 한참 만에 마을이 나타났어. 다행히 그 마을에 의사가 살고 있어서 총알을 빼내는 수술을 받았네. 마취약이 없어 매우 고통스러웠지. 관세음보살이 옆에서 두 손을 꼭 잡아주어서 버틸 수 있었네. 그분의 도움 덕분에 구사일생으로 살아났다네."

"정말 기적이라는 게 있는 거군요?"

"맞네. 그건 기적이라고밖에 할 수 없는 일이었지!"

"기적적으로 살아나신 뒤에 어떤 일이 있었나요?"

"나를 쏜 독립군과 지휘관이 사과하러 왔다네. 하지만 나는 오히려 그들을 칭찬했지. 수상한 사람이 접근하면 나를 쏜 것처럼 하는 게 당연하다고 말이야."

"그 뒤에 후유증은 없으셨어요?"

"체머리가 생겼네."

"나도 모르게 머리가 흔들리는 것 말인가요?"

"그렇다네. 내가 쓴 붓글씨가 삐뚤삐뚤한데, 그게 바로 체머리 탓이네. 하지만 나는 그 일을 겪은 뒤 죽음의 공포에서 벗어날 수 있었지. 죽고 사는 것은 하늘에 달렸다고 깨달으니 죽음이 두렵지 않았네. 기미독립선언서 공약3장을 쓰고 3.1만세운동을 이끌 수 있었던 것은, 굴라재에서 죽음의 공포를 이겨낸 덕분이네. 감옥에서도 일제의 고문과 회유를 웃으면서 견뎌낼 수 있었고. 내 마음이 흔들리려고 할 때마다 체머리가 중심을 잡아주었다네."

"정말 존경합니다. 제가 만주로 망명해서 스님의 가르침을 받들어 조국의 독립을 위해 끝까지 싸우겠습니다!"

"그래야지. 내가 자네에게 몇 년 전에 있었던 얘기 두 개를 해주겠네. 하나는 기미독립선언서를 쓴 육당 최남선과 관련된 것이네."

"조선의 3대 천재로 알려진 육당 선생 말입니까?"

"그렇네. 육당은 안타깝게도 일제의 식민통치를 인정하며, 친일로 돌아섰네. 내가 길을 가는데 육당이 인사를 하더군. 육당은 이미 오래전에 죽어 내가 장사지냈다고 말하고 계속 걸었네."

"육당의 친일은 역사와 민족에 대한 커다란 죄입니다."

"맞네. 다른 하나는 최린의 일이네. 자네도 알다시피 최린은 손병희 선생과 함께 천도교를 이끌면서 3.1만세운동에 중요한 역할을 했지. 하지만 최린도 친일로 변절했다네. 내가 집을 비웠을 때 최린이 심우장에 찾아와 내 어린 딸에게 꽤 큰돈을 주었네. 딸이 그 돈을 나에게 보이며 자랑했을 때, 나는 딸을 엄하게 꾸짖었지. 앞으로는 그 사람이 오면 문도 열어주지 말라고 말이야. 딸이 눈물을 뚝뚝 떨어뜨리더군. 철부지가 무슨 잘못이 있겠나. 민족을 배반한 최린이 죄지."

"스님의 말씀을 죽을 때까지 명심하겠습니다!"

"암 그래야지. 내가 자네의 앞날에 좋은 일이 있기를 바라는 뜻으로 내 시집 『님의침묵』을 선물로 주겠네."

"이미 사서 몇 번 읽었습니다."

"그래도 내가 직접 서명해서 주는 것이니까 어려울 때마다 꺼내 보도록 하게. 조금이나마 힘이 될 것일세."

만해는 붓을 들어 『님의침묵』 앞 장에 서명하고 낙관을 찍었다.

'詞峰筆海 天祿永昌 己卯晚冬 卍海'

'사봉필해詞峰筆海 천록영창天祿永昌.' 시는 봉우리를 이루고 붓은 바다가 되듯 하늘의 복이 영원히 빛나라는 뜻이다. '기묘만동己卯晚冬 만해卍海'로 '1939년 늦겨울에 만해가 썼다'는 사실을 밝혔다. 참으로 멋진 선물이었다.

"203고지? 그곳은 러일전쟁 때 일제가 러시아에게 승리를 거둔 곳 아닌가?"

"맞아."

"일제의 전승지를 왜 가겠다는 거지?"

내가 하는 일에 좀처럼 이의를 달지 않던 이진이 의문을 제기했다. 굴라재를 거쳐 신흥무관학교와 봉오동전승지 및 청산리대첩지를 돌아본 뒤, 요동반도 여순旅順의 203고지에 간다고 했을 때였다. 그의 질문은 내가 3년 전, 함흥의 영생고보 영어 선생으로 학생들을 이끌고 만주로 수학여행을 떠날 때 다른 선생들이 했던 것과 같았다.

"굳이 203고지를 넣어야 할까요? 203고지는 일제의 전승기념비가 있는 곳인데요."

"그러게 말입니다. 203고지를 넣으면 여행 일정이 길어지고 경비도 늘어나는데 말입니다."

"저도 압니다. 하지만 반드시 203고지에 가야 합니다!"

"백 선생께서 203고지를 고집하는 이유가 뭡니까?"

"수학여행의 목적은 역사현장이나 아름다운 자연에 직접 가서 책으로 얻을 수 없는 가르침을 얻는 것입니다. 203고지는 러일전쟁 때 러시아가 일제에 패한 곳입니다. 일제는 러일전쟁 승리로 대한제국을 강제로 병합하고 동북아를 세력권으로 넣었습니다. 학생들이 그 현장을 직접 보면서 승패의 원인을 생각하고 대한의 주권을 회복하려면 어떻게 해야 하는지를 느끼도록 하는 게 중요하다고 생각합니다!"

"그렇다면 일제 당국이 수학여행을 승인하지 않을 수도 있겠는데요."

"당국에 승인 요청할 때는 대일본제국이 러시아를 무찌른 현장에서 애국심을 고취시킨다고 둘러대면 될 것입니다!"

"그렇게 하면 되겠네요. 다른 의견 없으시면 이번 수학여행에 여순旅順의 203고지를 포함하는 것으로 하겠습니다."

그렇게 해서 영생고보 학생들은 1938년 5월5일부터 2주일 동안 만주로 수학여행을 다녀왔다. 나는 이진에게 203고지를 가봐야 하는 이유를 영생고보 선생들을 설득할 때와 같은 이유로 설명했다. 이진도 더는 토를 달지 않고 203고지 답사에 동행했다.

203고지는 산의 높이가 해발 203m라서 그렇게 불렸다. 이곳에 오르면 여순항이 한눈에 내려다보인다. 러일전쟁이 발발했을 때 이곳은 별다른 관심을 끌지 못한 조그만 민둥산이었다. 여순항 주위에 참호를 파고 기관총을 배치해 일제의 침략에 대비한 러시아는, 웬일인지 203고지에는 아무런 방어시설을 만들지 않았다. 여순항 일대를 관측하던 일제의 연합함대 참모였던 아키야마 소장은 육군에게 203고지를 점령하면 여순항 공격이 순조롭게 이뤄질 것이라고 조언했다. 하지만 노기 중장이 지휘하는 육군은 아키야마 소장의 조언을 지휘권 간섭으로 여겨 채택하지 않았다. 일제는 육군의 전사자가 3만명에 이르는데도 승리할 가망이 없자, 노기의 지휘권을 고다마에게 이양시켰다. 고다마는 203고지 점령에 모든 화력을 집중해 4일만에 점령했다. 일제의 203고지 점령으로 155일 동안 이어진 여순공방전은 일제의 승리로 끝났다.

203고지 정상에는 포탄 모습을 한 추모탑이 하늘을 향해 우뚝 서 있었다. 일제가 상처뿐인 승리를 거둔 뒤 러시아군에서 노획한 포탄과 탄피 등을 녹여 만든 것이라고 했다. 높이는 10.3m. 그날의 전투가 얼마나 치열했는지 보여주었다. 나는 203고지 추모탑 앞에서 영생고보 학생들에게 말했다. 물론 일제의 감시원 때문에 말 없는 말로 말했다. 학생들도 이심전심으로 내 뜻을 알아듣고 고개를 끄덕였다.

'나라가 힘이 없으면 내 땅에서 다른 나라들이 제멋대로 전쟁을 하고, 내 땅을 제 땅으로 만든다. 우리는 이곳 203고지에서 청의 무력함과 일제의 잔혹함을 배워야 한다. 이곳부터 우리가 가는 곳은 모두 일제가 만주를 지배하는 현장이다. 두 눈과 두 귀를 기울여 역사의 현장을 가슴에 담아라. 힘이 없는 나라와 백성이 어떤 고통을 겪는지 직시하라. 여러분이 열심히 공부해 실력을 키워야 독립을 쟁취할 수 있다. 여러분들이 바로 대한의 희망이다!'

"힘과 힘, 야욕과 야욕이 충돌할 때 힘이 없으면 희생양이 되는 건 역사의 철칙鐵則이라네!"

나는 3년 전 영생고보 학생들에게 했던 말을 떠올리며 이진에게 말했다.

"여기에 올라 여순항을 한눈에 바라보니 자네가 왜 203고지에 꼭 가야 한다고 했는지 금세 깨달았네. 좋은 곳을 알려주어서 고마우이!"

나는 이진의 말을 들으며 나지막하게 시 〈203고지에서〉를 읊었다.

    203고지에서 나와 나라와 삶을 생각한다
  주권 잃은 나라에서 우리말조차 제대로 배우고 가르치고 쓰지 못하는 내가, 큰소리로 주먹으로 몸으로 싸우지도 못하고, 겨우 그놈들의 검열을 피하려고 하고 싶은 말을 비유와 상징으로 숨겨놓는 나약을 생각한다
  나라의 승리를 위해 자신의 아들과 병사들을 죽음의 참호 속으로 몰아넣은 노기 마레스키乃木希典 중장의 비인간성을 생각한다

죽이고, 죽이고, 죽여도 지치지 않고 악마처럼 몰려드는 일제 병사들에 질려 싸움을 그치고 패배의 멍에와 러시아제국의 망신을 자초한 아나톨리 스테셀 중장을 생각한다
　조국에서는 제자들에게 말하지 못하고 이곳까지 와서도 이심전심의 말없음으로 일제를 몰아내고 광복을 맞이하려면 어떻게 살아야 하는지를 생각하고, 생각하고, 생각한다
　― 백석, 〈203고지에서〉 전문, 미발표 유고.

　나는 〈203고지에서〉를 읊은 뒤 영생고보 제자 신화봉申化鳳을 떠올렸다.
　"선생님! 저는 이번 수학여행에 갈 수 없습니다."
　"아니 반장인 네가 가지 않으면 누가 우리 반을 이끌겠느냐?"
　"그래도 가정 형편이 어려워 참여하기 힘듭니다."
　"여행비가 문제라면 내가 내줄 테니 꼭 참석하게!"
　"감사합니다, 선생님. 이 은혜는 평생 잊지 않겠습니다!"
　"훌륭한 사람이 되어 우리나라에 보탬이 되는 것이 은혜를 갚는 일이네."
　"명심하겠습니다."
　신화봉은 만주로 수학여행을 다녀온 뒤 일본의 최고 명문으로 통하던 부립사중府立四中에 편입했다. 공부를 잘하던 신화봉은 함흥이 너무 작은 곳이라는 것을 깨달았다. 나는 "자네는 함흥에 있기가 아깝다"며 흔쾌히 보내주었다. 그가 떠날 때 부산까지 가는 여비도 보태주었다. 그 뒤 소식이 끊겼는데 조국의 대들보가 될 것으

로 믿고 있다.

"선생님, 제가 그동안 지은 동시를 모아 동시집을 출간하려고 합니다."
"오! 축하하네."
"선생님께 제 동시집의 서문을 써 주시기를 부탁드립니다."
"그럼, 내가 쓰고 말고, 자네의 멋진 동시에 어울리는 서문을 써 주겠네!"
"이렇게 흔쾌히 받아주셔서 대단히 감사합니다!"

1940년 12월 중순께였다. 영생고보 제자인 강소천이 백구둔으로 나를 찾아왔다. 손에는 동시집 출간을 위한 원고를 싼 보자기가 들려있었다. 나는 소천의 원고를 받아 읽고 며칠 뒤 〈호박꽃 초롱 서시〉를 써서 보냈다. 이 시는 이듬해인 1941년 2월 10일, 서울의 유명한 출판사인 박문서관에서 500부 한정판으로 출간된 『호박꽃초롱』의 앞부분을 서시로 장식했다.

> 한울은
> 울파주가에 우는 병아리를 사랑한다
> 그리고 또
> 버드나무 밑 당나귀 소리를 임내 내는 시인을 사랑한다
>
> 한울은
> 풀 그늘 밑에 삿갓 쓰고 사는 버섯을 사랑한다

모래 속에 문 잠그고 사는 조개를 사랑한다
그리고 또
두툼한 초가지붕 밑에 호박꽃 혀고 사는 시인을 사랑한다

한울은
공중에 떠도는 흰 구름을 사랑한다
골짜구리로 숨어 흐르는 개울물을 사랑한다
그리고 또
아늑하고 고요한 시골 거리에서 쟁글쟁글 햇볕만 바래는 시인을 사랑한다

한울은
이러한 시인이 우리들 속에 있는 것을 더욱 사랑하는데
이러한 시인이 누구인 것을 세상은 몰라도 좋으나
그 이름이 강소천姜小泉인 것을 송아지와 꿀벌은 알 것이다

— 백석, 〈호박꽃 초롱 서시〉 전문, 강소천, 『호박꽃초롱』, 1941. 2, 박문서관.

강소천姜小泉은 1915년 함경남도 고원高原에서 태어났다. 1931년 조선일보 신춘문예에 동요 〈민들레와 울아기〉가 당선돼 등단했다. 1933년에 동시 〈닭〉을 발표하면서 문명文名을 날렸다. 그는 나와 세 살 차이밖에 나지 않아, 내가 영생고보 영어선생으로 갔던 1936년에는 이미 졸업할 나이였다. 하지만 문학에 심취해 학교 공부를 소

홀한 탓으로, 몇 차례 유급당했다. 그 덕분에 나와 1년 동안 사제 관계를 맺었다. 그 1년 동안 소천은 내 하숙집에서 거의 살다시피 했다.

  나는 소천이 들고 온 동시를 함께 읽으며 정성껏 지도했다. 그때 나와 함께 문학을 고민했던 제자로는 강소천 고순덕 박재금 등이 있었다. 나는 제자들에게 "그 나라 말을 오래 보존하는 길은 오직 한 가지, 그 나라 문학을 높은 수준에 올리는 것이다. 또 하나 우리나라 말을 후세에 이어가게 하는 방법은 좋은 아동문학 작품을 남기는 일"이라는 것을 되풀이해서 말했다.

  그런 인연으로 『호박꽃 초롱』에 서시를 썼다. 『호박꽃 초롱』은 내 시집 『사슴』과 비슷한 점이 많았다. 수록된 동요시가 33편이었다. 나는 3.1만세운동 때 민족대표 33명을 염두에 두고 『사슴』에 33편을 실었다. 우연의 일치였겠지만, 소천은 내 뜻을 알고 33편을 골랐을 것이다. 정가는 1원50전이었다. 2원이었던 『사슴』보다는 쌌지만, 당시로서는 제법 비싼 수준이었다. 『사슴』이 100부 한정이었던 것처럼 『호박꽃초롱』도 500부 한정이었다. 『호박꽃초롱』의 표지화는 나의 벗, 정현웅이 그렸다.

  "선생님! 명동에 함께 가셔야겠습니다…"

1945년 3월말이었다. 강소천이 나를 찾아와서 용정龍井의 명동明東에 가자고 했다. 소천은 금방이라도 눈물을 쏟을 것처럼 슬픈 얼굴을 하고 있었다. 말도 떨려 나왔다. 생각이 깊어 좀처럼 속내를 드러내지 않은 소천의 그런 모습은 본 적이 없었다. 뭔가 큰 충격을 받을만한 일이 일어났음을 직감적으로 알았다.

"그래, 무슨 일인가?"

"동주가, 동주가…"

소천은 "동주가"라는 말을 여러 번 되풀이할 뿐이었다.

"동주? 윤동주 말인가?"

"네, 윤동주가요."

"윤동주가 어찌됐단 말인가?"

"동주가 재가 되어 돌아와…"

"뭐라고? 윤동주가 재가 되어 돌아왔다고?"

"네, 재가 되어 명동마을 뒷산 공동묘지에 묻혔다고 합니다."

"아니, 그게 정말인가?"

나는 소천의 말을 믿을 수가 없었다. 아니 믿고 싶지 않았다. 나는 8년 전, 서울 청계천 부근 여관에서 동주를 처음 봤을 때 첫눈에 반했다. 맑고 깊은 두 눈, 얼굴을 병풍처럼 보호하는 두 귀, 지그시 닫은 입술, 우뚝 선 코, 그러면서도 잔잔한 미소를 머금고 있는 얼굴…. 이 풍진 세상을 있는 그대로 보고, 그 세상이 던지는 소리를 모두 들으면서도 말은 삼가고 중심을 잡으며 내 삶을 살겠다는 각오를 지니고서도 부드러움을 잃지 않는 것을 보고 '이제 스물두 살밖에 안 된 젊은이가 어떻게, 이런 얼굴을 가질 수 있단 말인가'라고 깜짝 놀랐다. 게다가 동경東京으로 유학 떠나기 전에 그의 얼굴을 그대로 표현한 명시名詩를 썼다. 그런 그가, 이제 스물여덟인 젊은 그가, 어떻게 느닷없이 재가 되어 돌아왔단 말인가.

"저도 믿을 수 없지만, 용정에 사는 지인에게 직접 들은 말이라서 사실인 듯합니다. 그래서 명동에 가서 확인도 하고 문상도 하려고 합니다."

"그래야겠군. 함께 가도록 하지."

윤동주의 묘는 그가 태어난 명동마을에서 걸어서 40분쯤 떨어진 합성리 동산에 있었다. 이곳은 인근 지역에 살던 대한사람 개신교 신자들이 묻힌 공동묘지였다. 묘 앞에는 한자로 '詩人尹東柱之墓'라는 쓰인 비석이 서 있었다. 윤동주는 생전에 시인이라 불린 적이 없었다. 동시와 시를 쓰긴 했지만, 공식적으로 등단한 적이 없었다. 시집도 출간하지 않았다. 연희전문 졸업을 기념해 자비로 시집을 출간하려 했지만, 경제적 이유 등으로 출판하지 못했다. 이양하 교수의 만류도 작용했다. 그럼에도 묘비에 '詩人'이라고 적힌 것은 아버지의 뜻이었다. 나는 소천과 함께 윤동주 묘 앞에 꿇어앉아 통곡했다.

스물한 살 올곧았던 얼은 어디 가고
한 줌 재로 남은 넋만 이곳에 쓸쓸하게 묻혔는가

그토록 바라던 대한의 광복을 코앞에 두고
그렇게 한많은 삶을 어찌 놓을 수 있었는가

조국의 어둠이 아무리 캄캄해도
해는 반드시 뜨고 아침은 새롭게 밝는다는
우리의 다짐을 어떻게 잊었는가

사는 게 사는 게 아니고

죽으려고 해도 죽을 수 없는 세월을 그토록 치열하게 견뎠는데

언젠가 반드시 오고야 말 광복을 믿으며

죽음으로 살아가는 우리들과 함께 하려 돌아왔는가

겨울이 지나고 봄이 오면 무덤 위에 잔디가 파릇파릇 돋아나듯

내 이름자 묻힌 언덕 위에도 자랑처럼 풀이 무성할 거라는

믿음을 확인하고 계시는가

— 백석, 〈얼은 어디 가고 넋만 남아〉 전문, 미발표 유고.

  강소천은 영생고보에서 유급당했을 때 한동안 만주의 용정龍井에 있는 외가 댁에 가서 생활했다. 그때 두 살 어린 윤동주와 사귀었다. 숭실중학교 교지인 〈숭실활천崇實活泉〉에 〈공상〉이 실리고 동시 〈조개껍질〉 〈무얼 먹고 사니〉 등을 쓴 동주와 문학적 동지애를 나눴다. 강소천 덕분에 윤동주의 죽음을 일찍 알고 묘소에 직접 참배했다. 인연은 그렇게 얽히고설키며 이어졌다.

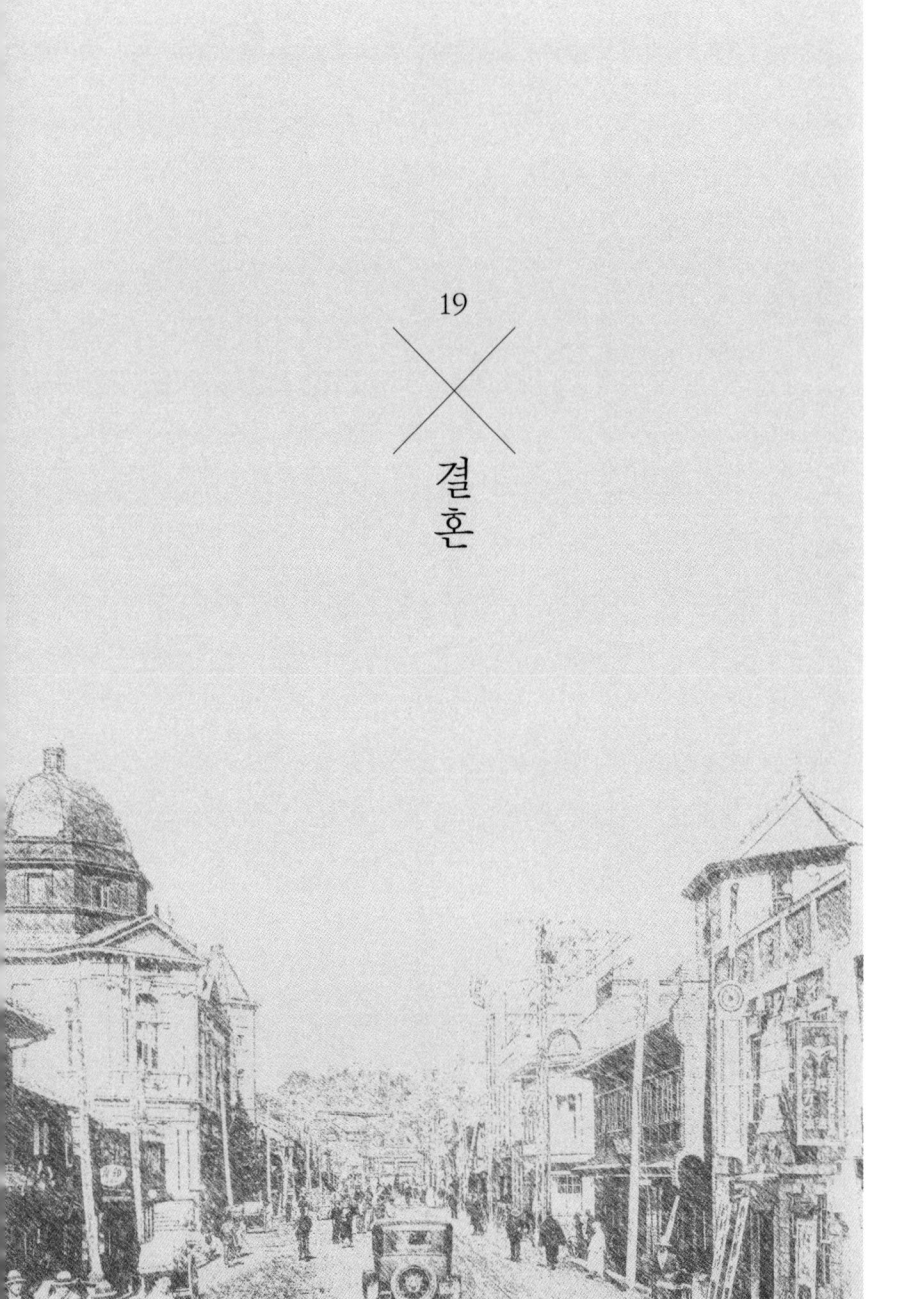

19

결혼

"백 시인, 어서 오게! 오랜만이네~"

"선배님 오랜만에 동경에서 뵈니 감회가 새롭습니다."

"그러게 말이네. 백 시인처럼 뛰어난 인재가 동경에서 일본놈들 코를 팍 죽여놓아야 하는데."

"과찬이십니다."

1940년 9월초, 나는 동경東京 청산학원대학 앞의 선술집(이자카야, 居酒屋), '고향故鄕(후로사토)'에서 마해송을 만났다. 나보다 일곱 살 위인 마해송馬海松은 그때 『모던일본』이란 일본어 잡지를 주관하고 있었다. 나는 토마스 하디의 소설 『테스』를 번역해 조광사에서 출판하기로 하고, 서울에서 마지막 교정을 본 뒤 일본으로 왔다. 만주국 국무원을 그만둔 뒤 일자리가 없었던 터에, 마해송 선배가 『모던일본』 일을 도와달라고 초청했다. 『모던일본』은 일본에서도 꽤 이름을 날리던 잡지다. 그 잡지는 일본어로 발행되고 있어, 나는 썩 내키지 않았다. 다만 모교인 청산학원대학을 한번 방문하고 싶어 마해송의 초청에 응했다. 사실은, 대한과 만주에서 갈수록 폭압적으로 변해가는 일제가 본토에서는 어떤 모습을 하고 있는지 직접 보고 싶었다.

"백 시인! 나 좀 도와주게."

"선배님! 제가 일본어로 글을 쓰지 않는다는 거 잘 알고 계시잖아요?"

"잘 알지. 그런데 백 시인도 이제 살길을 찾아야 하지 않겠어?"

"저도 살길을 찾아보려고 선배님 초대에 응하긴 했는데요."

"그런데?"

"여기 오면서 서울에 들러 분위기를 살피고, 기차와 부관釜關연락선을 타고 오면서 생각해봤는데."

"백 시인은 여기 청산학원대학도 졸업했겠다, 일본에서도 알아주는 시인이니 『모던일본』에서 훨훨 날 수 있다니까."

나는 술 한 잔을 마신 뒤 천천히 말을 이었다.

"저도 『모던일본』에서 일해볼까 하고 생각해봤어요."

"백 시인이 도와주면 나는 범에 날개를 다는 거지."

"그런데, 몇 번을 생각해도 역시 아니더라고요."

"백 시인! 왜 그래?"

마해송은 속이 탄 듯 내 말을 재촉했다. 나는 술을 또 한 잔 들이키고 말을 이었다.

"선배님도 잘 아시다시피, 저는 일제가 한글을 쓰지 못하게 하고 창씨개명까지 강요해서 만주로 망명했습니다. 지금까지 일본어로는 시는 말할 것도 없고 소설이나 수필도 쓰지 않았고요."

"…"

마해송은 답답하다는 듯, 할 말을 잊고 술 한 잔을 마셨다.

"그런데, 이제 『모던일본』에서 일하면서 일본어로 글을 쓸 수는 없습니다!"

내 목소리가 좀 커졌다. 술기운이 올랐는지 몰랐다. 마해송이 당황한 듯 주위를 살피며 말했다.

"백 시인. 여기 동경이니까 목소리를 좀 낮추는 게 좋겠어."

마해송은 1905년 1월, 경기도 개성에서 태어났다. 1919년 중앙고보에 다닐 때 『여광』의 동인으로 활동하며 이름을 날렸다. 그 뒤 보성고보를 다니다가 동맹휴학 사건으로 중퇴한 뒤 1921년 일본대학 예술과에 다녔다. 1923년 『샛별』에 동화 〈바위나리와 아기별〉, 〈어머님의 선물〉 등을 발표했다. 이 작품은 우리나라 최초의 창작동화였다. 그는 당시 동경으로 유학 온 홍난파 방정환 등과 교류했다. 일본의 대표적 월간지 『문예춘추』 편집부원을 지낸 뒤 『모던일본』 사장을 하는 등 언론인으로 성공하고 있었다.

"선배님!"

"그래 백 시인."

"저는 아무래도 지금은 선배님을 도와드릴 수 없겠습니다. 하지만, 나중에…"

"나중에?"

"예, 나중에!"

나는 마해송의 귀에 대고 목소리를 낮춰 말했다.

"조국이 광복된 뒤에 열심히 도와드리겠습니다!"

마해송은 놀란 눈으로 주위를 살펴보았다. 이쪽에 신경 쓰는 사람이 없음을 확인한 뒤 안심하며 말을 이었다.

"알았네. 백 시인! 내가 생각이 좀 짧았네. 나와『모던일본』에만 빠져 백 시인의 처지를 생각하지 못했네. 이해해주게."

"괜찮습니다. 선배님 덕분에 오랜만에 동경 바람을 쐬어 좋습니다."

"그래, 그래. 오랜만에 대학시절 생각도 날 테니 회포를 풀어보세. 내가 백 시인이 반가워할 만한 사람들을 이리로 오라고 했네."

"제가 반가워할 사람들이요?"

"기다려보면 알 것이네."

"실례합니다~"

마해송과 내가 일과 관련된 일을 마치고 가벼운 얘기를 하고 있는데 문이 열리며 젊은이 두 명이 들어왔다.

"처음 뵙겠습니다. 이중섭이라고 합니다."

"저도 처음 뵙겠습니다. 문학수입니다."

"?"

내가 두 젊은이와 마해송을 의아한 눈으로 쳐다보자 마해송이 나를 보며 말했다.

"백 시인, 여기 두 젊은이는 '문화학원' 미술과를 졸업했네."

"문화학원 미술과를 졸업했으니 실력이 짱짱하겠네요."

문화학원文化學院(분카가쿠인)은 1921년 동경에 설립된 사립미술학교다. 석정백형石井柏亨(이시이 하쿠테이) 유도생마有島生馬(아리시마 이쿠마) 촌정정성村井正誠(무라이 미사나리) 등이 교수로 있었다. 동경미술학교를 비롯한 국립학교와 달리 자유로운 분위기에서, 대한 유학생들이 당시 일본에서 유행하던 서양 미술 사조를 접할 수 있었다.

"게다가 이 두 젊은이는 자네의 오산고보 후배라네."

"오산고보요?"

"그렇습니다. 선배님! 저희는 선배님의 오산고보 4년 후배입니다."

"그렇네. 내가 오늘 백 시인을 만난다고 하니까 중섭과 학수가 자네를 뵙고 싶다고 해서 내가 이리로 불렀다네."

"아, 그렇습니까? 동경에서 오산고보 후배들을 보니까 반갑네요."

"저희도 영광입니다!"

"앞으로 많은 가르침 부탁드립니다!"

"그래, 두 후배님은 졸업한 뒤에 무슨 일 할 계획인가요?"

"선배님 말씀 편하게 하십시오."

"저는 내년 1월에 열리는 미술창작가협회전에 참여하려고 작품을 열심히 준비하고 있습니다."

이중섭이 먼저 말했다. 이중섭은 1916년 평남 평원군에서 태어났다. 내가 첫 시집 『사슴』을 출간했던 1936년에 오산고보를 졸업하고 동경제국대학교 서양학과에 입학했다. 이듬해 문화학원 미술과로 옮긴 뒤 소를 그리는 데 열중했다.

"저는 선배님을 존경하는 마음과 고향을 그리워하며 대한의 소를 그리고 있습니다."

"중섭 후배가 아주 좋은 작업을 하고 있네. 고맙네."

"오히려 제가 감사합니다. 선배님께서 뚜렷한 방향을 보여주셨으니까요."

"내가 내세울 만하게 한 일이 없는데."

"그렇지 않습니다. 시집 『사슴』에 나오는 소와 그 뒤 함흥과 만주에서 쓰신 시를 읽으면서 대한의 얼과 조국독립을 늘 가슴에 새기고 있습니다!"

"고맙네, 고마워."

나는 눈시울이 뜨거워졌다. 자칫 눈물을 떨굴 뻔했다. 문학수가 재치있게 말을 이었다.

"저는 지난 3월에 미술창작가협회전에 출품해 협회장상을 받았습니다. 당분간 동경에 머물면서 문화학원 동기인 중섭과 유영국, 그리고 이쾌대 선배 등과 함께 조선신미술가협회를 만들어 활동하고 있습니다. 일제의 입김을 세게 받는 조선미술전람회 중심의 친일미술에서 벗어나기 위해섭니다."

"그래 이렇게 훌륭한 후배들이 동경에서 일본인들과 당당하게 겨루고 있으니 아주 든든하네. 내가 이번에 동경에 온 것이 아주 보람있다네."

"존경하는 백 선배님의 칭찬을 받았으니 더욱 열심히 노력하겠습니다!"

"자, 백 시인과 두 화가가 만났으니 우리 건배하도록 하지."

나와 중섭 및 학수가 얘기하는 것을 조용히 듣기만 하던 마해송이 분위기가 무르익는 것을 보고 잔을 들며 말했다.

"건배사는 오늘의 주빈인, 백 시인이 하지."

"알겠습니다. 훌륭한 후배들을 소개해주신 마 선배님께 감사드립니다. 또 중섭 학수 두 후배도 동경은 물론 대한에서 훌륭한 작품으로 대한사람들의 얼을 높여주기 바랍니다. 건배사는 대자무로 하겠습니다. 대.자.무!"

"대.자.무!"

마해송과 이중섭 문학수가 나를 따라 '대자무'를 힘차게 외쳤다. '대자무'는 "대한의 자주독립과 무궁한 발전을 위하여!"를 줄인 말이다. 동경의 선술집이라서 그 뜻을 드러내놓고 설명할 수 없었지만, '대자무'를 외친 사람들은 눈과 마음으로 그 뜻을 알고 있었다.

"선배님, 제 고향이 평양에서 가까운 바닷가입니다. 제가 내년 3월에 전시회 끝나고 귀국하면 고향에서 모시도록 하겠습니다."

건배한 뒤 박수 소리가 잦아들자 문학수가 나에게 말했다.

"그때면 대한에도 봄빛이 완연하겠구만. 초대해줘서 고맙네."

"받아주셔서 영광입니다, 선배님!"

"어이, 학수! 백 시인을 초청하는 거 다른 뜻이 있는 거 아냐?"

"그러게요. 학수야, 말을 돌리지 말고 본심을 털어놓아 보게!"

나와 문학수의 대화를 듣고 있던 마해송과 이중섭이 빙그레 웃으며 말을 잘랐다. 나만 모르는 그들만의 사연이 있는 듯했다.

"무슨 얘기야? 왠지 분위기가 묘한데."

"선배님! 학수, 이 친구에게 누이동생이 있는데요."

"어이, 중섭 그만 두게!"
"학수, 말을 막지 말고 그냥 둬."
"아니, 그래도 지금 여기에서 꺼낼 얘기는 아니잖아요?"
문학수는 얹짢다는 듯이 말을 했지만 얼굴엔 환한 미소가 피어났다.

"석이 몸을 피해야겠네…"
이진이 백구둔의 내 하숙집에 달려와, 숨을 가쁘게 몰아쉬며 말했다. 1940년의 모진 겨울이 막바지에 다다른 1941년 2월말이었다.
"아니 진이, 자네답지 않게 왜 이리 서두르나?"
"석이 큰일 났네!"
"큰일?"
"그래 큰일이네. 일제놈들이 드디어 대한 장정들을 강제로 징집한다고 하네!"
"강제징집이라고? 그게 정말인가?"
"그렇다네. 결혼하지 않은 서른 살 미만을 조만간 강제로 징집한다고 발표했네."
"이 죽일 놈들이 기어이."
"석이 서둘러 피해야 하네. 일제에 끌려가 개죽음 당할 수는 없잖은가?"
"그래, 피해야지."
나는 그렇게 말했지만 막막했다. 이 넓은 만주에서 내 몸 하나

숨길 곳이 떠오르지 않았다.

'흐유~'

"…"

나의 대책 없는 한숨 소리에 이진도 답답한 듯 말을 하지 못했다. 바로 그때였다.

"백 선배님께서 저희 고향에 오시면 언제든지 환영입니다."

문득 동경에서 만났던 문학수의 말이 생생하게 떠올랐다. 조금 지나면 문학수도 귀국해 고향에 머물 것이었다

"그래, 거기로 가면 되겠다."

나의 얼굴이 밝아지며 희망의 목소리를 내자 이진이 반색하며 물었다.

"어디 좋은 곳이 생각났나?"

"어! 평양에서 가까운 산촌에 아는 후배가 있네. 거기로 가면 될 듯하네."

"잘됐네, 정말 잘 됐어. 하늘이 무너져도 솟아날 구멍은 있다는 말이 거짓만은 아니군."

"그러게 말이네."

"거기 가서 일제 놈들 망할 때까지 지내게나. 여기서 쓰지 못한 시를 쓰면서 말이네."

"그래야겠네! 나는 거기로 가서 잘 숨어 있을 테니, 진도 험난한 세월 건강하게 지내게. 좋은 날 반갑게 만나세."

나는 곧 짐을 꾸려 떠날 준비를 했다. 아내도 없고 아이도 없어 단출한 짐이지만 그래도 1년 넘게 살았으니 제법 정리할 게 있었

다. 하지만 일이 있어 서울에 다녀오는 것처럼 짐을 최대한 간단히 챙겼다. 남은 것은 이진에게 맡겼다. 나는 출발하기에 앞서 문학수에게 전보를 쳤다.

"며칠 안에 감. 석천石川"

나는 내 이름 대신 석천을 썼다. 문학수가 동경에서 나를 고향으로 초청했을 때, 연락할 일 있으면 석천이란 이름을 쓰겠다고 했다. 혹시 모를 전보문 검열에 걸릴 것에 대비해서였다. 석천은 석천탁목石川啄木(이시카와 다쿠보쿠)의 성으로, 내가 동경에서 청산학원대학을 다닐 때 좋아했던 시인이었다. 1886년 암수岩手(이와테)현에서 태어난 그의 본명은 이시카와 하지메石川一였다. 뒷날 딱따구리를 뜻하는 탁목啄木으로 이름을 바꿨다. 스무 살 때 첫 시집 『동경東京』을 출간해 천재시인으로 주목받았다. 소설도 여러 편 썼다. 하지만 성공하지 못하고 『한 줌의 모래알』이란 단가短歌집으로 유명했다. 그는 경제적으로 어렵게 지내다가 만성복막염과 폐결핵으로 요절했다. 내가 태어나던 1912년이었다.

"선배님 어서 오세요. 기다리고 있었습니다."

"환영해주어 고맙네. 당분간 폐를 끼쳐야겠네."

"폐라니요. 제가 영광입니다. 선배님 고향 집에 온 것처럼 편하게 지내십시오."

"자네도 알다시피 내가 상황이 여의치 않아 좀 길게 머무를 수도 있네."

"괜찮습니다. 선배님께서 오래 머물수록 저는 좋습니다. 다만…"

"?"

나는 문학수가 말꼬리를 흐리자 긴장해서 그를 바라봤다. 뭔가 일이 꼬였는가 해서였다. 문학수는 별일 아니라는 듯 손사래를 치며 말했다.

"다만, 저희 집은 드나드는 사람이 많습니다."

그랬다. 문학수는 변호사 문봉의文鳳儀의 아들이었다. 문봉의는 평양에서 판사를 하다 서울에서 변호사로 유명했다. 문봉의는 서울에서 살고 있었지만, 고향 집에도 그와 연락하기 위해 찾는 사람이 많았다. 문학수는 드나드는 사람 눈에 내가 띄는 것은 좋지 못할 것을 우려하고 있었다.

"그래서 말입니다. 여기 집보다는 한 오리쯤 떨어진 숲에 과수원이 있는데, 그곳에서 지내시는 게 좋을 듯합니다."

"그게 좋겠네. 이렇게 신경써 줘서 고맙네!"

문학수는 봄부터 가을까지는 평양과 서울에 가서 화가들과 교류하고 전시회도 열다가 추수철이 되면 고향 집으로 돌아왔다. 추수하는 것을 감독하기 위해서라지만, 실제로는 황해가 바라보이는 농장과 과수원에서 아름다운 풍경을 화폭에 담기 위한 측면이 강했다.

"백석 시인님, 안녕하세요!"

내가 문학수의 과수원에서 더부살이를 시작한 지 달포쯤 지났을 때였다. 산과 들에 진달래와 개나리가 활짝 핀 봄날 오후였다. 과수원에 딸린 농막에서 봄날의 아름다운 경치를 즐기며 시상을 가다 듣고 있는데, 문득 이런 소리가 들렸다. 목소리 쪽으로 눈을 돌리니 스무 살 남짓해 보이는 아가씨가 서 있었다. 얼굴은 활짝 웃고 있었는데 눈매는 송골매처럼 매서웠다. 까만 눈썹이 수북하게 돋았고, 코는 얼굴 한가운데에 오똑하게 솟아있었다. 입술은 반가운 마음을 드러내려는 듯 조금 벌렸다. 머리는 당시 시골 아가씨와는 달리 짧은 단발이었다.

"아~ 안녕하세요. 근데 누구신지?"

"저 문경옥이에요. 문학수 화가의 동생이요. 오빠가 저에 관해 말하지 않았나 봐요?"

"네, 아직."

"아, 오빠도 진짜."

문경옥은 얼굴을 찡그렸다. 오빠를 원망하는 듯한 표정이었다. 그리곤 어쩔 수 없다는 듯 손에 든 조그만 소쿠리를 내밀며 말했다.

"이거 좀 잡숴보세요."

"이게 뭔가요?"

"홍시에요. 오빠가 백 시인님께 갖다 드리라고 해서."

문학수 집은 역시 부자였다. 감은 늦가을에 홍시가 되어 떨어진다. 떨어지기 전에 따서 얼지 않도록 보관하면 겨우내 간식으로 먹을 수 있다. 일부는 얼려서 봄과 여름에 생과일 아이스크림처럼 즐길 수도 있다. 하지만 그것은 부잣집만 가능했다. 초가삼간뿐인 농민들은 꿈도 꾸지 못했다. 나도 봄에 홍시를 보고 깜짝 놀랐다. 입에선 벌써 침이 사르르 솟았다.

"야, 이 봄에 홍시가 다 있네요. 잘 먹겠습니다."

나는 소쿠리를 받으며 말했다. 말이 조금 떨렸다. 얼굴도 어느새 화끈거렸다. 문학수의 동생이라고 했지만, 파릇파릇한 아가씨의 살 내음을 맡은 때문이었다. 마침 꽃피고 새우는 춘삼월이었다. 이제 막 서른 살이 된 나는 어쩔 수 없는 남자였다. 문경옥도 그런 나의 떨리는 말투와 발개지는 볼을 느꼈을 것이다. 그런데도 이렇다 할 흔들림 없이 말했다.

"시인님! 지금 뭐 하고 계셨어요?"

"뭐 딱히 뭐 한다고 할 수 없이, 그냥 봄을 느끼고 있었습니다."

"봄을 느낀다, 역시 시인은 입에서 나오는 말 한마디가 그냥 시군요."

"시라니요? 당치도 않아요."

"시인님, 저를 위해서 멋진 시 한 편 지어주세요."

"지금이요? 그건 좀…"

"지금 당장이면 금상첨화지만, 한 열.흘.쯤. 드릴께요."

문경옥은 마치 큰 인심이나 쓰듯 열흘을 한 자 한 자 끊어 말했다. 당돌한 아가씨였다. 아무리 오빠의 선배라지만, 처음 보는 남자 앞에서도 아무런 스스럼이 없었다. 나는 '이대로 끌려가서는 안되겠다' 싶어 짐짓 어깃장을 놓았다.

"문경옥 씨! 너무 무식한 거 아닌가?"

"뭐가요? 제가 이래뵈도 평양고녀를 졸업하고 동경의 무사시노 음악학교 피아노과를 졸업했는데, 뭐가 무식하다는 거죠?"

문경옥도 기세에 눌리지 않으려는 듯 두 눈을 똑바로 뜨고 내 눈을 바라보며 말을 받았다.

"번지르르한 학교만 졸업하면 무식을 면하는가? 기본을 갖춰야지!"

"기본요? 무슨 기본요?"

"아무리 시인이라고 해도, 무슨 시를 기간을 정해서 뚝딱 짓는단 말인가? 그것도 단 열흘 만에."

"왜? 못 지어요? 대한의 가장 뛰어난 천재, 백. 석. 시인님께서요?"

문경옥은 나랑 놀기 위해 단단히 마음먹고 온 것 같았다. 내가 "무식하다"고 면박을 주어도 뻔뻔스럽게 받아쳤다. 게다가 나의 과거도 들먹거렸다. 나를 자극하려고 마음먹은 듯했다.

"시인님은 눈 내리는 밤, 함흥의 귀주사 골짜기에서 도둑맞은 첫사랑을 생각하며 〈나와 나타샤와 흰당나귀〉를 순식간에 썼잖아요?"

"경옥이가 그 시를 안단 말야?"

문경옥의 작전이 맞아떨어진 것 같았다. 나는 어느새 문경옥의 호칭이 경옥으로 바뀌었다. 말투도 반말이었다. 문경옥도 그에 맞춰 평어를 썼다.

"대한 사람 가운데 백석의 〈나와 나타샤와 흰당나귀〉가 누구를 그리며 쓴 시인지 모르는 사람이 있나요?"

"그래? 그럼 경옥은 나타샤가 누구라고 생각하는데?"

"그건, 음⋯. 그건, 경옥에게 시 한 편 멋지게 써준 날 얘기할 건데요."

"뭐야? 이 맹랑한 녀석."

문학수는 동생을 나에게 소개하려고 일부러 문경옥에게 홍시 심부름을 시킨 거였다. 문경옥도 속으로 나를 만나고 싶어서 오빠의 심부름을 즐겁게 받아들였다. 1920년생으로 나보다 여덟 살 어리지만, 동경의 무장야武藏野(무사시노)음악학교에서 피아노를 전공한 만큼 자유로운 영혼을 갖고 있었다. 당시 젊은 처녀처럼 문경옥도 나에 대한 '로망'을 갖고 있었다.

나와 경옥은 그렇게 1941년 봄을, 꽃이 피어나는 것처럼 보냈다. 바깥세상은 엄청난 고통으로 천천히 흘렀지만, 평양과 황해 바다에서 가까운 숲속 과수원의 시간은 빠르게 지나갔다. 진달래와 개나리에 이어 목련이 안녕하고 찔레꽃마저 눈 깜짝할 사이에 졌다. 고구려 유리왕을 눈물짓게 만든 꾀꼬리의 사랑이 깜짝한 새끼가 태어나듯, 계절은 어느덧 여름으로 접어들었다. 그 사이에 나는 경옥을 위한 시 한 편을 썼다.

    조국에 봄이 와도
    황량한 내 가슴에

    살며시 다가왔지
    진달래 모습으로

    계절이 바뀌어도
    나는 또 그대론데

그대는 바람으로

겨울을 몰아냈네

― 백석, 〈그대는 진달래로〉 전문, 미발표 유고.

"선배님! 여기서 지내기 심심하지 않으신지요?"

문경옥만 보내고 코빼기도 비치지 않던 문학수가 찾아왔다. 청보리가 이삭을 피워 누렇게 익어가는 5월 하순이었다. 오늘은 웬일인지 경옥은 오지 않았다.

"아니 이거 학수 아닌가?"

"그동안 찾아뵙지 못해 결례했습니다."

"무슨 소리. 그동안 평양과 서울에서 개인전과 단체전 하느라 무척 바빴다는 소식, 경옥에게 들었네. 내가 전시회장에 가서 축하해줘야 했는데 사정이 사정인지라."

"선배님, 별말씀을 다 하십니다."

"그래도 사람으로서 할 도리가 있는 것인데."

"괜찮습니다. 그런데, 선배님…"

쾌활해서 늘 거리낌 없던 문학수가 말꼬리를 흐렸다. 전과 다르게 내 눈치도 보는 것 같았다.

"그래, 문 화가! 할 말 있나 보네?"

"네!"

"어려워하지 말고 시원하게 말하게, 나와 자네 사이에 할 말 못할 말이 어딨나?"

"맞습니다. 그런데…"

문학수는 여전히 할 말을 하지 못했다. 뭔가 곤란한 일이 생긴 것처럼 진땀까지 흘렸다. 나는 '역시 내 문제인가'라고 생각하며, 문학수의 말의 물꼬를 터 주려고 먼저 말했다.

"내가 여기 머무는 것이 일제 정보망에 걸린 것인가?"

"아닙니다. 선배님! 그건 절대 아니고요…"

"그게 아니라면, 자네가 그렇게 말을 꺼내지 못하고 변죽만 올리나? 속 시원하게 얘기해보게!"

"예, 선배님! 노여워하지 마시고 제 말씀을 들어주시겠다고 약속해 주세요. 그럼 말씀드리겠습니다."

"무슨 얘기인지 들어봐야 허락할 것 아닌가?"

"먼저 허락하시겠다고 말씀해주셔야 합니다."

문학수의 눈빛이 절실했다. 그런 눈빛은 지금까지 보지 못했다. 매우 중요한 얘기를 하려는 듯했다. 나는 어쩔 수 없었다. 그것은 지금까지 그의 식객으로 살아온 것에 대한 예의이기도 했다.

"자네 고집도 어지간하군. 내가 졌네. 자네가 무슨 얘기를 하든 다 받아들일 테니 어서 말해보게."

"선배님 감사합니다."

"그래, 자네가 그토록 말하기 어려워하는 게 무슨 일인가?"

"선배님!"

"어서 말하라니까."

"선배님, 경옥과 결혼해주십시오!"

"뭐라고? 나보고 경옥과 결혼하라고?"

"네. 저는 존경하는 선배님의 처남이 되는 게 제일 영광입니다!"

"어허 이것 참."

"선배님은 이미 제가 무슨 말을 하든 허락하신다고 말씀하셨습니다!"

"그랬지. 그래도 이건…"

"저는 선배님께서 받아들이신 것으로 알고."

"아니, 이 사람! 학수 후배."

"예, 말씀하십시오!"

"결혼은 본인의 의사가 가장 중요한 법인데, 내가 허락한다고 해도 경옥이가 아니라고 하면 어쩔 셈인가?"

"그건 염려하지 않으셔도 됩니다!"

대답은 문학수가 아니라 문경옥이 했다. 문경옥은 문학수에게 나의 의중을 확인하라고 부탁하고 오빠 뒤를 따라와 옆방에서 우리의 대화를 듣고 있었다.

"아니, 경옥! 우리 대화를 다 듣고 있었던 거야?"

"네. 시인님. 남아일언중천금이라고 했으니, 저는 그리 알겠습니다."

"어허 이것 참. 오누이가 나를 아주 갖고 놀았군 그래. 알았네, 알았어."

"이것으로 신랑 백석 시인과 신부 문경옥 피아니스트의 결혼식을 마치겠습니다. 새롭게 부부가 된 신랑과 신부의 행진이 있겠으니 하객 여러분들은 우레와 같은 박수로 이들 부부의 행복을 축하해주시면 감사하겠습니다!"

나는 1941년 10월5일 평양에서 문경옥과 결혼식을 올렸다. 나의 결혼식 날은 일요일이자 한가위였다. 둥근 보름달처럼 우리의 결혼이 건강하고 순조롭게 이어지길 바라는 마음으로 결혼식 날자를 정했다. 결혼식 사회는 나의 절친인 이진이 봤다. 결혼식에는 서울에 살던 나의 부모님이 참석했다. 하지만 고향 정주에는 연락하지 않았다. 시절이 시절이라서 초대 자체가 쉬운 일이 아니었다. 다만 처남과 장인은 평양에서 확실한 자리를 차지한 유지라서 처가 쪽 하객은 북적였다. 이 모습을 본 아버지는 애써 무덤덤했지만 어머니는 눈물을 삼켰다.

"애야, 이거 너무 기우는 결혼 아니냐?"

"괜찮습니다. 어머니. 제가 잘 하겠습니다."

"나는 아무래도 너를 뺏기는 것만 같구나."

"어머니, 제가 누굽니까? 대한에 제일가는 효자로 소문난 아들이잖아요? 너무 걱정하지 마세요."

"알았다. 너를 믿으마."

"아버지, 강녕하세요!"

나는 부모님에게 그렇게 말하면서도 마음이 편하지 않았다. 꼭 집어 말하긴 어려웠지만, 왠지 모르게 팔려가는 느낌이었다. 비록 내가 선택해서 결정한 결혼이었지만, '이건 아니다'라는 생각이 머리에서 떠나지 않았다.

결혼식이 끝나고 나는 부모님과 이별했다. 평양에서 며칠 묵으시게 하는 게 예의지만, 부모님이 한사코 마다했다. 평양까지 온 김에 고향을 들렀다 가시겠다고 했다. 나는 벗, 이진에게 부모님을 평양역까지 배웅하도록 부탁했다. 그리곤 처가 쪽 하객들에게 인사했다.

   석!
   신혼에 쏟아진 깨로 평양 기름값이 폭락했다는 소식이 들리네. 잘 지내지? 다름이 아니라, 횡보橫步 선생께서 안동安東시청에 근무하시는데 자네를 안동세관에 추천했다네. 이제 결혼해서 강제징용 당할 위험은 줄었으니, 좋지 않을까 해서 편지 띄우네. 늘 건강하게.
                     1942년 2월19일. 석의 영원한 벗, 진.

대동강물도 풀린다는 우수雨水가 지나고 며칠 뒤 이진에게서 편지가 왔다. 안동세관에서 일할 수 있다는, 아주 반가운 내용이었다. 나는 문경옥과 결혼한 뒤, 과수원 농막에서 나와 문학수 집에서 살았다. 잘 나가는 문봉의 변호사의 사위이자, 대한의 유명한 문학수 화가의 매제가 됐으니 이제 눈치 볼 게 없었다. 가슴을 억누르던 강제징용도 걱정할 필요가 없게 됐다. 그래도 나는 좌불안석坐不安席이었다. 몸은 편했지만, "아무래도 너를 뺏기는 것만 같다"는 어머니의 말이 들리면서 하루 한 시가 가시방석이었다. 나는 이진의 편지를 받자마자 답장을 보내고 짐을 쌌다. 진의 편지에서 언급한 횡보 선생은 염상섭廉想涉 소설가였다.

   언제나 그리운 벗, 진! 보내준 글 가슴으로 봤다네. 참으로 고맙네. 염치없지만 가겠네. 안동세관이 나에게 맞을지는 모르지만, 내가 지금 찬 밥 더운 밥 가릴 때가 아니니까. 횡보 선생께도 안부 전해주고, 진도 건강하게 지내길.

1942년 2월 25일, 석.

  삶은 늘 뒤죽박죽이었다. 지금 닥친 상황이 어렵다고 서둘러 피하려고 다른 것을 고르다 보면 더 그랬다. 안동세관이 그랬다. 평양과 황해가 가까운 곳에서 불편한 처가살이에서 벗어나려고 선택한 안동세관 세관원. 할 수 있다면 내 살아온 발자취에서 지울 수 있다면 지우고 싶은 경력이었다.

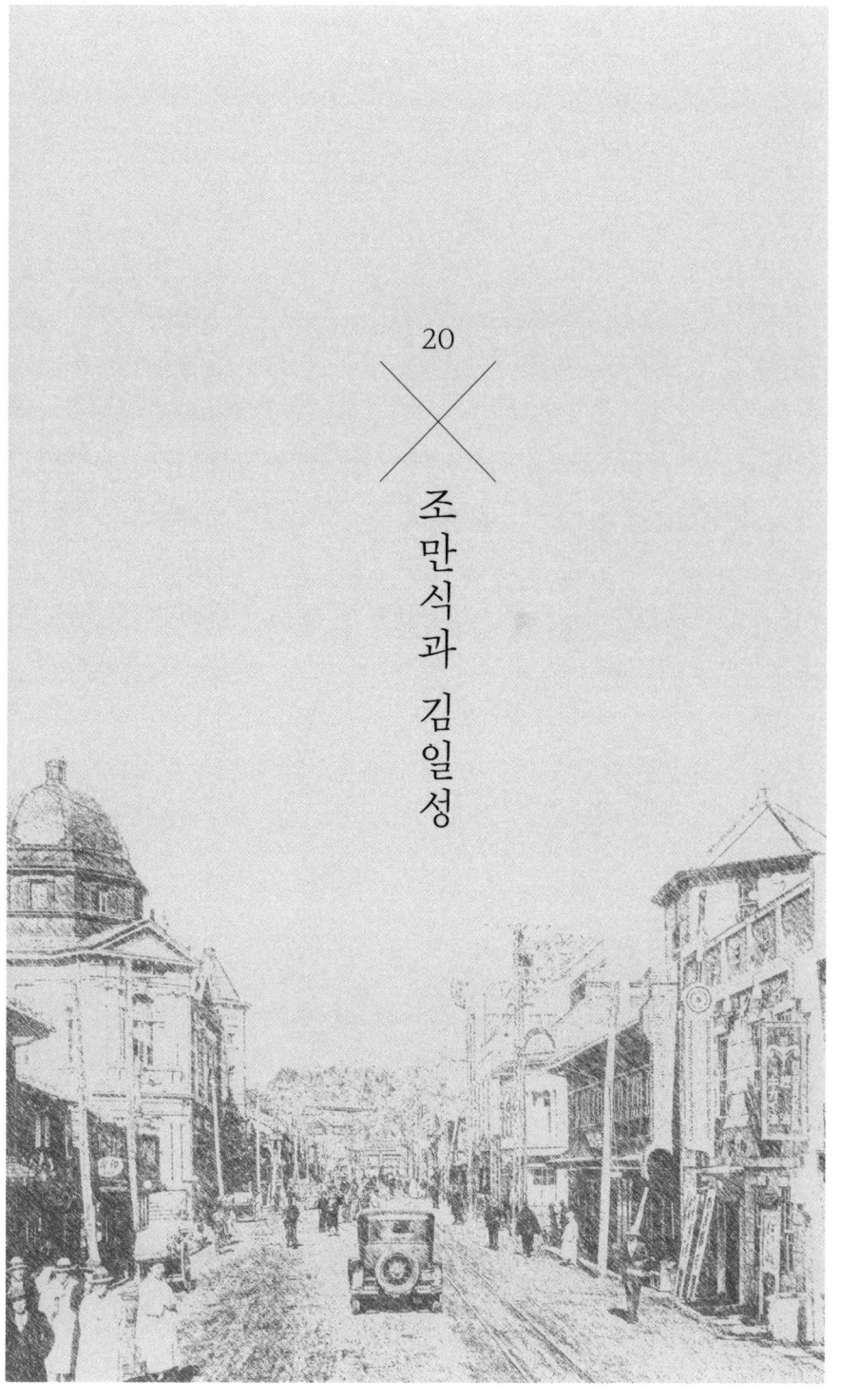

20
조만식과 김일성

1942년 8월이었다. 만주의 여름은 더웠다. 나는 안동安東세관에서 일했다. 안동세관은 압록강을 가로지르는 철교의 만주 쪽에 있는 안동역 광장 옆에 있었다. 지난해 문경옥과 결혼한 마당에 처가 살이할 수 없어 서둘러 잡은 일자리였다. 하지만 안동세관에서 일하는 것은 녹록하지 않았다. 일제가 대한제국을 강탈해 지배하는 행정기구의 하나였기 때문이었다.

일본인 상사는 일제의 방침대로, 내가 창씨개명하지 않은 것을 트집 잡았다. 때와 장소를 가리지 않고 나를 괴롭혔다. 목구멍이 포도청이라서 어쩔 수 없이 다니고 있지만, 당장이라도 그만두고 싶은 마음이 굴뚝 같았다. 몸도 마음도 괴로울 때 영생고보의 제자인 김희모 군이 불쑥 찾아왔다.

"선생님, 김희모입니다."

"누구시라고?"

"김희모입니다. 영생고보를 졸업한 선생님의 제자입니다!"

나는 김희모를 알아보지 못한 게 아니었다. 초라하게 변한 내 모습을 보여주기 싫어서 모르는 것처럼 대했다. 일본인 상사가 바로 그때, 나에게 막말하고 있었기 때문이었다.

"어이, 시라무라!"

시라무라는 저들이 나를 부르는 성이었다. 나는 저들의 입맛대로 창씨개명을 하지 않았다. 하지만 저들은 제멋대로 나를 시라무라기코우白村夔行라고 불렀다. 나의 본래 이름, 백기행白夔行에서 백씨 성을 시라무라白村로 고치고, 이름은 그대로 기행夔行을 붙인 뒤, 자기들 멋대로 시라무라기코라고 부른 것이다.

"시라무라! 어제 압수했던 독립군 가방 어딨나?"

안동세관은 한만韓滿 국경에 있어 오가는 사람들에 대한 검문검색이 삼엄했다. 특히 안동은 대한과 만주를 연결하는 곳이라 항일독립투쟁을 하는 독립군들의 왕래가 잦았다. 총과 폭탄을 숨겨서 서울에 잠입한 뒤, 조선총독을 처단하고 조선총독부를 폭파시키려는 의열단 단원이 많았다. 국내에서 독립자금을 모아 만주와 상해의 항일투쟁단체에 전달하는 사람도 오고갔다. 일제는 안동세관에 그런 항일독립군을 색출하라는 특별명령을 내렸다.

나는 통역으로 안동세관에 들어왔기 때문에 독립군에 대한 검색업무를 직접 담당하지는 않았다. 불행 중 다행이었다. 하지만 일본인 상사는 독립군과 관련된 뒤치다꺼리를 나에게 맡겼다. 내가 대한사람인데다 창씨개명을 하지 않는 것에 대한 일종의 보복이었다. 날이면 날마다 벌어지는 굴욕적인 현장을, 사랑하던 제자에게 들켰다. 어떻게 웃는 얼굴로 반갑게 맞이할 수 있겠는가. 나는 일부러 굳은 얼굴로 딱딱하게 물었다.

"아, 김 군이군. 그래 여기는 웬일인가?"

"제가 여순旅順의학전문학교에 다니고 있습니다. 여름방학을 맞아 집에 가는 길에, 선생님께서 여기서 일하신다는 소식을 듣고 반가운 마음에 달려왔습니다."

"그래, 반갑네. 그런데, 지금은 업무 중이니 퇴근시간에 맞춰 다시 오게!"

"알, 알겠습니다."

김희모는 당황한 눈으로 짧막하게 대답하며, 급하게 사무실을 나갔다. 나는 김희모의 뒷모습을 물끄러미 바라보다, 서둘러 화장실에 갔다. 얼굴이 화끈거려 그대로 있을 수 없었다. 찬물을 얼굴에 끼얹고 거울을 보았다. 나는 깜짝 놀랐다. 거울에는 낯선 초로의 아저씨가 나를 측은하게 바라보고 있었다. 눈동자는 초점을 잃었고, 우뚝 솟았던 코는 납작해졌다. 화사한 미소가 피어나던 얼굴은 며칠 굶은 거지처럼 초췌했다. 무엇보다도 머리에 흰머리가 보였다. 그저 한두 개 듬성듬성 보이는 새치가 아니라 어느덧 반백으로 바뀌어 있었다. 영생고보에서 영어를 가르칠 때와 서울에서 기자 할 때 길을 걸으면, 여성들은 물론 남자들까지 눈길을 주던 멋진 모습은 조금도 찾아볼 수 없었다.

'아, 불과 4년여 만에 이렇게 변하다니, 이 쳐죽일 일제 놈들 때문에. 희모는 이렇게 변한 내 모습을 보고 얼마나 놀랐을까. 게다가

자신도 몰라보고 일제 공무원처럼 뻣뻣하게 다시 찾아오라고 했으니.'

나는 나만 들리는 말을 하며 속눈물을 흘렸다. 이윽고 퇴근 시간이 됐다. 나는 퇴근하지 않고 김희모를 기다렸다. 비록 내가 무뚝뚝하게 대했지만, 본심이 아니었다는 것을 김희모가 알아줄 것으로 믿었다. 하지만 김희모는 다시 오지 않았다. 이제 대학생이 된 김희모는, 내 앞에 다시 나타나는 것이 나를 더욱 초라하게 만든다는 것을 깨달았을 것이다.

'아~ 희모야…'

나는 소리 없는 비명으로 김희모를 불렀다. 마음이 울적했다. 발걸음은 자연스럽게 압록강 철교로 향했다. 어둠이 내린 철교에는 신의주를 넘어온 바람이 불었다. 나는 2년반 전에 손기정과 함께 달렸던 철교를 천천히 걸었다. 지금은 그때와 반대로 신의주를 향했다. 뚜렷이 갈 곳을 정한 것은 아니었다. 그저 압록강에, 오늘의 아픔을 털어놓으려고 했다. 아픔은 좀처럼 씻기지 않았다. 어느덧 철교를 다 건넜다.

발길은 나도 모르게 노리다케 가즈오則武三雄의 집을 향하고 있었다. 시간은 저녁 8시를 넘었지만, 아직 어둡지는 않았다. 노리다케는 1909년생으로 나보다 세 살 위였다. 그는 열아홉 살 때 조선에 와서 조선과 조선사람을 좋아했다. 당시는 신의주에 살면서 나와 가깝게 지냈다. 그는 가끔 조선인 마을에 있는 조선극장에 가서 춘향전, 홍길동, 아리랑 같은 영화를 보았다. 극장 옆에 있는 '아리랑'이란 작은 술집에서 조선인들과 어울려 술을 마시기도 했다. 노리다케는 나를 '백 시인'이라고 불렀다.

"아니, 백 시인, 이 시간에 웬일인가?"

"왜? 내가 못 올 곳에 온 건가?"

"무슨 말을 그렇게 섭섭하게 하나? 내가 백 시인을 언제나 환영한다는 것은 백 시인이 더 잘 알고 있지 않나?"

"그렇지. 그래서 내가 이렇게 불쑥 찾아온 것 아닌가?"

"술 생각이 나는 모양이군. 자, 한 잔 마시며 아픔을 달래보게."

그날 나는 많이 취했다. 부드러운 말 한마디 나누지 못하고 떠나보낸 김희모의 얼굴이 아른거릴 때마다, 술을 들이부었다.

"백 시인. 오늘 가슴 아팠던 일이 있었던 모양이야?"

나는 대답 대신 술을 마셨다.

"백 시인, 이렇게 마시다가는 몸을 상하겠어. 술 대신 시를 써서 달래보는 게 어떻겠나?"

"시를 쓰라고? 시를 써도 발표할 지면도 없는데, 시를 써서 무엇에 쓴단 말인가?"

"그렇지 않아. 지금 당장은 아무런 쓸모가 없는 것처럼 보일지 몰라도, 시는 영원한 생명력을 가진 유기체잖아?"

노리다케의 말이 옳았다. 시인은 시를 써야 한다. 시로 나와 시대의 아픔을 노래해야 한다. 그런 시가 있어야 아픈 사람들이 지금 겪는 어려움을 이기고 꿈을 가질 수 있다. 사람은 꿈이 있어 사람이다. 나는 정신이 번쩍 들었다. 아픔을 달랜다며, 나의 자유의지를 술에 빼앗기고 있다는 사실을 퍼뜩 깨달았다. 술과 깨달음을 준 노리다케에게 고마움을 나타내는 시 한 편을 읊어주고 자리에서 일어났다.

> 나 취했노라
> 나 오래된 스코틀랜드산 술에 취했노라
> 나 슬픔에 취했노라
> 나 행복해진다는 생각에 또한 불행해진다는 생각에 취했노라
> 나 이 밤 공허하고 허무한 인생에 취했노라
> ― 백석, 〈나 취했노라〉 전문, 노리타케 가즈오, 『낭만부대浪漫部隊』, 1951에 실린 일어 시.

이튿날, 나는 출근하자마자 사직서를 제출했다. 사랑하는 제자 앞에서 부끄러운 모습을 보여야 하는 안동세관원으로 사는 것은 아무런 의미가 없었다. 아내 문경옥도 나를 이해해주었다.

"생각 잘 하셨어요. 우리 고향으로 돌아가 과수원에 집 짓고 살아요."

아내도 안동 생활이 힘들었을 것이다. 어릴 때부터 결혼할 때까지 이렇다 할 어려움 없이 자란 아내였다. 변변한 옷장도 없는 단칸 셋방에서 꽁보리밥을 먹고 지내야 하는 고역을 눈물로 달랬을 것이다. 날마다 '이렇게 살 바에야 친정으로 돌아가자'는 생각이 굴뚝 같았을 것이다. 하지만 자존심 강한 아내는, 나에게 그런 말을 꺼내지 못했을 것이다. 그런데 어제 밤늦게 술에 고주망태가 되어 들어온 내가 불쑥 "우리 평양으로 돌아갑시다!"라고 말한 뒤 푹 쓰러져 잠이 들었다고 했다.

친정으로 돌아온 아내는 얼굴에 화색이 돌았다. 잃었던 말도 되찾았다. 계절은 가을로 접어들면서 울긋불긋 단풍이 들기 시작했다. 서서히 가을걷이로 바빴다. 처가살이가 불편했던 나도 가을을 즐기며 지냈다. 그러던 어느 날이었다. 아침을 먹던 아내가 손으로 입을 가리며 황급히 밖으로 나갔다. 함께 밥을 먹던 장모가 웃으면서 말했다.

"백 서방, 축하하네!"

"장모님 축하라니요? 갑자기 무슨 축하를?"

"모르고 있었나?"

"예? 무엇을요?"

"에미가 애를 가졌다네."

"애를요?"

"그렇다네. 백 서방은 시는 잘 쓰는데, 사는 것은 잘 모르는 모양이군."

장모의 말에는 가시가 있었다. 아들, 문학수의 성화로 사랑하는 딸을 나에게 시집을 보내긴 했는데, 내가 영 마음에 들지 않았다. "대한의 최고 시인을 사위로 맞아 축하한다"는 말을 들을 때는 기분이 좋았지만, 좋은 시를 쓴다고 살림이 저절로 살아지는 건 아니었기 때문이었을 것이다. 세관원으로 취직됐다고 훌쩍 안동으로 떠나더니, 1년도 버티지 못하고 돌아왔으니 말이다. 그 1년 동안도 나 모르게 딸을 도와주고 있었을 것이다. 그런데 이제 아이를 가졌으니, 세상 물정을 알고 살아갈 방도를 찾는 것이 마땅하겠는데, 나는 여전히 그쪽과는 거리가 멀었다.

"예, 장모님. 저도 이제 아버지가 되니 정신 차리고 열심히 살겠습니다!"

"아암, 그래야지. 그래야 하고 말고."

하지만 사는 게 그렇게 호락호락한 것은 아니었다. 한글로 시를 써서는 한 푼도 벌 수 없는 시대였다. 돈은커녕 발표조차 하지 못했다. 일제가 『문장』과 조선일보 동아일보 등을 폐간시켰기 때문이었다. 궁여지책으로 러시아 작가 니콜라이 바이코프의 작품, 〈식인호食人虎〉와 〈밀림유정(유로쥐카)〉, 〈초혼조招魂鳥〉 같은 작품을 번역해 『조광』이나 『야담』 같은 잡지에 발표했다. 〈식인호〉는 바이코프가 사냥꾼 친구를 범에게 잃는다는 내용이고, 〈밀림유정〉은 만주의 울창한 숲속에서 마적단에게 유괴당한 러시아 어린아이 '유로쥐카'에 대한 소설이다. 〈초혼조〉는 밀림에 사는 '차오르'라는 새에 관한 글이다. 하지만 쥐꼬리만한 번역료로는 생활할 수 없었다. 그나마 원고료도 제때, 제대로 나오지 않았다.

아내도 나의 이런 경제적 무능력에 점점 싫증을 느꼈을지 모른다. 피아니스트로 자유롭게 살던 사람이라 더욱 그랬을 것이다. 아내는 장모와 음모를 꾸몄다. 어느 날 나는 아내 방에 들어가려다 장모와 아내가 나누는 대화를 들었다. 일부러 내가 들을 수 있게 하려는 듯, 목소리가 문지방을 넘어 제법 컸다.

"그래 몸은 괜찮니?"

"네, 아주 시원해요!"

"잘됐다. 혹처럼 달고 고생하며 사느니 지우기를 참 잘했다!"

"그런데, 백 서방이 알면 난리를 칠 텐데."

"지가 난리를 부려 봤자지. 걱정하지 말고 몸조리나 잘 하거라. 알았지?"

"네! 엄마."

나는 장단이 척척 맞는 모녀의 말에 깜짝 놀랐다. 두 사람의 말은 아내가 뱃속의 아이를 뗐다는 뜻이었다. 나는 너무도 기가 막혀 방문을 활짝 열고 소리쳤다.

"뭐라고요? 아이를 지웠다고요?"

"백 서방, 아무런 인기척도 없이 갑자기 문을 열고, 이게 무슨 행팬가?"

"행패라고요? 아니, 내 아이를 지웠다는 말을 듣고도 가만히 있으라는 말인가요?"

"자네 아이이지만, 내 딸의 아이이기도 하네!"

"어떻게 나하고 한마디 상의도 없이 아이를 지울 수 있습니까?"

"내가 딸과, 그리고 아들과 충분히 상의해서 한 일이니, 그리 알게?"

나는 아내를 노려봤다. 아내는 겁을 먹었는지 눈을 아래로 뜬 채 아무 말도 하지 않고 앉아 있었다. 모든 것을 장모에게 맡긴 듯했다.

"처남도 동의했단 말입니까?"

"그렇다네!"

나는 도저히 참을 수 없었다. 문학수가 앞에 있었다면 얼굴에 분노의 주먹을 날렸을 것이다. 나는 장모를 노려보며 부르짖었다. 화가 머리끝까지 나서 말이 거칠게 나갔다.

"이런 짐승만도 못한 인간들아. 사람으로서 어떻게 이따위 짓을 저지른단 말이야!. 당신들, 틀림없이 천벌을 받을 것이야. 나는 지금 당장 이 집과 인연을 끊고 떠날 테니 잘 먹고 잘 살아, 이 개만도 못한 것들아!"

그때 문득 어머니의 말이 떠올랐다. 내가 문경옥과 결혼식을 올릴 때, 어머니는 걱정스러운 얼굴로 말했다.

'애야, 이거 너무 기우는 결혼 아니냐? 나는 아무래도 너를 뺏기는 것만 같구나. 그래도, 너만 믿으마…'

나는 눈을 질끈 감으며 정주를 향해 걸었다.

이 세상에 영원한 것은 없다. 아무리 아름다운 꽃도 열흘을 견디지 못하고 억만장자와 독재자도 기껏해야 환갑을 넘기기 힘들다. 오죽하면 두보杜甫가 "예부터 사람이 일흔 살을 살기는 드문 일이다"고 읊었겠는가. 총과 대포를 동원해 대한제국을 불법적으로 강점한 일제도 마찬가지였다. 한글사용을 금지하고, 창씨개명을 강요하고, 강제징용과 강제징병으로 영속화를 꾀하던 일제가 갑자기 무너졌다.

1945년 8월15일, 수요일이었다. 나는 그때 내 고향 정주定州의 제석산 깊은 골짜기의 조그만 동굴에서 혼자 지내고 있었다. 일제의 징용과 징병을 피하기 위해서였다. 나의 은거지를 들키지 않기 위해, 어머니를 비롯해 그 누구도 가까이 오지 못하게 했다. 1주일에 한 번 정도 옷과 음식을 어머니가 집과 동굴의 중간쯤의 약속장소에 갖다 놓으면, 어머니가 돌아간 뒤 내가 갖고 오는 식으로 지냈다. 그렇게 계절이 여덟 번 바뀌었다.

광복된 지 하루가 지난 8월16일, 낮에 어머니가 나의 동굴에 왔다. 급하게 올라왔는지 가쁜 숨을 몰아쉬었다. 그래도 얼굴엔 웃음꽃이 활짝 피어 있었다. 나는 만일의 사태에 대비해 뒷문으로 나와 숲속에 몸을 숨겼다. 어머니가 혼자 오신 것을 확인하고서야 나왔다.

"어머니 어쩐 일이셔요? 여기는 위험하니까, 오시면 안된다고 했잖아요!"

어머니는 나를 보면서 눈물이 핑 돈 눈으로 말했다. 목소리가 떨렸다.

"기행아, 이제 됐다. 그동안 숨어 사느라 고생 많았다!"

"무슨 말씀이세요?"

"일본놈들이 항복했다. 우리는 드디어 광복을 맞았어!"

"정말이요? 일제가 항복했다고요? 언제요?"

나는 믿을 수 없어 잇따라 물었다.

"그렇단다. 나도 믿을 수 없어 하루 동안 동향을 살피다가, 확실하다는 것을 확인한 뒤 이렇게 헐레벌떡 올라왔단다."

나는 그제야 어머니를 와락 껴안았다. 두 눈에서는 저절로 눈물이 솟았다. 가슴은 벌떡벌떡 뛰었다. 어머니와 함께 덩실덩실 춤을 췄다. 이윽고 어머니가 말을 이었다.

"조만식 선생께서 보낸 사람이 집에 와 있다. 어서 가자꾸나."

나는 날듯이 골짜기를 뛰어 내려왔다. 광복의 기쁨으로 달려 내려오는 길은 하나도 힘들지 않았다. 집에 오니 사랑채 툇마루에 앉아 있던 사람이 일어나 나에게 인사했다. 처음 보는 사람이었다.

"조만식 선생님의 비서로 일하는 홍사민이라고 합니다. 선생님께서 백 시인을 모셔오라고 하셔서."

"고당 선생님께서, 왜 저를?"

"자세한 것은 직접 말씀하시겠다고 하셨습니다. 한시가 급하니 반드시 모셔오라고만 하셨습니다."

"그래요? 고당 선생님께서 그리 말씀하셨다면, 서둘러 가십시다!"

나는 외출복으로 갈아입고 길을 재촉했다.

"백 시인, 어서 오게!"

"선생님, 이렇게 불러 주셔서 영광입니다."

"백 시인, 내 곁에서 나를 좀 도와주게!"

"물론입니다. 제가 많이 부족하지만, 열심히 하겠습니다!"

"고맙네!"

나는 조만식 선생이 위원장으로 있는 평남인민정치위원회 외사과 소속으로 통역 업무를 담당했다. 고당 선생은 평양에 진주한 소련군 사령부 군인들과 자주 만났다. 나는 그때마다 고당 선생을 모시고 통역으로 참석했다. 8월26일, 평양에 들어온 소련군 제25군 사령관 치스차코프 장군과의 첫 만남은 비교적 우호적이었다.

"소련군은 해방군인가, 아니면 점령군인가?"

"소련군이 온 목적은 조선 해방이다."

"그것이 진심이라면 협조하겠다."

"평안남도 건국준비위원회를 건준 측과 공산당 측의 위원이 각

각 16명으로 구성되는 '평남 인민정치위원회로 개편하면 좋겠다. 위원장은 조 위원장이 맡아주면 좋겠다."

"좋다."

하지만 해방군의 탈을 쓴 소련군의 정체가 점령군이라는 사실은 곧 밝혀졌다. 소련은 처음부터 북한에 단독의 공산국가를 수립한다는 계획을 세웠다는 본색을 서서히 드러냈다. 스탈린은 1945년 9월초, 김일성 대위를 모스크바로 불러 면접을 본 뒤 북한 지도자로 결정한 것으로 전해졌다. 김일성을 자신의 꼭두각시로 만들어 자신들의 목표를 실현하겠다는 음모였다.

조만식 위원장이 김일성을 처음 대면한 것은 1945년 9월말쯤이었다. 소련군은 김일성을 북한의 지도자로 만드는 공작이 어느 정도 진행되자 북한지도자들을 한데 모았다. 상견례를 통해 김일성이 북한의 지도자라는 것을 알리기 위해서였다. 장소는 항일투쟁기에 유명했던 요정, 가선歌扇이었다. 내가 고당 선생님을 모시고 가선에 들어서자 먼저 와서 일행과 환담하던 한 젊은이가 벌떡 일어나 고당 선생의 손을 잡으며 인사했다.

"선생님 처음 뵙겠습니다. 저는 김일성이라고 합니다."

"그래, 우리 광복된 조국의 밝은 앞날을 위해 함께 노력해 보세!"

간단한 인사가 끝나자 김일성은 고당 선생을 자기 옆자리로 안내했다. 자리가 정돈되자 송호경 공산당 평안남도위원장 비서가 내빈을 소개하면서 회의가 시작됐다. 소련군 페트로프 중좌를 비롯한 공산당 인사들의 김일성을 찬양하는 인사말이 길게 이어졌다. 조만식 선생에게는, 이렇다 할 발언 기회도 주어지지 않았다. 일제가 물러간 자리를 소련군과 그들이 내세운 김일성이 차지했음이 확인되는 순간이었다. 조만식과 김일성 사이의 갈등은 필연적이었다. 1945년 11월15일, 조만식은 김일성을 만나 자신의 의견을 명확히 밝혔다.

"북한에 독자적 행정기구를 만들어서는 안된다."

"인민이 참여하는 선거로 단위의 인민위원회를 만드는 등 밑으로부터 정권기관을 만든 뒤 나중에 중앙정부를 수립하면 된다."

"아니다. 이승만 김구 김일성 등이 참여해서 남북을 아우르는 중앙정부를 수립하는 게 먼저다. 12월1일 이전에 중앙정부를 만들어 외국 군대의 철수를 요청해야 한다."

이 와중에 1945년 12월28일, 모스크바에서 열린 미.영.소 외무장관회의에서 한국을 5년 동안 신탁통치한다고 합의했다는 보도가 나왔다. 조만식은 신탁통치안에 반대하는 반탁운동에 나섰다. 소련군은 김일성을 지도자로 만드는 데 걸림돌이 된다고 여겨, 1946년 1월5일, 조만식 선생을 고려호텔에 연금시켰다. 그것으로 조만식 선생의 방패막이 역할은 끝났다.

나는 평남인민정치위원회 외사과를 그만두고 집에서 러시아 작가의 작품을 번역하는 데만 몰두했다. 1947년8월에 콘스탄틴 시모노프의 장편소설 『낮과 밤』을 번역했다. 『조쏘문학』 1947년 8월5일자에는 알렉산드리 야코블레프의 단편소설 〈자랑〉을 번역해 실었다. 또 『조쏘문학』 1948년4월호에는 시모노프의 〈노르웨이의 벼랑에서〉를 번역해 발표했다. 이어서 숄로호프의 장편소설 〈고요한 돈강〉 번역을 시작했다. 번역으로만 세월을 보낼 때, 벗 이진이 가끔 찾아와 함께 울분을 삭였다. 진의 귀국 길은 매우 길고도 험난했다고 했다.

"나는 지나支那의 신경新京에서 광복을 맞았네. 하지만 광복의 기쁨을 만끽할 여유가 없었지. 꿈에서도 그리는 자네와 고국산천을 만나려고 귀국을 서둘렀네. 귀국 길은 생각만큼 쉽지 않았네. 일제의 갑작스러운 항복으로 질서가 제대로 유지되지 못했기 때문이지. 기차를 탔는데, 기약 없이 이어지는 연착을 기다릴 수 없었지. 운 좋게 자동차를 얻어탔는데 얼마 가지 못해 방향이 달랐네. 오로지 걸을 수밖에 없었네. 아니 오히려 걷는 것이 빨랐을 정도였네. 신경에서 회령까지 21일이나 걸렸으니, 그 여정이 어떠했을지 자네도 상상할 수 있을 것이네."

"그렇게 고생했지만, 광복된 조국에 돌아오니 좋지 않은가?"

"좋기는 하지만 그다지 기쁘지도 않네. 좋다 말았다고나 할까."

"그래도 일제의 총칼에 짓눌려 숨쉬기조차 힘들었던 때보다는 낫겠지?"

"석이. 비교할 것을 비교해야지. 광복된 조국을 어찌 항일투쟁기와 견줄 수 있겠나? 내 말은 지금 평양에서 돌아가는 일이 너무 한심하다는 뜻일세!"

"나도 아네. 하지만 어떻게 하겠나? 이 또한 지나갈 폭풍우라 여기고 견디는 수밖에."

"그래서 말인데…"

나는 할 말을 잃고 이진의 다음 말을 기다렸다. 나도 소련군을 믿고 호가호위狐假虎威하며 거들먹거리는 김일성에게 실망하고 있었기 때문이었다. 게다가 시인 소설가 화가 영화인 할 것 없이, 모두 김일성 찬양에 나서는 것을 보고 환멸을 느꼈다.

"그래서, 나는 서울로 가려고 하네!"

"서울로? 좀 더 견뎌보는 게 어떻겠나?"

"아무리 생각해도, 더는 희망이 보이지 않네. 자네도 함께 가세!"

"내가 여러 번 말했듯이, 나는 부모님과 부인과 아들, 그리고 조만식 선생님을 떠날 수가 없네!"

"자네 고집을 어떻게 말리겠나. 나는 떠날 테니, 부디 몸조심하게!"

"자네도 조심하게! 이 난국에 어려운 일이겠지만, 내 시 원고를 잘 간직했다가 적당한 시기에 발표도 해주고, 때가 무르익었을 때 시집으로도 출간하기를 부탁하네."

이진은 약속을 지켰다. 내 시 〈산〉을 1947년 11월, '새한민보'에, 〈적막강산〉을 1947년 12월, 『신천지』에 발표했다. 1948년에는 〈마을은 맨천 구신이 돼서〉(『신세대』 5월호), 〈칠월백중〉(『문장』 10월호), 〈남신의주유동박시봉방〉(『학풍』 창간호, 10월)을 잇따라 발표했다. 내가 만주에 있을 때와 광복 후에 지은 시가 살아남은 것은 오로지 이진 덕분이었다.

어느 사이에 나는 아내도 없고, 또,

아내와 같이 살던 집도 없어지고,

그리고 살뜰한 부모며 동생들과도 멀리 떨어져서,

그 어느 바람 세인 쓸쓸한 거리 끝에 헤매이었다.

(중략)

내 어지러운 마음에는 슬픔이며, 한탄이며, 가라앉을 것은 차츰 앙금이 되어 가라앉고,

외로운 생각만이 드는 때쯤 해서는,

더러 나줏손에 쌀랑쌀랑 싸락눈이 와서 문창을 치기도 하는 때도 있는데,

나는 이런 저녁에는 화로를 더욱 다가 끼며, 무릎을 꿇어 보며,

어니 먼 산 뒷옆에 바우 섶에 따로 외로이 서서,

어두어 오는데 하이야니 눈을 맞을, 그 마른 잎새에는,

쌀랑쌀랑 소리도 나며 눈을 맞을,

그 드물다는 굳고 정한 갈매나무라는 나무를 생각하는 것이었다.

— 백석, 〈남신의주유동박시봉방〉 일부, 『학풍』 창간호, 1948.10.

『학풍』 창간호는 편집후기에서 '백석 시집'의 출간을 예고했다. "서정시인 백석의 시집이 출간된다. 밤하늘의 별처럼 많은 시인들은 과연 얼마나 이 고고孤高한 시인에 육박할 수 있으며 또 얼마나 능가할 수 있었더냐. 흥미 있는 일이다."

하지만 '백석시집'은 출간되지 못했다. 백석시집 출간을 추진하던 이진이 월북했기 때문이었다. 또 북한에 남은 나를 보호하기 위한 점도 작용했다고 했다. 남북분단이 고착되는 때, 서울에서 내 시

집이 출간되는 것은 아무래도 나에게 나쁜 영향을 끼칠 것이란 의견이 많았다고 했다.

이진마저 떠난 평양은 텅 빈 것 같았다. 쓰고 싶은 시상이 떠올라 손이 근질근질하고 가슴이 답답했다. 하지만 어쩔 수 없었다. 그럴수록 번역에 몰두했다. 번역만이, 살기 힘든 평양의 삶을 견뎌낼 수 있는 유일한 방법이었다. 그렇게 1946년의 봄 같지 않은 봄이 지나갔다. 더위가 본격화되는 7월로 접어들었다. 후덥지근한 7월 바람을 타고 반갑지 않은 소문이 날아왔다. 전처인 문경옥이 평양의 조선극장에서 7월 19일과 20일에 피아노독주회를 연다는 것이었다.

문경옥은 해방을 축하하는 독주회를 열려고 했지만 조선음악가동맹의 반대에 부딪쳤다. 문경옥의 부친이 일제 때 변호사로 활동했던데다, 문경옥도 일본에서 활동한 친일분자로 분류됐기 때문이었다. 그런데 김일성이 이런 사정을 듣고 특별지시를 내려 독주회가 열렸다. 김일성후원독주회였던 것이다. 문경옥은 또 8.15광복 1주년에 평양 시공회관에서 조선음악가동맹 주최로 열린 '8.15경축음악회'에서도 자신이 작곡한 '8.15광상곡'을 연주했다.

이 축하공연에는 김일성도 참석했다. 연주가 끝나자 공연장이 떠나갈 정도로 우레 같은 박수와 함성이 쏟아졌다. 김일성은 박수 치면서 옆에 앉은 비서에게 문경옥을 가리키며 물었다.

"저 동무가 누구지?"

김일성은 이미 문경옥을 알고 있었다. 문경옥의 독주회를 '후원'

한데다, 공연프로그램에 문경옥에 대한 정보가 자세하게 소개되어 있었기 때문이었다. 비서는 김일성이 알고 싶은 건 다른 것이라는 것을 동물적으로 알아챘다.

"항일투쟁기 때 백석 시인과 결혼했다가 이혼하고 지금은 홀로 지내는 것으로 알고 있습니다."

"그래? 가족 관계는?"

"아버지는 일제 때 잘 나가던 변호사였고 오빠는 저명한 문학수화가입니다."

"그렇구만."

"?"

김일성은 아무런 말 없이 야릇한 미소를 보냈다. 비서는 무슨 영문인지 몰라 오줌 마려운 강아지처럼 안절부절했다.

"내가 저 동무에게 물어보고 싶은 게 있는데…"

"네? 아, 네. 알겠습니다!"

비서는 그제야 김일성의 속내를 알아차렸다. 무대 뒤쪽의 출연자 대기실로 가서 문경옥을 데리고 나왔다. 김일성은 문경옥의 손을 꼬옥 잡고 말했다.

"동무가 해방된 조국에서 첫 독주회를 연 동무구만. 작곡도 하고 연주도 하고. 8.15광상곡, 힘이 있고 화려하고, 아주 좋아!"

"감사합니다. 제가 소련으로 유학가면 더 좋은 음악을 만들고 연주할 수 있을 것 같습니다."

"그래? 당연히 그래야지. 가서 열심히 공부하고 돌아와 조국에 봉사하시오!"

"감사합니다. 위원장 동지. 열심히 하겠습니다!"

문경옥은 김일성을 만나기 전에 소련 유학시험에 응시했지만 떨어졌다. 자신이 왜 떨어졌는지 이의를 제기해보았다. 하지만 한번 내린 당의 결정을 바꿀 수는 없었다. 그런데 김일성의 말 한마디에 유학이 결정됐다. 원칙과 절차보다 김일성의 말이 법이고 진리인 체계가 벌써 잡힌 것이었다. 문경옥은 그렇게 권력의 맛에 물들었다.

김일성은 이때 나를 떠올렸을 것이다. 모든 문학인과 예술인이 자신에게 와서 굽실거리는데. 오직 나만은 그러지 않았기 때문이었다. 나는 조만식의 비서를 하면서 사사건건 김일성을 반대하며 대들었다. 나는 문경옥이 소련으로 유학 간다는 소식을 듣고 쓴웃음을 지었다.

'이진과 함께 서울로 갔어야 했나?'

나는 머리를 세게 흔들었다. 이미 내린 선택을 후회하지 않았다. 어쨌든 평양에도 해는 떠오를 것이다.

(2권 끝)

부록

— 1 —
'백석과 자야의 러브스토리'는 김영한의 소설이었다

— 2 —
〈북방에서〉부터 〈나 취했노라〉까지 백석의 만주 현장을 가다

부록 1

'백석과 자야의 러브스토리'는 김영한의 소설이었다[1]

"오늘부터 당신은 나의 영원한 마누라야. 죽기 전엔 우리 사이에 이별은 없어요."[2]

"오늘부터 마누라 뜻대로 내 몸을 맡아주어야 해요."

시인 백석이 기생 진향眞香(본명 김영한)에게 한 말이라고 한다. 김영한은 함흥에 있는 음식점, 함흥관에서 백석을 처음 만난 날 이런 말을 들었다고 『내 사랑 백석』에서 썼다.

"나, 당신에게 아호를 하나 지어줄 거야. 이제부터 자야子夜라고 합시다!"라고도 했다. "그날부터 '자야'는 이 세상에서 우리 둘만

---

1 이 글은 시 전문잡지 『월간시인』 2023년 11월호(통권7호) 34~48쪽에 실렸던 것을 수정, 보완한 것이다.
2 김영한, 『내 사랑 백석』(파주: 문학동네, 1995, 1996, 2019), 47쪽.

이 알고, 우리 둘만이 서로 통하는 나의 애칭이 되었다"는 것이다.

김영한(1916~1999)은 『내 사랑 백석』을 통해 일약 '순애보의 주인공'으로 떠올랐다. 백석은 '자야 러브스토리'를 뒷받침하는 조연이 되었다.

"1000억이란 돈은 그 사람(백석)의 시 한 줄만 못합니다."

김영한은 자신이 '소유'하고 있던 대원각을 1995년 법정 스님에게 시주하면서 사람들의 심금까지 울렸다. '얼마나 백석을 사랑했으면, 백석의 시를 위해 1000억원이 넘는 대원각을 법정 스님에게 시주할까?' 김영한은 김영한보다 자야라는 이름으로 더욱 유명해졌다.

대원각은 삼청각 및 오진암과 함께 한국의 3대 요정으로 유명했던 곳이다. 대지 2만3140㎡(약 7140평)과 건물 40여채로 당시 시가로 1000억원이 넘는 재산을, '사랑을 위해' 시주했다는 이야기로 그는 순식간에 유명인사가 됐다. 때맞춰 출간된 『내 사랑 백석』은 베스트셀러를 넘어 스테디셀러가 됐다.

방송과 신문 등 언론들은 자야 김영한과 미남 시인 백석의 러브스토리를 앞다퉈 보도했다. KBS는 1998년 1월16일에 〈인생실험-천재 시인과 기생 자야의 사랑〉를 40분 넘게 방송했다. '자야 신드롬'에 불을 붙였다. JTBC는 2023년 6월18일에 유홍준 미술평론가를 출연시켜 〈차이나는 클래스-길상사의 비밀을 찾아서〉를 방송했다. '백석과 자야의 러브스토리'를 기정사실화했다. 채널A의 〈이제 만나러 갑니다 528회-조선 최고의 모던보이 백석과 그의 마음을 뒤흔든 자야〉도 마찬가지였다. 〈고작가의 휴먼레코드-꽃미남 시인 백석의 사생활 샅샅이 털다〉를 비롯한 유튜브에서도 계속 확대 재생산되고 있다.

안도현 시인도 거들었다. 안 시인은 김영한의 서술을 거의 그대로 인용했다. "1995년에 출간된 『내 사랑 백석』은 두 사람의 사랑 이야기를 매우 구체적으로 회고하는 자료로서의 가치가 있다. 이 책은 함흥에서 처음 백석을 만난 진향이 백석으로부터 '자야子夜'라는 이름을 얻게 되는 과정, 서울 청진동에서 동거 생활을 할 때의 이야기, 백석이 만주로 떠나는 상황을 소상하게 그리고 있다"[3]고 긍정적으로 평가하고 있다.

가장 먼저 『백석시전집』을 출간한 이동순 시인은 1995년에 출간한 제6시집 『꿈에 오신 그대』 제4부에서 자야와 백석의 러브스토리를 담은 시 12편을 포함시켰다.[4]

이승은 소설가도 『나와 나타샤와 흰당나귀』란 장편소설에서 김영한의 『내 사랑 백석』을 거의 그대로 인용했다.[5]

과연 그럴까. 방송과 평전에서 되풀이하고 있는 '백석과 자야의 러브스토리'는 얼마나 신빙성이 있을까. 결론부터 말하자면, 김영한의 『내 사랑 백석』에 나오는 백석과 관련된 얘기는 사실史實이 아니라 창작소설에 가까운 허구다. 백석은 그의 시나 산문 등 어느 곳에서도 김영한에 대해 언급한 적이 없기 때문이다. 백석과 가깝게 지낸 벗들과 영생고보 제자들도 '자야'에 대해 어떤 자료도 남기지

---

[3] 안도현, 『백석평전』(파주: 다산북스, 2014), 147~148쪽.
[4] 이동순, 『꿈에 오신 그대』(서울: 문학동네, 1995), 57~70쪽.
[5] 이승은, 『나와 나타샤와 흰당나귀』(고양: 책이있는마을, 2017).

않았다. 백석을 좋아했고 가깝게 지냈던 최정희 소설가와 노천명 시인도 백석과 김영한에 관해 일언반구도 언급하지 않았다. 오로지 김영한의 책에서만 나올 뿐이다. 특히 『내 사랑 백석』은 백석이 북한에서 1996년 2월 15일 사망하기 직전에 출간돼, 백석이 이 책에 대해 반론을 제기할 수도 없게 만들었다.

그런데도 김영한이 주장한 '백석과 자야의 러브스토리'는 실제로 있었던 사실처럼 사람들의 입에 오르내리고 있다. KBS와 JTBC 방송과 각종 유튜브에서 시청률을 노린 '상업주의' 때문에, 의심스러운 사실이 진실인 것처럼 굳어지고 있다.

유홍준 미술평론가는 2023년 6월 18일에 방송된 JTBC의 〈차이나는 클라스-길상사의 비밀을 찾아서〉에서 "백석과 자야의 사랑 이야기를 드라마로 만들면 그야말로 소설 같을 것"이라고 말했다. 그는 김영한의 '소설'을 '드라마 같은 사실'처럼 얘기했지만, 김영한 판 '백석과 자야의 러브스토리'는 아무리 흥미진진하게 편집했다고 하더라도 소설에 바탕을 둔 소설일 뿐이라고 할 수 있다.

필자는 『내 사랑 백석』의 '소설성'을 검증해봤다. 대한민국 사람이 가장 좋아하고 한국 시인들이 가장 존경하는 백석이 '사실과 다른 김영한의 주장'으로 인해 좋지 않은 평가를 받는 것을 막기 위해서다. 백석과 김영한 모두 고인이 된 지 오래라서 100% 진실을 밝히기는 어려운 게 사실이다. 하지만 최소한의 진실이라도 밝히려고 노력하는 것이 백석을 좋아하고 존경하는 사람이 해야 할 책무라고 생각한다. 꿈에서 나를 찾아왔던 백석도 이런 진실 밝히기 노력을 환영하고 격려할 것으로 믿는다.

김영한이 신윤국 선생을 면회하러 함흥에 갔다고?

『내 사랑 백석』은 기생이던 김영한이 일본 유학을 중도에 포기하고 함흥에 간 사연부터 시작한다. 함흥에 가서 우연히 백석을 만나 첫눈에 반해 사랑이 시작됐다는 것이다.

"나는 집안 살림이 어려워 열여섯 살에 조선권번朝鮮券番의 기생이 되었다. 조선권번 설립자인 금하琴下 하규일(1867~1937) 선생이 진향眞香이란 예명을 지어주었다. 일찍부터 남달리 민족문화 계승과 창달에 돈독한 뜻을 가진 해관海關(강조 필자) 신윤국 선생이 계셨는데, 어려운 환경에서도 향학열을 잃지 않은 나를 각별히 귀엽게 여기고 칭찬하셨다. 나아가 일본 유학을 보내주셨다. 동경 시바소노芝庄芝園란 곳에 하숙을 정하고 가까운 문화학원에 가서 3학년에 편입했다. 그러는 사이에 신윤국 선생님께서 조선어학회 몇 분과 함께 구속돼 함경남도 홍원의 형무소에 수감됐다는 소식을 들었다. 졸업을 앞두고 여자의전이나 나라奈良고등사범에 진학할 준비를 하던 나는 서둘러 귀국했다. 신 선생님을 면회하기 위해 함흥에 갔지만 면회가 금지됐다. 어쩔 수 없이 감옥 주변에 그대로 머물러 있을 수밖에 없었다. 그해가 1936년 가을이었다."[6]

김영한에 따르면 서울에서 태어난 그녀가 '1936년 가을', 함흥에 간 것은 애국지사 신윤국 선생을 면회하기 위해서였다. 그런데 김영한이 밝힌 이 내용은 사실과 크게 다르다. 일단 신윤국 선생께서

---

6 김영한, 『내 사랑 백석』, 문학동네, 1995년, 15~46쪽 요약.

기생을, 엄청난 비용을 들여서 일본 유학까지 보내주었다는 것 자체가 의심스럽다. 하지만 사실이었다고 하더라도, 신윤국 선생은 '1936년 가을'에 '조선어학회 몇 분과 함께' '홍원형무소에 수감'된 사실이 없다.

황해도 연백延白에서 태어난 신윤국申允國(1894~1975) 선생은 본명이 신현모申鉉謨이며 호가 해관海觀[7]이다. 해관은 열네 살 때 미국으로 건너가 대한인국민회에 몸담고 미주지역의 항일독립투쟁에 나섰다. 1932년에 귀국한 뒤 〈국사강의록國史講義錄〉을 간행하고 조선어학회에서 〈조선어학원〉 편찬 재정위원으로 활약했다. 1937년 8월, 일제가 조작한 수양동우회사건에 연루됐다는 혐의로 수양동우회원 181명이 체포돼 41명이 기소됐을 때 3년 동안 옥고를 치른 뒤 석방됐다. 1942년 10월 조선어학회사건으로 다시 체포돼 함경남도 홍원경찰서와 함흥경찰서에서 잔혹한 고문과 악형에 시달리다 이듬해 9월 기소유예로 풀려났다.

신윤국 선생이 '조선어학회 사건'으로 홍원형무소에 투옥된 것은 1942년 10월이었다. 김영한이 『내 사랑 백석』에서 밝힌 대로 1936년 가을에, 신윤국 선생이 홍원형무소에 투옥됐다면, 그것은 '조선어학회 사건'이 아니라 '수양동호회 사건'에 연루됐다는 혐의 때문이었을 것이다. 하지만 수양동호회 사건은 1937년 6월 이후에 일어났기 때문에, 김영한이 밝힌 '1936년 가을'과 시간이 맞지 않

---

7 김영한은 신윤국 선생의 호 해관海觀을 해관海關으로 썼다. 이에 대해선 뒤에서 다시 다룬다.

는다. 게다가 수양동우회 관련자가 투옥된 곳은 홍원형무소가 아니라 서울의 서대문형무소였다.

수양동우회사건이란 일제가 1937년 중일전쟁을 일으키면서 일제에 반대하는 지식인들을 검거하기 위해 조작한 사건이다. 수양동우회는 1926년 1월, 수양동맹회와 동우구락부를 흥사단의 국내 조직격으로 통합한 단체였다. 주로 안창호를 따르던 서북지역 지식인들로 구성됐다. 지도이념도 안창호의 가르침의 핵심인 무실역행務實力行이었다. 주요 인물은 이광수李光洙(1892~?) 주요한朱耀翰(1900~1979) 조병옥趙炳玉(1894~1960) 등이었고, 농촌운동을 전개하면서 기관지『동광東光』을 발행했다.

일제는 1937년 6월7일부터 8월10일까지 서울본부에서 55명, 평안도 평양선천지회에서 93명, 1938년 3월 황해도 안악지회 33명 등 181명을 치안유지법 위반혐의로 체포했다. 이중 42명이 1938년 8월15일에 기소됐다. 안창호도 1937년 6월28일 체포돼 서대문형무소에 투옥됐다. 12월에 병보석으로 풀려났지만, 고문 후유증 등으로 이듬해 3월 순국했다. 1940년 8월21일 1심 판결에서 이광수(징역 5년) 등 17명이 징역 2~5년을, 신현국(신현모) 등 24명은 징역2년에 집행유예 3년을 선고받았다. 하지만 1941년 11월17일 전원이 무죄로 석방됐다. 일제는 수양동우회 사건이 조작극이었음이 스스로 자인한 것이다.

김영한이 『내 사랑 백석』에서 신윤국 선생을 끌어들여 1936년에 함흥에 갔다고 한 것은 전혀 사실과 다른 엉터리라는 것을 알 수 있다. 함흥에서 백석을 만나 첫눈에 반해 사랑에 빠졌다는 '소설'을 뒷받침하기 위해, '신윤국 선생의 홍원형무소 수감'을 끌어들인 것으로 보인다. 그래야 백석이 함흥의 영생고보에서 영어교사를 하던 시기인 1936년 4월에서 1938년 12월까지 2년8개월 동안, 러브스토리가 성립되기 때문이다.

특히 김영한은 "어떻게 해서라도 나의 은인이신 해관 선생님을 면회해야 할 것만 같았다. 그래서 그렇게도 싫어했던 기생의 복색을 다시 입고 함흥권번에 들어갔다. 기생은 함흥 법조계의 유력인사들이 참석하는 연회에 들어가, 그런 사람에게 신 선생님의 특별면회를 부탁할 수 있었기 때문이었다"고 밝혔다. 하지만 그는 이 언급 이후에 신윤국 선생에 대해 한 마디도 거론하지 않았다. 기생인 자신을 일본 유학까지 보내준 은인을 면회하기 위해 유학도 중도에 포기하고 함흥까지 갔는데, 백석을 만나자마자 신윤국을 까맣게 잊었다는 얘기일까? 신윤국 선생이 실제로 조선어학회 사건으로 홍원형무소에 투옥됐을 때도, 김영한이 면회갔다는 말은 일언반구도 없다.

아무리 흥미진진한 이야기라도 출발부터 사실이 의심스러울 때는 진실성을 따져봐야 한다. 처음이 사실과 다르다면 책 전체의 진실성도 의심스러울 수밖에 없다.

김영한은 함흥관에서 백석을 처음 만났을까?

"내가 함흥권번에 소속돼 함흥에서 가장 큰 요리집인 함흥관에

나간 첫날, 나는 영생고보 영어교사를 만났다. 단 한 번 부딪친 한순간의 섬광이 바로 두 사람의 영원한 사랑의 시작이었다. 당신은 첫 대면인 나에게 대뜸 자기 옆으로 와서 앉으라고 하고, "오늘부터 당신은 나의 영원한 마누라야. 죽기 전엔 우리 사이에 이별은 없어요"라고 했다. 우리는 어느새 한 둥지에 갇힌 무법도無法徒, 한 쌍의 어여쁜 원앙이었다. 1936년 늦가을, 우리 둘은 서로 멀지 않은 곳에 하숙을 정했다. 나는 함흥의 해가 뜨고 지는 반룡산 기슭 끝 한 자락의 조용한 마을, 당신은 중리라는 곳에 있는, 어느 학부형 집에 둥지를 틀었다. 당신은 학교의 일과가 끝나기가 무섭게 도망치듯 나의 하숙으로 바람같이 달려왔다가 새벽 사오경까지 함께 있다 갔다."[8]

김영한이 백석을 처음 만난 장면을 묘사한 것은 한 편의 드라마와 같다. 그의 이런 서술은 안도현이 거론한 '진향이 백석으로부터 '자야子夜'라는 이름을 얻게 되는 과정'도 마찬가지다. "하루는 함흥 시내 번화가에 있는 히라다백화점의 서점에서 내가 평소 애독하던 신간 잡지 『문예춘추』와 『여원』 두 권을 사서 돌아서는데, 문득 『자야오가子夜吳歌』라는 당시唐詩선집의 표지가 눈에 들어왔다. 나는 그 타이틀이 너무도 아름답고 또 낭만적인 느낌이 들어서 대뜸 사서 당신께 보였다. 당신은 이를 받아들고 한참 동안 말없이 책장만 뒤적이다가 이렇게 말했다. "나 당신에게 아호를 하나 지어줄 거야. 이제부터 자야라고 합시다!" 그날부터 자야는 이 세상에서

---

8 김영한, 『내 사랑 백석』, 46~49쪽 및 73~76쪽 요약.

우리 둘만이 알고, 오직 우리 둘만이 서로 통하는 나의 애칭이 되었다. 그 이름을 불러줄 수 있는 분은 오직 당신뿐이었다."[9]

백석과 김영한의 드라마 같은 러브스토리는 과연 사실일까. 백석과 자야 둘 사이에만 있었던 일인데, 두 사람은 이미 고인이 되어 사실을 확인할 길은 없다. 하지만 정황적으로는 김영한의 일방적인 '서술'일 가능성을 배제하기 힘들다. 그 이유로 몇 가지를 생각해 볼 수 있다.

첫째 김영한의 기억력 문제다. 그는 『자야오가』를 산 서점이 히라다백화점 안에 있었다고 썼다. 하지만 당시 히라다平田백화점은 경성京城의 충무로에만 있었고, 함흥에 있던 백화점은 미나카이三中井였다. 미나카이를 히라다로 쓴 것은 "기억의 착오일 수 있다"[10]고, 안도현 시인은 너그럽게 지적했다. 1936년의 일을 59년 뒤에 썼으니 착오를 일으킬 수는 있을 것이다. 하지만 '자야'라는 잊을 수 없는 아호를 받은 과정을 생생하게 서술한 김영한이 백화점 이름을 착각한다는 것은 선뜻 받아들이기 쉽지 않다.

둘째 김영한과 백석의 한시漢詩에 대한 태도다. 김영한은 열여섯 살에 집안 살림살이가 갑자기 어려워져 기생이 되었다. 그전까지 집이 부유해서 한문 공부를 했고, 기생이 된 뒤에도 한문 공부를 이어갈 수는 있었을 것이다. 하지만 기생이 우연히 들른 서점에서 이백의 유명한 시집 『자야오가』을 문득 샀다는 것은 쉽지 않은 일일

---

9 김영한, 『내 사랑 백석』, 77~79쪽 요약.
10 안도현, 『백석평전』, 148쪽.

것이다. 백석도 어렸을 때 천자문 등을 배웠기 때문에 한문 실력은 상당했다. 다만 백석은 한시풍의 시를 남기지 않았다. 한문을 잘 알았지만, 한글로만 시를 썼고 필요할 때만 한자를 썼다. 일본 청산학원 영문사범과를 사실상 수석졸업한 그가 일본어 학점만 좋지 않게 받은 것과 비슷한 맥락이다. 백석은 일본어도 잘했지만, 일본어로 시를 쓰지 않았다. 그만큼 민족의식이 강했던 백석이 과연 이백의 자야오가를 보고 김영한에게 '자야'라는 호를 지어 주었을까?

셋째 백석에 대해 여러 회고를 남긴 영성고보 학생들의 글에서 '자야'나 '김영한'에 대한 언급이 전혀 없다. 당시 함흥은 인구가 5만명 정도 되는 것으로 추정된다. 백석은 그의 외모로 경성에서도 뭇 사람들의 입에 오르내렸다. 5만 정도의 소도시에서 백석이 자야와 연애를 했고, '학교가 끝나자마자 김영한 하숙집으로 찾아가 밤늦게까지 지내다 돌아오는 일이 많았다'면, 틀림없이 소문이 났을 것이다. 그런데도 강소천 김희모 김철손 이현원 전택부 임봉건 이누가 황석륜 등, 제자들은 김영한에 대해 한마디도 언급하지 않았다. 반면 동기생이었던 김진세의 누나와 사랑했고, 결혼하려고 했으나 김진세 부모가 반대해서 결혼하지 못했다는 얘기와, 백석이 문학을 배우던 여제자를 사랑했지만 여제자가 부모가 정해준 혼처로 시집가서 아파했다는 회고담은 남아 있다.

특히 안석영은 『백광白光』 1937년 6월호에 "(백석이) 영성고보에서 교편을 잡고 있는데, 아직도 결혼을 아니했지만 연애도 즐겨하지 않는 모양이다"라고 썼다. 그는 백석의 부탁을 받고, 1936년 크리스마스 때 영생고보 학생들이 공연한 연극 〈베들레헴의 중심으로〉를 지도하기 위해 함흥에 갔다. 안석영이 백석과 함께 2년 동안 조선일보 기자를 했고, 함흥에서 백석과 몇 달 동안 함께 지내면서 관찰한 뒤 위의 글을 썼다. 김영한의 글대로 백석이 자야와 연애에 빠져 있었다면, 안석영은 절대로 "연애도 즐겨하지 않는 모양이다"라고 쓰지 않았을 것이다.

넷째 백석의 벗들도 자야에 대해 전혀 언급하지 않았다. 백석과 평생지기로 지낸 허준(장편소설 『백석의 불시착』의 이진)과 정현웅, 그리고 허준과 함께 '광화문 3총사'로 지내다 배신해 서먹서먹했지만 죽을 때까지 우정을 버리지 않았던 신현중(『백석의 불시착』의 배신우)도 자야에 대해 어떠한 단서도 남기지 않았다. 백석과 문우文友로서 가깝게 지낸 김기림 최정희 노천명 이선희 모윤숙 등 문인들도 자야에 대해 일언반구도 언급하지 않았다.

백석이 영생고보를 그만두고 조선일보에 재입사한 1939년 1월 26일 이후, 그만둔 그해 10월21일까지 자야와 청진동에서 살림을 차렸다는 것도 김영한의 주장으로만 남아있다. 백석과 그의 친구들이 자야와 청진동 살림 얘기를 한마디도 하지 않았고, 『내 사랑 백석』에만 나온다는 것은 무슨 뜻일까?

'나타샤'는 김영한을 지칭하는 말이다?

김영한은 백석의 대표시 〈나와 나타샤와 힌당나귀〉에 나오는 나타샤가 자기라고 주장했다. "(1937년 12월말 청진동 집에서) 당신은 단하룻밤 이마를 서로 마주 조아리다가 학교의 출근 때문에 다음날 번개같이 함흥 천릿길을 되돌아갔다. 가면서도 한 마디 남기는 말도 없이 총총히 당신은 봉투 한 장을 떨어뜨리고 한참 가다가 다시 뒤를 돌아다보곤 하였다. 누런 미농지 봉투를 뜯어보니 당신이 친필로 쓰신 시 〈나와 나타샤와 흰 당나귀〉가 들어있었다. 그것을 단숨에 찬찬히 읽고 나니 몸과 마음이 야릇한 감격에 오싹 자지러졌다. 당신은 때로 '나타샤'가 없는 덩그런 방에서 혼자 쓸쓸히 소주를 마시곤 했다. 나는 당신의 시를 읽으면서, 나도 모르게 당신의 족쇄에 채워진 포로가 되어버렸다."[11]

가난한 내가
아름다운 나타샤를 사랑해서
오늘밤은 푹푹 눈이 나린다

나타샤를 사랑은 하고
눈은 푹푹 날리고
나는 혼자 쓸쓸히 앉아 소주를 마신다

소주를 마시며 생각한다
나타샤와 나는
눈이 푹푹 쌓이는 밤 흰당나귀를 타고

---

11 김영한, 『내 사랑 백석』, 118~122쪽 요약.

산골로 가자 출출이 우는 깊은 산골로 가 마가리에 살자

눈이 푹푹 나리고
나는 나타샤를 생각하고
나타샤가 아니 올 리 없다

언제벌서 내 속에 고조곤히 와 이야기 한다
산골로 가는 것은 세상한테 지는 것이 아니다
세상같은 건 더러워 버리는 것이다

눈은 푹푹 나리고
아름다운 나타샤는 나를 사랑하고
어데서 힌당나귀도 오늘밤이 좋아서 응앙 응앙 울을 것이다
— 백석, 〈나와 나타샤와 흰 당나귀〉 전문, 『여성』, 1938.3.

김영한은 백석의 〈나와 나타샤와 힌 당나귀〉에서 '나타샤'가 바로 자신이라고 주장했다. 하지만 이는 사실과 다르다. 사정은 이렇다. 〈나와 나타샤와 힌 당나귀〉가 발표된 것은 『여성』 1938년 3월호였다. 백석은 『여성』에 이 시를 보내기 전에 먼저 『삼천리문학』의 편집자인 최정희 소설가에게 보냈다. 『삼천리문학』 1938년 1월 창간호에 실으라는 뜻이었다. 하지만 백석의 사랑을 구애하던 최정희는 이 시를 '그녀에 대한 사랑의 표현'으로 받아들여 『삼천리문학』에 발표하지 않고 개인적으로 보관했다.

실제로 『삼천리문학』 창간호에는 백석의 시 〈추야일경秋夜一景〉이 발표됐다. 노천명의 시 〈황마사幌馬事〉와 〈슬픈 그림〉 2편이 실렸고 다른 시인들의 시도 대부분 두 편이 실렸는데, 백석의 시는 의외로 한 편만이 실렸다. 백석은 두 달 뒤 자신이 예전에 편집했던 『여성』에 〈나와 나타샤와 힌당나귀〉를 발표했다.

최정희는 1990년에 사망할 때까지 〈나와 나타샤와 힌당나귀와〉(백석이 최정희에게 보낸 육필 원고 제목)를 공개하지 않았다. 이 육필원고는 최정희의 딸인 김채원 소설가가 『문학사상』 2001년 9월호에 백석이 최정희에게 보낸 편지와 함께 공개했다. 최정희는 평생 동안 〈나와 나타샤와 힌당나귀와〉를 백석이 자신에게 보낸 연서戀書로 생각했기 때문에, 편집자의 본분을 어기면서까지 개인적으로 보관했을 것이다.

하지만 시 속의 '나타샤'가 자신이라고 주장하는 김영한은 〈나와 나타샤와 힌당나귀〉를 갖고 있지 않았다. 그렇게 애절하게 사랑한 사람이 '미농지에 육필로 써서 준 시'를, "그것을 단숨에 찬찬히 읽고 나니 몸과 마음이 야릇한 감각에 오싹 자지러졌다"고 한 시를, 보관하지 않았다. 백석이 만주로 떠난 뒤 다시 만나지 못했고, 여러 번 이사 다니면서 뜻하지 않게 분실했을 가능성은 있다. 하지만 애절하게 사랑하던 사람이 준 선물이나 편지는 죽을 때까지 보관하는 것이 인지상정이다. 최정희처럼 말이다.

게다가 김영한은 백석 시가 해금되던 1988년 이전까지 백석에 대한 얘기를 거의 하지 않았다. 백석이 정말로 자야를 사랑했다면, 1936년 1월 20일에 100부 한정으로 출간된 『사슴』을 한 부 선물했을 것이다. 그렇지 않았더라도 『사슴』은 그 뒤에 마음만 먹으면 구할 수도 있었다. 신경림 시인이 1950년대에 헌책방에서 『사슴』을 구입한 뒤, 백석에 푹 빠졌던 것처럼 말이다. 그런데 김영한은 어찌된 일인지 『사슴』을 갖고 있지 않았다. "불현듯 나는 당신의 시집이라도 품에 안아보고 싶은 생각에 국립도서관까지 갔던 적이 있었다. 당신 시집을 만날 수 있었지만, 대출이 금지된 시집이라서 빌려오지는 못하고 그냥 그 자리에서 읽어보는 것만이 가능했다"[12]며 무덤덤하게 기술할 뿐이다.

그런데도 유홍준 미술평론가는 JTBC 〈차이나는 클래스〉에서 "나타샤를 자야로 바꿔 읽으면 〈나와 나타샤와 흰 당나귀〉가 더욱 애절해진다"고 했다. 정말 그럴까? 정확한 고증을 거치지 않은 성급한 단언이라고 아니할 수 없다.

〈나와 나타샤와 힌당나귀〉에 나오는 나타샤는 누구일까. 나타샤는 톨스토이의 소설 『전쟁과 평화』의 주인공 이름이다. 시인 푸시킨의 부인도 나타샤일 정도로 러시아 여성 이름으로 많이 쓰이는 이름이다. 백석은 당시 함흥에서 러시아 양복점과 문방구점 등에 다니면서 러시아어를 배웠기 때문에, 자신이 마음속으로 사랑하는 사람을 '나타샤'로 불렀을 가능성이 높다.

김남일 소설가는 〈나와 나타샤와 흰 당나귀〉의 "나타샤가 누구인지 따지는 것은 부질없다"[13]고 썼다. 하지만 그는 "백석은 자야

---

12 김영한, 『내 사랑 백석』, 240~241쪽.
13 김남일, 『한국근대문학기행-함경도이야기』, 학고재, 2023, 265쪽.

에게 함흥 시절을 떠올리는 시 한편을 건넸다. 한국문학사에 길이 남게 된 명편 〈나와 나타샤와 흰 당나귀〉가 그것이다"라고 했다. 나타샤가 누구인지를 따지는 것은 부질없는 짓일 수 있다. 하지만 김영한이 나타샤가 자기라고 어처구니없는 주장을 하는 상황에서는 김영한이 아니라는 사실을 밝힐 필요는 크다. 김남일 '스스로가 나타샤는 자야'라고 쓰고 있는 상황에서는 더욱 그렇다.

시 속의 '나타샤'가 누구인지는 백석만이 알 것이다. 다만 백석을 좋아하던 여성들은 스스로를 '나타샤'로 여겼을 개연성이 있었다. 최정희가 〈나와 나타샤와 힌당나귀와〉를 『삼천리문학』에 싣지 않은 것이 그런 예라고 할 수 있다. 일부에서는 나타샤가 박경련이라고 해석하기도 한다. 안도현 시인은 이런 해석에 대해 "여기의 나타샤가 통영의 박경련이라는 추측도 근거가 전혀 없는 억측일 뿐이다"[14]라고 단정하고 있다.

하지만 백석은 『여성』 1938년 4월호에 발표한 시 〈내가 생각하는 것은〉에서 박경련을 직접 거론했다. "샛파란 피스대를 바라보며 나는 가난한 아버지를/ 가진 것과 내가 오래 그려오든 처녀가 시집을 간 것과/ 그렇게도 살틀하든 동무가 나를 벌인 일을 생각한다"[15]고 했다. 〈나와 나타샤와 힌당나귀〉를 발표한 지 불과 한 달만이었다. "내가 오래 그려오든 처녀"는 박경련이고, "그렇게도 살틀하든 동무가 나를 벌인 일"은 신현중이 박경련과 결혼한 것을 가

---

14 안도현, 『백석평전』, 178쪽.
15 백석, 〈내가 생각하는 것은〉 제2연 일부.

리킨다.

　백석은 또 『조광』 1938년 10월호에 발표한 시 〈야우소회夜雨小懷〉에서 "나는 정다운 것들 가지 명태 … 그리고 천희千姬라는 이름이 한없이 그러워지는 밤이로구나"라고 했다. '천희'는 백석의 초기시 〈통영〉에서 "이 천희의 하나를 나는 어늬 오랜 객주집의 생선가시가 있는 마루방에서 만났다"고 한 바로 그 '천희'다. 천희[16]는 박경련을 은유하는 시어라는 사실은 대한민국의 시인과 평론가들이 대부분 인정하는 사실이다.

　또 『조광』 1938년 10월호의 〈남향南鄕〉 제3연에서도 박경련을 지목했다. "이 길이다/ 얼마가서 감로甘露같은 물이 솟는 마을 하이얀 회담벽에 옛적본의 장반시계를 걸어놓은 집 홀어미와 사는 물새같은 외딸의 혼사 말이 아즈랑이 같이 낀 곳은"이라고 썼기 때문이다. '감로같은 물이 솟는' 곳은 명정明井이며, '홀어미와 사는 물새같은 외딸'이 바로 박경련이다.

　이뿐만이 아니다. 백석은 『문장』 종간호(1941년 4월호)에 발표한 시 〈힌 바람벽이 있어〉에서도 "내 사랑하는 어여쁜 사람이/ 어늬 먼 앞대 조용한 개포가의 나지막한 집에서/ 그의 지아비와 마조 앉어 대구국을 끓어놓고 저녁을 먹는다/ 벌서 어린 것도 생겨서 옆에

---

16 송준 작가는 〈백석시어사전〉에서 시 〈통영〉과 〈야우소회〉에 나오는 천희千姬를 다음과 같이 해석했다. 처녀. 바닷가에서는 시집 안 간 여자를 '천희'라고 하였음. 일본 바닷가에서는 천희라는 단어가 불길한 뜻으로 쓰였다. 즉 남자를 잡아먹는(죽게 만드는) 여자라는 슬픈 설화가 있다. 백석의 시에 자주 등장하는 천희는 남쪽 바다 근처 통영에 있었다. 송준, 『백석시전집』(서울: 흰당나귀, 2012), 594쪽.

끼고 저녁을 먹는다"라며 박경련을 잊지 못하는 마음을 그대로 드러냈다.

안도현도 이 대목이 걸렸는지, "백석은 그가 좋아하던 통영의 박경련을 신현중이 가로채 간 사건을 오래오래 잊지 못했다. 예상치 못한 갑작스러운 상실로 인해 생긴 충격을 그는 만주 생활 내내 씻어내지 못했다. 그는 삶을 전진시켜야 할 사랑을 배신에 의해 잃어버린 사람이었다. 그의 마음의 스크린에 지아비와 마주 앉아서 대구국을 끓여놓고 저녁을 먹는 여인이 떠오른다"[17]고 썼다.

안도현 스스로도 인정한 것처럼, 백석은 죽을 때까지, 적어도 〈흰 바람벽이 있어〉를 쓸 때까지, 그의 가슴에 남아있던 여인은 박경련 한 사람이었을 수 있다. 나타샤가 박경련이라는 가설은 억측이라는 안도현의 '단정'과 달리 개연성의 영역에 있다는 얘기다.

〈나와 나타샤와 흰당나귀〉에 나오는 나타샤는 백석이 함흥에 있을 때 사랑했던 '제자 김진세의 누나'(『백석의 불시착』에서 김순옥)였을 가능성도 적지 않다. 1939년에 영성고보를 졸업한 이유필은 "백석 선생님은 우리 동기생 중 특별히 김진세의 누이를 좋아했다. 그녀는 영흥 사람으로 상당히 미인이었는데 백석 선생님이 정식으로 청혼했으나 거절당했다. 백석 선생님은 함흥에서 멋쟁이로 소문이 나 있고 인기가 있었으나 몸이 약하고 집안이 가난하여 나이 많은 사람들 눈에는 신랑감으로 부적당했던 모양이다. 나는 진세를 통해 그와 같은 사실을 알고 내심 뜻밖이라고 생각했다"고 회고했다.

---

[17] 안도현, 『백석평전』, 261쪽.

백석과 김진세의 누이는 서로 사랑해서 결혼할 생각이었다. 백석은 청혼했고, 김진세 누이도 응했지만, 부모의 반대로 결혼할 수 없었다. 백석은 사랑하는 김진세 누이에게 "눈이 푹푹 쌓이는 밤 흰당나귀 타고/ 산골로 가쟈 출출이 우는 깊은 산골로 가 마가리에 살쟈"고 호소했을 수도 있다. "산골로 가는 것은 세상한테 지는 것이 아니다/ 세상같은 건 더러워 버리는 것이다"라고 설득했을 수도 있다.

이는 백석이 『조광』 1937년 10월호에 발표한 시 〈산곡山谷〉에서도 어느 정도 짐작할 수 있다. "돌각담에 머루송이 깜하니 익고/ 자갈밭에 아즈까리알이 쏟아지는/ 잠풍하니 볕발은 곬작이다/ 나는 이 곬작에서 한 겨울을 날려고 집을 한 채 구하였다"[18]고 쓰고 있기 때문이다.

1000억원은 백석의 시 한 줄만도 못하다고?

김영한은 나타샤 외에 백석의 시 여러 편에서 자신을 노래하고 있다고 주장했다. "하루는 당신이 조선일보사에서 발간하는 잡지 『여성』 신간호(2권10호)를 들고 와서 시 한 편을 펼쳐 보였다. 당신이 쓴 〈바다〉라는 시였다. 이 시 셋째 연의 "당신이 이야기를 하는 것만 같구려/ 당신이 이야기를 끊은 것만 같구려", 두 행이야말로 당시 우리 사랑의 슬픈 내력과 또 아기자기하게 꾸며가던 사연을

---

18 백석, 〈산곡〉 제1연.

고스란히 함축하고 있었다"[19]는 것이다.

하지만 『여성』 1937년 10월호에 발표된 〈바다〉에 나오는 당신은 박경련일 가능성이 높다. 백석이 그토록 사랑하던 박경련은 1937년 4월 7일, 백석의 가까운 친구인 신현중과 결혼했다. 신현중은 박경련을 백석에게 소개한 사람이었다. 백석은 신현중에 대한 배신감과 박경련에 대한 그리움으로 한동안 그와 관련된 시를 쏟아냈다.

바닷가에 왔드니
바다와 같이 당신 생각만 나는구려
바다와 같이 당신을 사랑하고만 싶구려

구붓하고 모래톱을 올으면
당신이 앞선 것만 같구려
당신이 뒤선 것만 같구려

그리고 지중지중 물가를 거닐면
당신이 이야기를 하는 것만 같구려
당신이 이야기를 끊은 것만 같구려

바닷가는
개지꽃에 개지 아니 나오고

---

[19] 김영한, 『내 사랑 백석』, 107~108쪽.

고기비눌에 하이얀 해ㅅ볕만 쇠리쇠리하야

어쩐지 쓸쓸만 하구려 섧기만 하구려

― 백석, 〈바다〉 전문.

〈바다〉는 그 누가 읽어도 '지금 사랑에 빠져 있는' 사람이 노래한 시는 아니다. 김영한의 주장대로라면 1937년에 백석은 자야와 사랑에 빠져 행복한 나날을 보내고 있었을 때였다. 그런 백석이 "어쩐지 쓸쓸만 하구려 섧기만 하구려"라는 싯구를 쓸 리 만무했을 것이다.

김영한은 『여성』 1938년 4월호에 발표된 백석의 시 〈내가 생각하는 것은〉에 나오는 "그렇게도 살틀하든 동무가 나를 벌인 일을 생각한다"는 구절도 자신에 대한 원망이라고 주장했다. "이 대목은 내 가슴속을 사정없이 찌르고 후벼 파는 비수가 되었다. 그렇게도 살뜰하던 당신의 동무 자야는 결코 당신이 싫어서 당신을 버린 것이 아니었다"[20]는 것이다. 아전인수 중의 상 아전인수에 해당하는 착각이다.

김영한이 말하는 구절은 〈내가 생각하는 것은〉의 제2연 마지막 행이다. "그렇것만 나는 하이얀 자리우에서 마른 팔뚝의/ 샛파란 피ㅅ대를 바라보며 나는 가난한 아버지를/ 가진 것과 내가 그리 그려오든 처녀가 시집을 간 것과/ 그렇게도 살틀하던 동무가 나를 벌인 일을 생각한다." 이 대목에서 "내가 오래 그려오든 처녀"는 박경

---

[20] 김영한, 『내 사랑 백석』, 204쪽.

련을, "그렇게도 살틀하던 동무"는 신현중을, "나를 벌인 일"은 그 두 사람의 결혼을 가리킨다는 것은 누구나 아는 일이다. 그런데도 김영한은 마치 명백한 사실조차도 자신이라고 '소설'을 쓴 것이다.

김영한의 '소설'은 이어졌다. 백석이 『여성』 1938년 5월호에 발표한 시 〈내가 이렇게 외면하고〉의 제1연에 나오는 "언제나 꼭같은 넥타이를 매고 고운 사람을 사랑하는 탓이다"에서 "언제나 꼭같은 넥타이"가 백석과 청진동에서 동거할 때, 명동에서 사 준 넥타이라는 것이다. "(명동에 있는) 마루젠丸善양품점에서 옅은 검은색 바탕에 다홍빛 빗금줄무늬가 잔잔하게 박힌 넥타이가 선뜻 내 눈에 마음에 들고 또 당신이 매면 어울릴 것 같은 생각이 들어 사서 곧바로 당신께 매어드렸다"[21]고 썼다.

이숭원 평론가는 이에 대해 다음과 같이 지적했다. "『내 사랑 백석』을 면밀하게 검토해보면, 김자야가 백석과 교제한 것은 1937년 봄부터 1938년 3월에 이르는 함흥에서의 기간과 1938년 말부터 1939년 말에 이르는 서울에서의 기간임을 알 수 있다. 그런데 〈내가 이렇게 외면하고〉는 1938년 5월에 발표되었다. 1938년 5월에 발표된 시에 1939년에 서울 명동에서 사 준 넥타이가 등장할 수는 없는 일이다"[22]라고. 정확한 지적이다.

김영한의 '소설'은 『문장』 종간호(1941년 4월호)에 발표된 백석의 시 〈흰 바람벽이 있어〉에 대해서도 이어진다. 이 시 중간에 나오

---

[21] 김영한, 『내 사랑 백석』, 128쪽.
[22] 이숭원, 『백석시, 백편-한국 시의 독보적 개성, 백석 깊이 읽기』, 태학사, 2023, 280쪽.

는 "또 내 사랑하는 사람이 있다/ 내 사랑하는 어여쁜 사람이/ 어늬 먼 앞대 조용한 개포가의 나지막한 집에서/ 그의 지아비와 마조 앉어 대구국을 끓여놓고 저녁을 먹는다/ 벌써 어린것도 생겨서 옆에 끼고 저녁을 먹는다"는 구절은 박경련을 생각하며 쓴 게 확실하다. '어늬 먼 앞대 조용한 개포가'는 통영이며 '나지막한 집'은 박경련이 살던 집이다. 대구는 통영에서 많이 잡히는 물고기였고, 박경련은 그때 신현중이 조선일보를 그만두고 통영에 내려가 살고 있었다.

김영한은 이 구절에 대해 다음과 같이 '소설'을 썼다. "불현듯 나는 당신의 어린 자식을 포대기로 들쳐 업는다. 그러고는 우르르 당신께로 달려가서 그 쓸쓸하고 허전한 무릎 위에 아기를 내려놓는다. 당신은 흐뭇하면서도 측은한 표정으로 무릎 위의 아기를 본다. 당신의 코끝에서 눈물이 흘러내려 아기의 이마에 방울방울 떨어진다. 그 광경을 옆에서 지켜보다가 나는 기어이 당신의 어깨에 매달려 흐느끼고야 만다."[23] 박경련은 신현중과 결혼한 뒤 자녀를 낳지 않았다. 백석이 "벌써 어린것도 생겨서"라고 쓴 것은, 사실을 알지 못하고 결혼했으니 당연히 애를 낳았을 것이라고 추정해서 쓴 것이다. 그런데도 김영한은 "불현 듯 나는 당신의 어린 아이를 포대기로 들쳐 없는다"는 썼다. 그야말로 소설이라고 밖에 할 수 없다.

김영한 '소설'의 대미는 『학풍』 1948년 10월호에 실린 백석의 걸작 〈남신의주유동박시봉방南新義州柳洞朴時逢方〉에서 나타난다. 이 시는 "어느 사이에 나는 아내도 없고, 또,/ 아내와 같이 살던 집도 없

---

[23] 김영한, 『내 사랑 자야』, 223쪽.

어지고,/ 그리고 살뜰한 부모며 동생들과 멀리 떨어져서,/ 그 어느 바람 세인 쓸쓸한 거리 끝에 헤매이었다."로 시작한다. 어느덧 서른여섯 살, 장년으로 접어든 백석이 광복을 맞이했어도 일제강점기와 달라진 것 없는 현실에 절망하면서도 "그 드물다는 굳고 정한 갈매나무라는 나무를 생각하는 것이었다"는 마지막 싯구로 희망의 불씨를 살리고 있는 절창이다.

김영한은 이 시에 나오는 "아내"가 자신이며 "아내와 같이 살던 집"은 김영한의 청진동 집이라고 주장했다. "조용하고 막다른 뒷골목에 불과 11칸짜리의 방이 둘 있는 비둘기장 같이 자그마한 새로 지은 집"[24]이라는 것이다.

하지만 이 시에서 아내는 백석이 만주에 있을 때인 1941년 경에 결혼했던 문경옥이 확실하다. 문경옥은 화가 문학수의 동생이다. 문학수는 1916년 평양에서 출생했고, 이중섭 화가와 함께 오산학교를 다녔다. 백석은 후배인 문학수의 소개로 문경옥과 결혼해서 신의주 건너 안동安東(현 단둥: 丹東)에서 살았다. 백석은 그 집에서 1년 남짓 살았던 것으로 보인다. 생활은 어려웠지만 그나마 처음으로 가정을 꾸리고 안정적인 생활을 했다. 하지만 아이를 유산시킨 것이 문제가 돼 문경옥과 이혼했다.

〈남신의주유동박시봉방〉에 나오는 "아내와 같이 살던 집"은 바로 문경옥과 살던 그 집이다. 백석의 영생고보 제자인 김희모는 1942년 어느 날 안동의 백석 집에 찾아가 만났다는 증언을 남겼다.

---

[24] 김영한, 『내 사랑 백석』, 229쪽.

백석은 3번 결혼한 것으로 알려졌다. 첫 결혼은 1939년 5월 중순 함흥 출신 장정옥과 했다. 장정옥에 대해선 알려진 게 거의 없다. 두 번째 결혼 상대는 문경옥이다. 김영한의 『내 사랑 백석』에 나오는 그 외의 결혼은 사실이 아닌 허구일 가능성이 높다.

문경옥과의 결혼에 대해 백석의 세 번째 부인으로 죽을 때까지 살았던 이윤희는 편지에서 다음과 같이 썼다. "남편은 전처가 있었는데 이름은 문경옥이고 그때의 직업은 피아노를 배워주는 선생이었다. 아이를 하나 임신했다가 몇 달 만에 유산시킨 것으로 하여 나의 남편 어머니와 사이가 틀어져 이혼하고 3년 후에 나를 만나 결혼하게 되었소."

김영한, 『내 사랑 백석』의 기타 오류

『내 사랑 백석』은 기본적인 오류도 적지 않다. 2부 〈당신의 '자야'〉 중 '삼우오三羽烏'는 다음과 같이 시작한다. "청진동 우리 집엔 당신 친구들의 발길이 끊이질 않았다. 소설가 허준, 의사이며 수필가인 정근양, 극작가 함대훈 외 두세 사람이 단골멤버로 찾아왔고, 아동문학가인 소파 방정환, 영화가 박기채 씨도 가끔씩 들르던 벗이었다. 우리 집은 마치 그들의 아지트라도 된 듯 당신의 귀한 친구들이 부산히 드나들었다."[25]

---

[25] 김영한, 『내 사랑 백석』, 151쪽.

김영한의 청진동 집에서 백석이 살림을 차렸다면, 백석의 벗인 허준과 정근양 및 함대훈이 자주 드나들었을 것이다. 허준은 신현중 백석과 함께 '광화문 3총사'로 불릴 정도로 가깝게 지낸 벗이다. 허준은 백석이 만주로 떠난 뒤에 조선일보를 그만두고 만주로 갔다가 광복 뒤 귀국했다. 백석이 광복 뒤에 서울로 오지 않고 고향인 정주에 남아 북한에서 생활하자 월북할 정도로 친했다. 하지만 허준은 김영한에 대해 한마디도 언급한 적이 없다. 허준이 백석의 '여성편력'을 눈감아주기 위해서였는지, 백석이 김영한 주장대로 살림을 차릴 정도로 친하지 않았는지는 현재로선 확인할 수 없는 게 안타깝다.

다만 위 인용문에 나오는 소파 방정환은 '백석의 벗'으로 '김영한의 청진동 집'에 들르지 않았던 것만은 확실하다. 1899년 생인 방정환은 1931년 7월23일에 사망했기 때문이다. 김영한이 아동문학가 강소천(1915~1963)을 방정환으로 착각했을 수도 있다. 강소천(본명 김용률金龍律)은 백석의 함흥영생고보 제자다. 백석은 1941년 1월에 출간된 강소천의 동시집 『호박꽃초롱』에 〈호박꽃초롱 서시〉를 써 줄 정도로 아꼈다. 〈서시〉의 마지막 연은 "한울은/ 이러한 시인이 우리들 속에 있는 것을 더욱 사랑하는데/ 이러한 시인이 누구인 것을 세상은 몰라도 좋으나/ 그러나/ 그 이름이 강소천인 것을 송아지와 꿀벌은 알 것이다." 백석의 강소천의 사랑을 듬뿍 느낄 수 있는 시다.

김영한의 『내 사랑 백석』은 1995년 6월12일에 1판1쇄가 인쇄되고 1996년 5월1일에 2판1쇄가 나왔다. 그리고 2019년 10월10일에

3판1쇄가 출간됐다. 그러는 동안 '방정환'은 수정되지 않고 계속 등장했다. 김영한의 착각이 아니라 '소설'을 쓰느라고 기본적 사실史實을 확인하지 않았다고 볼 수 있는 대목이다.

김영한은 또 백석을 '학생들을 버리고 자신과 연애한 무책임한 인물'로 묘사했다. "1938년 6월 어느 날이었다. 당신은 미리 아무런 기별도 없이 느닷없이 대문간을 들어섰다. 깜짝 놀라 그 까닭을 물어보니 조선학생축구연맹에서 주최하는 제2회 조선고등(전문)축구연맹전이 경성운동장에서 열리게 되어 시합에 참가하기 위해 대표선수들을 데리고 인솔교사로 왔다는 것이다. 학생들을 서울시청 옆에 있는 금당여관이란 곳에 투숙시켜 놓고 당신은 오매불망 사랑의 보금자리로 찾아온 것이다 (중략) 학생들이 화신백화점 등을 돌아다니다가 풍기를 단속하는 교사들에게 걸리자, 인솔 선생님이 밤에는 다른 곳에서 주무시고 아침에 오셨다가 시합만 끝나면 아니 계셨다고 실토했다. 단속 교사들은 이 사실을 영생고보에 통보했고, 당신은 바로 같은 영생 계열의 여자고보로 전근발령이 떨어졌다. 당신은 이 결정을 순순히 접수하고 새로운 근무지로 갔다"[26].

하지만 이는 사실과 완전히 다른 완전한 소설로, 백석을 폄하하는 대표적 왜곡이다. 우선 백석은 영생여고보로 발령난 적이 없고, 영생여고보에서 근무한 적도 없다. 또 영생고보 학생으로 축구대회에 참가했던 김희모는 "우리는 화신백화점에서 200여m 떨어진 을지로 입구로 가는 도중에 있는 청계천의 삼화여관에서 머물고 있었

---

26 김영한, 『내 사랑 백석』, 123~125쪽 요약.

다"고 회고했다. 김영한이 밝힌 '서울시청 옆 금당여관'과 다르다. 또 "우리 숙소에는 신문 기자들이 많이 찾아왔다. 대부분이 백석 선생님의 친구들이셨다. 그들은 백석 선생님과 놀다가 가시곤 했다"고 증언했다. 백석이 학생들과 거의 같이 있었다는 것이었다.

김영한은 또 〈남신의주유동박시봉방〉이 발표된 지면을 '학등'이라고 썼다. "삼팔선이 갈라진 다음, 그(허준)는 만주에서 인편으로 보내온 시 〈남신의주유동박시봉방〉과 〈적막강산〉 등의 작품을 잡지 〈학등〉과 〈신천지〉에다 발표를 시켰다"[27]는 것이다. 하지만 〈남신의주유동박시봉방〉이 발표된 잡지는 〈학등〉이 아니라 『학풍』이다. 단순한 오타라고도 할 수 있으나, 3판1쇄가 나오도록 수정되지 않았다는 것은 오타라고 하기엔 수긍하기 어렵다.

게다가 김영한은 "단짝으로 어울려 다니는 세 친구의 돈독한 우정관계를 당시 일본식 표현으로는 '삼빠가라쓰', 즉 삼우오三羽烏라고 했다"[28]. 백석이 일제를 싫어했고 일본어를 사용하지 않았음에도 불구하고, 우리말 표현에 없는 일본말을 굳이 써야 했을까[29]. 또 김영한은 "백석 시인은 세 사람의 중심으로서 그 자애로움이 유비 현덕과 흡사했다. 괄괄한 정근양씨가 장비의 성품이라면, 허준

---

27 김영한, 『내 사랑 백석』, 156쪽.
28 김영한, 『내 사랑 백석』, 159쪽.
29 김영한은 이동순 교수에게 구술하면서 "그는(백석) 일본말 쓰는 것을 몹시 싫어했다. 일찍이 일본 유학도 다녀왔으니 일본말도 잘 했을 것이나, 그는 일본말을 써야 할 때, 거기에 바꿔쓸 수 있는 우리말을 애써 생각하는 것 같았다"고 밝혔다(이동순, 〈백석白石, 내 가슴 속에 지워지지 않는 이름-자야子夜 여사의 회고〉, 『창작과비평』 복간호(1988년 봄호, 통권 제16권 제1호), 339쪽).

씨는 과묵하면서도 이지적인 데가 있어서 그야말로 관우의 지혜를 지니고 있었다고 할 것이다"[30]고도 썼다. 백석에 대한 호칭이 '당신'이 아니라 '백석 시인'으로 갑자기 바뀌었다. 글 쓴 사람이 김영한 자신이 아니라, 제3자가 말한 것을 옮겨적은 것 아닌가 하는 느낌을 갖게 하는 대목이다[31].

오류는 또 있다. 김영한은 자신의 은인인 신윤국 선생의 호를 해관海關이라고 적었다[32]. 하지만 신윤국 선생의 호는 해관海觀이다. 海關은 바다 국경을 넘을 때 관세를 걷는 곳이다. 신윤국 선생이 그런 호를 쓸 리 만무하다. 반면 海觀은 바다처럼 넓게 본다는 뜻

---

30 김영한, 『내 사랑 백석』, 160쪽.
31 김영한은 『내 사랑 백석』의 〈작가의 말〉에서 "남루한 원고뭉치를 두서없이 엮어서 시인 이동순 교수께 보내게 된 것입니다.", "틈틈이 쓴 글을 이동순 교수께 보내었더니, 그분은 나의 어법과 어휘가 모두 구식 문장임에도 불구하고 남루한 문장을 가다듬고 매만져 주셨습니다"(『내 사랑 백석』, 6쪽)라고 썼다. 『내 사랑 백석』에 이동순 교수의 문체와 표현이 상당히 들어가 있음을 시사한다고 볼 수 있다. 실제로 이동순 교수는 〈백석白石, 내 가슴 속에 지워지지 않는 이름—자야子夜 여사의 회고〉라는 글을 『창작과비평』 복간호(1988년 봄호, 통권 제16권 제1호)에 발표했다. 이 글의 '편집자 주'는 "이동순 편 『백석시전집』(창작사, 1987)이 발간된 직후 1930년대의 후반 3년간을 백석과 함께 지낸 바 있는 자야子夜 여사(73세, 서울 거주)로부터 편자를 만나자는 전갈이 왔다. 이 글은 이동순 시인이 자야 여사를 세 차례 방문하고 나서 그의 구술을 토대로 하여 쓴 백석에 관한 회고담"이라고 밝혔다. 이동순 교수의 〈백석, 내 가슴 속에 지워지지 않는 이름〉은 김영한의 『내 사랑 백석』의 축소판이라고 할 수 있을 정도로 겹치는 내용이 많다. 김영한의 구술을 바탕으로 이동순 교수가 썼으니, 그럴 수 있다고 생각하기에는 이동순 교수의 문체가 강하게 배어있다는 느낌이다. 또 이동순 교수는 1995년 11월11일자로 제6시집 『꿈에 오신 그대』(문학동네)를 출간했는데, 이 시집 제4부는 〈청진동 집〉〈개울〉〈팔베개〉〈꿈에 오신 그대〉 등 『내 사랑 백석』의 내용과 관련되는 시 12편으로 이루어져 있다.
32 김영한, 『내 사랑 백석』, 38쪽.

으로, 신 선생의 호로 적당하다. 평생 은인의 호를 잘못 썼는데, 개정판을 찍을 때 바로잡지 않았다는 것은 사실 자체를 다르게 알고 있다는 것을 반증할 것이다.

김영한의 『내 사랑 백석』과 관련해서 반드시 짚어야 할 게 있다. 백석이 만주로 떠난 뒤의 일에 대해 아무런 언급도 없다는 사실이다. 백석은 영국의 토마스 하디가 쓴 소설 『테스』를 번역해서 출간하기 위해 1940년 10월 중순, 서울에 왔다 갔다. 김영한이 주장한 대로 백석과 깊은 관계에 있었다면, 백석이 서울에 왔을 때 청진동 집으로 김영한을 찾아가서 만났을 것이다. 하지만 김영한은 이에 대해 아무런 얘기도 하지 않았다. 백석은 오랜만에 방문한 서울에서 김영한을 일부러 찾아갈 정도로 생각하지 않았음을 보여준다고 할 수 있다. 김영한은 다만, 백석이 1941년 4월에 발표한 〈흰 바람벽이 있어〉와 1948년 10월에 발표한 〈남신의주 유동 박시봉방〉을 거론하면서 시에 자신과 관련된 내용이라고, 근거 없는 주장을 하고 있을 뿐이다.

길상사가 된 대원각의 실제 주인은?

서울시 성북구 성북동 323번지에 길상사吉祥寺라는 절이 있다. 이곳은 원래 박정희 정권 시절 삼청각 오진암과 함께 3대 요정으로 유명했던, 대원각이 있던 자리다. 대원각 주인이던 김영한(1916~1999)은 대원각을 법정 스님에게 시주했고, 법정은 10년 동안 거절하다 1995년 6월13일, 송광사 말사인 길상사로 만들었다. 이곳은 면적이 7000여평으로 당시 건물이 40여채 있었던 것으로 전해진다. 당시 시가로 1000억원 이상으로 평가됐다.

김영한은 대원각을 시주할 때 언론과의 인터뷰에서 "그 많은 재산이 아깝지 않느냐?"는 질문을 받고 "1000억원은 그 사람의 시 한 줄만 못하다"고 대답했다. 그만큼 백석을 사랑했다는 것이다.

하지만 위에서 살펴본 대로 김영한의 『내 사랑 백석』은 사실에 바탕을 둔 회고록이라기 보다는 김영한의 상상력에 의해 창작된 '소설'에 가깝다. 또 그가 '소유'했던 대원각도 실제로는 그의 소유가 아니라는 주장도 일부에서 제기된 상황이다. 대원각은 남로당 당수 박헌영의 비자금으로 세워졌으며, 김영한은 실제 소유자가 아닌 위탁관리자였다는 주장이다. 박헌영과 정순년 사이에 태어난 원경 스님이 이런 주장을 했다.

원경(1941~2021) 스님은 손석춘과의 인터뷰에서 "대원각은 박헌영과 어머니는 같고 아버지가 다른 남매인 조봉희가 주인이었다. 조봉희가 권번의 수양어머니로부터 물려받은 것"[33]이라고 했다. 원경 스님은 "광복 후에 조봉희가 대원각을 박헌영에게 내줬는데, 박헌영이 신변안전에도 좋지 않고, 이런 큰 집에 사는 것도 이율배반적이라며 마다했다. 1949년에 김소산 여간첩 사건이 터졌다. 김소산은 조봉희의 딸이다. 김소산이 잡혀갈 때 '새끼 기생'이던 김영한에게 내가 나올 때까지 관리하라고 했다. 그런데 6.25전쟁이

---

[33] 손석춘, 『박헌영 트라우마』, 철수와영희, 2013, 46쪽.

났고, 김소산은 처형됐다. 서울 수복 후 김영한은 이재학 국회부의장의 애첩이 됐다. 김영한은 이재학과 결탁해서 1955년에 대원각을 자기 이름으로 등기했다. 김영한은 대원각을 나에게 돌려주겠다고 했는데, 법정 스님에게 시주한 것"[34]이라고 설명했다.

실제로 대원각 등기부등본에는 소유주로 조봉희 다음에 김영한이 차례로 나온다. 원경 스님의 주장은 김영한이 사망한 상태라 확인할 방법이 없다. 법적으로도 대원각은 없어지고 길상사는 송광사 말사로 등록돼 있다. 원경 스님의 주장을 증명할 새로운 증거가 나오지 않으면, 그의 주장은 주장으로 끝날 수밖에 없다.

원경 스님은 2010년 서울신문과 인터뷰에서 "(김해균이) 항일독립운동에 써 달라며 박헌영에게 거액을 기부했고 박헌영은 이 돈으로 대원각을 지었다"고 했다. "박헌영이 동복이부同腹異父 누나인 조봉희를 내세워 대원각을 지은 뒤 비자금 세탁창구로 이용했다"는 것이었다.

필자는 〈천억이 대수랴, 백석 시 한 줄만도 못한 것을〉[35]이란 시로 김영한을 다루었다. 당시만 해도 『내 사랑 백석』의 내용을 제대로 검증하지 않은 채, 사실로 받아들여 쓴 시였다. 하지만 2023년 5월에 창간된 『월간시인』에 백석의 삶에 대한 소설 〈백석의 불시착不時着〉을 연재하면서 여러 자료를 찾아본 결과 『내 사랑 백석』의 내용이 사실과 다른 부분이 적지 않다는 것을 발견했다. 과거 인물과

---

[34] 손석춘, 『박헌영 트라우마』, 48~50쪽 요약.
[35] 홍찬선, 〈천억이 대수랴, 백석 시 한 줄만도 못한 것을〉, 『아름다운 이 나라 역사를 만든 여성들』(서울: 스타북스, 2021), 113~115쪽.

역사를 다룰 때 제대로 된 검증이 얼마나 중요한지를 새삼 깨달았다. 이미 『아름다운 이 나라 역사를 만든 여성들』을 읽은 독자들께 사과드리며, 앞으로 다시 발행할 때 수정할 것을 약속드린다.

참고문헌

강소천, 『호박꽃초롱』(파주: 재미마주, 2016).

고형진, 『정본 백석 시집』(파주: 문학동네, 2007, 2013)

고형진, 『백석 시를 읽는다는 것』(파주: 문학동네, 2016).

구선아, 『경성방랑』(서울: 알비, 2020)

권영민 엮음, 『이상전집』(파주: 태학사, 2013).

김경흠, 『강소천 아동문학의 서정미학』(파주: 청동거울, 2021).

김기림, 백석 외, 『한국해금문학전집』(삼성출판사, 1988).

김동리 외 편, 『한국해금문학전집15』(서울: 삼성출판사, 1988).

김병익, 『한국문단사 1908~1970』(서울: 문학과지성사, 2001, 2014).

김연수, 『일곱 해의 마지막』(파주: 문학동네, 2020).

김영진(몽우 조셉), 『외롭고 높고 쓸쓸한 백석평전』(서울: 미다스북스, 2011).

김용희 엮음, 『강소천 동화선집』(서울: 지식을만드는지식, 2013).

김응교, 『백석과 동주-서른 세 번의 만남』(파주: 아카넷, 2020, 2022).

김완성, 『김소월과 백석 시의 민족의식 연구』(서울: 지식과교양, 2012).

김자야, 『내사랑 백석』(파주: 문학동네, 1995, 1996, 2019).

김재용 엮음, 『백석전집』(서울: 실천문학, 1997, 1998).

박덕규, 『강소천평전』(서울: 교학사, 2015).

백석, 『사슴』(인천: 소와다리, 2016).

백석 역, 이난아 해설, 『백석이 사랑한 시, 나즘 히크메트』(파주: 태학사, 2021).

백석 역, 솔로호프 작, 『고요한 돈 1,2』(서울: 서정시학, 2013)

손석춘, 『박헌영 트라우마』(서울: 철수와영희, 2013).

손호철, 『한 스님-박헌영 아들 원경 대종사 이야기』(이매진, 2023).

송준, 『남신의주 유동 박시봉방-시인 백석 일대기 1,2』(서울: 지나, 1994).

송준, 『시인 백석-백석탄생 100주년 기념판』(서울: 흰당나귀, 2012).

안도현, 『백석평전』(파주: 다산북스, 2014, 2021).

안소영, 『시인 동주』(파주: 창비, 2015, 2016).

오양호, 『일제강점기 만주조선인문학연구』(서울: 문예출판사, 1996).

오양호, 「五族과 민족 혼-백석」, 『1940년대 전반기 재만조선인 시 연구』(서울: 역락, 2021).

오양호, 『1940년대 전반기 재만조선인 시 자료집』(서울: 역락, 2022).

유종호, 『다시 읽는 한국 시인-임화 오장환 이용악 백석』(파주: 문학동네, 2002, 2011)

이동순, 『꿈에 오신 그대』(서울: 문학동네, 1995).

이동순 엮음, 『백석 시전집』(서울: 지식을만드는지식, 2013).

이동순, 『나는 백석이다』(서울: 일송북, 2024).

이숭원, 『백석을 만나다』(파주: 태학사, 2008, 2017)

이숭원, 『갈매나무의 시인 백석』(파주: 살림, 2013, 2016).

이숭원, 『백석시, 백편』(파주: 태학사, 2023).

이승은, 『소설 나와 나타샤와 흰 당나귀』(고양: 책이있는마을, 2017).

이중기 편저, 『백신애 소설전집』(부산: 전망, 2021).

임우기, 〈한국문학과 샤머니즘의 이념〉, 『네오 샤먼으로서의 작가』(춘천: 달아실, 2016, 2017).

임우기, 〈유역문예론의 서-예술에서의 귀신의 존재와 작용에 관한 시론試論〉, 『유역문예론』(마포: 솔출판, 2022).

정철훈, 『백석을 찾아서』(서울: 삼인, 2019)

최동호 외, 『백석 시 읽기의 즐거움』(서울: 서정시학, 2006).

허준, 『잔등』(서울: 문학과지성사, 2015, 2023).

홍찬선, 『아름다운 이 나라 역사를 만든 여성들』(서울, 스타북스, 2021).

홍찬선, 〈백석과 자야의 러스스토리는 김영한 '창작소설'이었다〉, 『월간시인』(서울: 인문학사, 2023년11월호, 통권7호).

부록 2

**〈북방에서〉부터 〈나 취했노라〉까지
백석의 만주 현장을 가다[36]**

2024년 6월9일 일요일 05시. 새벽을 달렸다. 백석이 품었던 바람을 타고 백석의 발자취를 찾으러 떠나는 길이었다. 백석이 만주에 머물면서 쓴 시의 현장을 찾아 그의 숨결을 느끼러 가는 길, 한강이 말없이 흘렀다. 백석의 침묵인 듯했다. 백석은 1940년 1월. 살을 에는 모진 북풍한설을 뚫고 만주 신경新京(현 장춘長春)으로 갔다. 경의선을 타고 신의주까지 가서 압록강 철교를 넘어 안동安東에서 남만주철도로 갈아타고 내렸던, 그 기찻길은 막혔다. 남북분단으로 길이 막혀 직선으로 가는 육로로 가 아닌 하늘길로 갔다. 하늘길

---

[36] 이 글은 『월간시인』 2024년 7월호(통권 제15호)에 실린 〈만주시절 백석과 백석의 시를 만나다〉를 수정, 보완한 것이다.

도 북한에 막혀 서쪽으로 한참 가다 북쪽으로 돌아서 갔다. 장춘 룽자龍嘉공항 하늘이 파랬다. 백석이 환하게 웃으며 오른손을 내밀며 말했다.

"어서 오시게…"

장춘역 동삼마로35 만주국국무원 백구둔…

처음 간 곳은 장춘역이었다. 백석이 이곳에 처음 내렸을 때는 신경역. 그때 역 주변은 이렇다 할 고층건물 없이 한산했을 것이었다. 신경은 일제가 청淸의 마지막 황제 푸이溥儀(1906~1967)를 허수아비 황제로 삼아 세운 만주국의 수도였다. 허허벌판이나 다름없던 곳에 수도를 만들고 남만주철도가 이곳을 지나도록 했다. 남만주철도는 일제가 간도를 수탈하고 대륙을 침략하기 위해 대련大連과 여순旅順에서 안동安東(현 단동丹東)을 거쳐 신경과 하얼빈으로 이어지도록 놓은 철도다. 일제가 1905년, 을사늑약乙巳勒約으로 대한제국의 외교권을 강탈한 뒤 청과 1909년, 간도협약을 맺어 간도를 넘겨주는 댓가로 남만주철도 부설권을 빼앗았다. 우리 땅인 간도를 넘겨주고 간도침략의 고속도로를 만든 것이었다. 을사늑약이 원천무효이기 때문에 간도협약도 원천무효이지만, 힘이 폭력이라서 어쩔 수 없는 현실이었다.

1940년 1월, 살을 에는 만주 추위는 백석을 꽁꽁 얼어붙게 했을 것이다. 지금은 6월, 한낮은 땀이 날 정도로 더웠다. 백석이 그때 느꼈을 황량함은 없었다. 다시 지은 장춘역은 입장료를 내야 겨우 속을 보여준다며 위압적으로 서 있었다. 역 앞은 넓은 대로를 끊임없이 오가는 자동차 물결과 높은 빌딩 숲으로 바뀌었다. 추위와 외로움에 떨었을 백석을 생각하며 발길을 돌렸다.

장춘역에서 '동삼마로 시영주택 35번지 황씨방'으로 향했다. 1940년 서울에서 발간된 문인주소록에 기재된 백석이 살던 집 주소였다. 하지만 당시의 흔적을 찾아보기 힘들었다. 이곳 동삼마로 33번지부터 42번까지는 주상복합건물로 재개발됐다. 재개발됐을 때는 장통長通종합대시장이란 이름이 건물 외벽에 붙었다. 지금은 그 이름도 지워졌다. 삼거리쪽 모서리 1층에 항애대약방恒愛大藥房이 있어 겨우 찾을 수 있었다.

시인들이 빙 둘러서서 백석의 시 〈북방에서-정현웅에게〉를 낭독했다. 그가 신경에 와서 처음 지은 것으로 추정되는 시다.

아득한 넷날에 나는 떠났다
부여夫餘를 숙신肅愼을 발해渤海를 여진女眞을 요遼를 금金을,
흥안령興安嶺을 음산陰山을 아무우르를 숭가리를,
범과 사슴과 너구리를 배반하고
송어와 메기와 개구리를 속이고 나는 떠났다

나는 그때
자작나무와 익갈나무의 슬퍼하든 것을 기억한다
갈대와 장풍의 붙드든 말도 잊지 않았다

오로촌이 멧돌을 잡어 나를 잔치해 보내든 것도
쏠론이 십리 길을 떨어나와 울든 것도 잊지 않았다

나는 그때
아모 익이지 못할 슬픔도 시름도 없이
다만 게을리 먼 앞대로 떠나 나왔다
그리하여 따사한 햇귀에서 하이얀 옷을 입고 매끄러운 밥을 먹고 단샘을 마시고 낮잠을 잤다
밤에는 먼 개소리에 놀라나고
아침에는 지나가는 사람마다에게 절을 하면서도
나는 나의 부끄러움을 알지 못했다

그동안 돌비는 깨어지고 많은 은금보화는 땅에 묻히고 가마귀도 긴 족보를 이루었는데
이리하야 또한 아득한 새 옛날이 비롯하는 때
이제는 참으로 익이지 못할 슬픔과 시름에 쫓겨
나는 나의 옛 한울로 땅으로 나의 태반(胎盤)으로 돌아왔으나

이미 해는 늙고 달은 파리하고 바람은 미치고 보래구름만 혼자 넋 없이 떠도는데

아, 나의 조상은 형제는 일가친척은 정다운 이웃은 그리운 것은 사랑하는 것은 우럴으는 것은 나의 자랑은 나의 힘은 없다 바람과

물과 세월과 같이 지나가고 없다

— 백석, 〈북방에서—정현웅에게〉 전문, 『문장』, 1940.7.

오가는 장춘 사람들과 상가에 있던 사람들이 무슨 일인지 궁금한 듯 두 눈을 동그랗게 뜨고 쳐다보았다. 백석도 처음 이곳에 와서 그런 눈빛을 봤을 것이다. 백석은 신경에서 생활이 어느 정도 자리잡히자 〈북방에서〉라는 시를 써서 『문장』을 편집하던 정인택(1909~1953)에게 보냈다. 시를 늦게 보내게 된 사연과 자신의 각오를 밝힌 편지와 함께였다.

정형!
『문장』의 선수가 어찌 『문장』을 위해 활약하지 아니하겠습니까. 실은 원고와 같이 이 글월을 쓰리라 생각하다가 글월까지 늦었습니다. 내일이고 모레고 회심의 시품詩品 하나 청람請覽에 공供하렵니다. 유월호 마감이 벌써 지났을 줄 아옵니다만, 억지 써서 이번에 넣어주시기 바랍니다.
이 넓은 벌판에 와서 시 한 백 편 얻어가지고 가면, 가서 『문장』을 뵈올 낯도 있지 않겠습니까. 부지런히 마음을 가다듬고 있습니다. 이 선수에게 형은 아무것이나 명하시기 바랍니다.

만주에서 "시 100편을 쓰겠다"는 백석의 각오를 떠올렸다. 일제의 거칠어지는 한글사용금지와 창씨개명, 그리고 강제징용을 피하려고 만주로 온 백석의 굳게 다문 입술이 보였다. 그 입술을 따라 발길을 돌렸다. 백석이 1940년 1월부터 9월까지 다닌 것으로 알려진 옛 만주국 국무원이었다. 백석은 국무원 경제과에 다니면서, 러시아인과 일본인 사이의 통역을 한 것으로 추정된다. 하지만 그것도 오래 가지 못했다. 일본인 상사의 집요한 창씨개명 요구를 거부하고 스스로 그만뒀다. 이는 그의 시 〈귀농〉에 언급돼 있다.

만주국 국무원은 현재 길림대학교 노먼베순의과대학으로 바뀌었다. 노먼 베순Norman Bethune (1890~1939)은 캐나다 출신 의사였다. 그는 1938년 1월 지나支那에 와서 모택동毛澤東이 이끄는 공산군의 부상병을 치료하다 1939년 11월 사망했다. 모택동은 〈베순을 기념하며〉라는 글을 썼고, 길림성에 그의 이름을 딴 의과대학을 세웠다. 국무원이었던 의과대학 본관 앞에는 그의 동상이 서 있다. 일요일이어서 그런지, 정문은 닫혀 있었다.

백석이 근무했던 곳 정문 앞에서 그의 시 〈허준〉을 낭독했다. 허준은 백석의 가장 가까운 벗이었다. 조선일보에 다니던 허준은 1940년 가을쯤 신경에 왔다. 백석은 허준을 환영하며 그에게 시를 헌정했다.

> 그 맑고 거룩한 눈물의 나라에서 온 사람이여
> 그 따사하고 살틀한 볕살의 나라에서 온 사람이여
>
> 눈물의 또 볕살의 나라에서 당신은
> 이 세상에 나드리를 온 것이다
> 쓸쓸한 나드리를 단기려 온 것이다

눈물의 또 볏살의 나라 사람이여

당신이 그 긴 허리를 구피고 뒤짐을 지고 지치운 다리로

싸움과 흥정으로 왁자짓걸하는 거리를 지날 때든가

추운 겨울밤 병들어 누은 가난한 동무의 머리칸에 앉어

말없이 무릎 우 어린 고양이의 등만 쓰다듬는 때든가

당신의 그 고요한 가슴 안에 온순한 눈가에

당신네 나라의 맑은 한울이 떠오를 것이고

당신의 그 푸른 이마에 삐여진 억개쭉지에

당신네 나라의 따사한 바람결이 스치고 갈 것이다

높은 산도 높은 꼭다기에 있는 듯한

아니면 깊은 물도 깊은 밑바닥에 있는 듯한 당신네 나라의

하늘은 얼마나 맑고 높을 것인가

바람은 얼마나 따사하고 향기로울 것인가

그리고 이 하늘 아래 바람결 속에 퍼진

그 풍속은 인정은 그리고 그 말은 얼마나 좋고 아름다울 것인가

다만 한 사람 목이 긴 시인은 안다

'도스토이엡흐스키'며 '죠이쓰'며 누구보다도 잘 알고 일등 가는 소설도 쓰지만

아모 것도 모르는 듯이 어드근한 방 안에 굴어 게으르는 것을 좋아하는 그 풍속을

사랑하는 어린것에게 엿 한 가락을 아끼고 위하는 안해에겐 해

진 옷을 입히면서도

　마음이 가난한 낯설은 사람에게 수백 량 돈을 거저 주는 그 인정을 그리고 또 그 말을

　사람은 모든 것을 다 잃어버리고 넋 하나를 얻는다는 크나큰 그 말을

　그 멀은 눈물의 또 볕살의 나라에서

　이 세상에 나드리를 온 사람이여

　이 목이 긴 시인이 또 게산이처럼 떠곤다고

　당신은 쓸쓸히 웃으며 바독판을 당기는구려

　— 백석, 〈허준許俊〉 전문, 『문장』 2권9호, 1940.11.

　시 낭독이 거의 끝나갈 무렵이었다. 가이드가 걱정스러운 표정으로 다가왔다. "교통경찰이 전화해서 버스를 이동시키라"고 했다는 것이다. 버스에 CCTV가 있어 실시간으로 '감시'하고 있다는 느낌이 들었다. 이전에 고속도로에서도 제한속도 100km를 초과하면 연락이 온다는 말을 들었던 적이 있었다. "당신은 쓸쓸히 웃으며 바독판을 당기는구려"라는 백석의 싯구처럼, 일행은 서둘러 버스에 올랐다.

　다음 행선지는 백구둔白狗屯이었다. 백구둔은 백석이 국무원을 그만두고 지나인支那人 왕王씨에게 밭을 얻어 농사를 짓던 곳이다. 장춘 시내에서 북쪽으로 10여km 떨어진 곳에 있다. 둔은 지나의 가장 작은 마을 단위다. 지금은 관성구寬城區 신월로新月路로 바뀌었

다. 이름이 변한 것에서 짐작할 수 있듯, 이곳도 논밭은 찾기 어려운 도시로 바뀌었다.

백석은 국무원에 다닐 때부터 이곳에 있던 러시아어 학원에 다녔다. 백석은 이미 러시아어를 거의 완벽하게 구사할 수 있었다. 일본에 유학해, 청산학원대학 영어사범과를 다닐 때부터 러시아어를 배웠고, 영생고보 영어 선생으로 근무할 때도 함흥에 있는 러시아 상점 등을 다니며 러시아를 익혔다. 그런데도 이곳에서 러시아어 학원에 또 다닌 것은, 러시아 문학을 완벽하게 한글로 번역하기 위해서였다.

실제로 그는 이곳에서 농사지으면서, 당시 하얼빈에 살던 러시아 동물사냥작가 바이코프의 작품 〈식인호食人虎〉와 〈밀림유정〉 등을 번역했다. 광복 뒤에도 시모노프의 『낮과 밤』, 숄로호프의 『그들은 조국을 위해 싸웠다』와 『고요한 돈1,2』 등도 번역해 출판했다. 시를 쓸 수 없는 일제와 공산당 체제 아래에서 번역은 백석의 유일한 탈출구였다.

신월로로 바뀐 백구둔에서 '길림러시아어학원'을 찾았다. '내비'가 안내하는 대로 갔더니 '길림성장수현대관리학교'가 있었다. 건물 이름과 역할이 바뀌었지만, 겉모습은 그대로였다. 길 건너편 넓은 장소에서 자리 잡고 백석의 시 〈귀농歸農〉을 낭독했다.

    백구둔白狗屯의 눈 녹이는 밭 가운데 땅 풀리는 밭 가운데
    촌부자 노왕老王하고 같이 서서
    밭최뚝에 즘부러진 땅버들의 버들개지 피여나는 데서

볕은 장글장글 따사롭고 바람은 솔솔 보드라운데
나는 땅 님자 노왕한데 석상디기 밭을 얻는다

노왕은 집에 말과 나귀며 오리에 닭도 우울거리고
고방엔 그득히 감자에 콩에 곡석도 들여 쌓이고
노왕은 채매도 힘이 들고 하루 종일 백령조白翎鳥 소리나 들으려고
밭을 오늘 나에게 주는 것이고
나는 이젠 귀치않은 측량도 문서도 실증이 나고
낮에는 마음 놓고 낮잠도 한잠 자고 싶어서
아전 노릇도 그만두고 밭을 노왕에게 얻는 것이다

날은 챙챙 좋기도 좋은데
눈도 녹으며 술렁거리고 버들도 잎 트며 수선거리고
저 한쪽 마을에는 마돗에 닭 개 즘생도 들떠들고
또 아이 어른 행길에 뜰악에 사람도 웅성웅성 흥성거려
나는 가슴이 이 무슨 흥에 벅차 오며
이 봄에는 이 밭에 감자 강냉이 수박에 오이며 당콩에 마늘과 과도 심그리라 생각한다

수박이 열면 수박을 먹으며 팔며
감자가 앉으면 감자를 먹으며 팔며
까막까치나 두더쥐 돗벌기가 와서 먹으면 먹는 대로 두어 두고

도적이 조금 걷어 가도 걷어 가는 대로 두어 두고
아, 노왕, 나는 이렇게 생각하노라
나는 노왕을 보고 웃어 말한다

이리하여 노왕은 밭을 주어 마음이 한가하고
나는 밭을 얻어 마음이 편안하고
디퍽디퍽 눈을 밟으며 터벅터벅 흙도 덮으며
사물사물 햇볕은 목덜미에 간자로워서
노왕은 팔장을 끼고 이랑을 걸어
나는 뒤짐을 지고 고랑을 걸어
밭을 나와 밭뚝을 돌아 도랑을 건너 행길을 돌아
집우에 바람벽에 울바주에 볕살 쇠리쇠리한 마을을 가르치며
노왕은 나귀를 타고 앞에 가고
나는 노새를 타고 뒤에 따르고
마을 끝 충왕묘虫王廟에 충왕을 찾아뵈려 가는 길이다
토신묘土神廟에 토신도 찾아뵈려 가는 길이다
— 백석,〈歸農〉전문,『조광』, 7권4호, 1941. 4.

안동세관과 압록강, 그리고 일어시〈나 취했노라〉

이튿날 호텔에서 눈을 떴을 때 눈부신 햇살이 창으로 들어왔다. 늦잠 잔 줄 알고 깜짝 놀라 시계를 보니 4시32분이었다. 장춘은 경

도經度가 서울과 비슷해, 해 뜨는 시각이 비슷하다. 하지만 표준시간은 북경과 같아 서울보다 1시간 빨라서 생긴 착시였다. 아침 식사 때까지 2시간 정도 여유가 있어 호텔 주위를 느긋하게 걸었다. 걷다 보니 까치와 참새와 종다리가 노래하고, 길옆에서는 씀바귀 메꽃 엉겅퀴 민들레 소루쟁이 등이 반갑게 인사했다. 백석도 이런 아침을 자주 맞이했을 것이다. 백석을 생각하니 시가 보였다.

백석도 보았을 것이다
겨울 뚫고 되살아난 민들레와 메꽃과 엉겅퀴와 씀바귀와 소루쟁이에서 봄 같지 않은 봄에도 부활이 있다는 것을 보았을 것이다

백석도 들었을 것이다
새벽보다 더 일찍 일어나 아침을 알리는 참새와 까치와 제비와 종다리 노래에서 어둠은 끝이 있다는 소리를 들었을 것이다

백석도 느꼈을 것이다
서울보다 먼저 인사하는 햇귀에서 파란 하늘에서 산뜻한 바람에서 대한이 머지않아 광복을 맞이할 것을 믿었을 것이다

어둠 속에서 아침이 밝고
한탄을 이기며 희망이 크고
가슴 가슴마다 사랑의 바람이 부는 것을
백석도 보고 듣고 느꼈을 것이다

— 홍찬선, 〈신경의 백석〉 전문.

아침을 먹고 동남쪽으로 달렸다. 백석이 1941년부터 1년 남짓 세관원으로 근무했던 안동安東(현 단동丹東)을 향해서였다. 장춘에서 단동까지는 500여km, 시속 100km를 넘지 못하는 속도제한으로 6시간 넘게 걸리는 거리였다. 백석은 신경으로 가기에 앞서 1939년 8, 9월쯤 안동에 가서 만주 생활을 점검했다. 그때 〈안동〉이란 시를 썼다.

이방異邦 거리는
비 오듯 안개가 나리는 속에
안개 가튼 비가 나리는 속에

異邦 거리는
콩기름 쪼리는 내음새 속에
섭누에 번디 삶는 내음새 속에

異邦 거리는
독기 날 별으는 돌물네 소리 속에
되광대 켜는 되양금 소리 속에

손톱을 시펄하니 길우고 기나긴 창꽈쯔를 줄줄 끌고 시펏다
만두 꼭깔을 눌러쓰고 곰방대를 물고 가고 시펏다

이왕이면 향내 높은 취향 이<small>梨</small>돌배 움퍽움퍽

썹으며 머리채 츠렁츠렁 발굽을 차는 꾸냥과 가즈런히 쌍마차를 몰아가고 시펏다

— 백석, 〈安東〉 전문, 조선일보 1939. 9. 13.

  백석이 희망을 안고 시작했던 만주 생활은 녹녹하지 않았다. 만주국 국무원도, 백구둔 농사도 백석의 마음에 들지 않았다. 안동시청에 근무하던 염상섭<small>廉想涉</small>(1897~1963)의 주선으로, 백석은 안동세관에 들어갔다. 안동세관은 영어와 러시아어에 능통한 백석이 필요했을 것이다. 하지만 창씨개명을 요구하는 등 일제의 핍박은 여전했다. 하루하루가 고역이었다. 백석은 말을 잃었고, 급격히 노쇠했다. 영생고보 제자로 여순의학전문학교에 다니던 김희모가 1942년 여름방학 때, 안동역에 붙어있던 안동세관으로 백석을 찾아갔다가 깜짝 놀랐다. 영생고보 시절의 멋진 모습과 준수한 용모가 없어지고, 초라한 중년 신사를 발견했기 때문이었다. 서른한 살인데 중년 신사라니⋯

  단동세관은 압록강 철교 옆에 있었다. 단동역은 강에서 떨어진 곳으로 이전했다. 기차보다는 화물차로 북한과 오가는 물품이 많아졌기 때문이었다. 단동역으로 이름을 바꾼 안동역도 옛모습은 찾아볼 수 없었다. 시대착오로 느껴질 정도로 엄청나게 큰 모택동 동상이 세워진 단동역 앞 광장에서 백석의 모습을 상상했다. 그의 시 〈흰 바람벽이 있어〉를 조용히 읊으며⋯

오늘 저녁 이 좁다란 방의 흰 바람벽에

어쩐지 쓸쓸한 것만이 오고 간다

이 흰 바람벽에

희미한 십오촉 전등이 지치운 불빛을 내어던지고

때글은 다 낡은 무명샷쯔가 어두은 그림자를 쉬이고

그리고 또 달디단 따끈한 감주나 한 잔 먹고 싶다고 생각하는

내 가지가지 외로운 생각이 헤매인다

그런데 이것은 또 어인 일인가

이 흰 바람벽에

내 가난한 늙은 어머니가 있다

내 가난한 늙은 어머니가

이렇게 시퍼러둥둥하니 추운 날인데 차디찬 물에 손을 담그고 무이며 배추를 씻고 있다

또 내 사랑하는 사람이 있다

어늬 먼 앞대 조용한 개포가의 나즈막한 집에서

그의 지아비와 마조 앉어 대구국을 끓여놓고 저녁을 먹는다

벌써 어린 것도 생겨서 옆에 끼고 저녁을 먹는다

그런데 또 이즈막하야 어늬 사이엔가

이 흰 바람벽엔

내 쓸쓸한 얼굴을 쳐다보며

이러한 글자들이 지나간다

─나는 이 세상에서 가난하고 외롭고 높고 쓸쓸하지 살어가도록 태어났다

그리고 이 세상을 살어가는데

내 가슴은 너무도 많이 뜨거운 것으로 호젓한 사랑으로 슬픔으로 가득찬다

그리고 이번에는 나를 위로하는 듯이 나를 울력하는 듯이

눈질을 하며 주먹질을 하며 이런 글자들이 지나간다

─하늘이 이 세상을 내일 적에 그가 가장 귀해하고 사랑하는 것들을 모두

가난하고 외롭고 높고 쓸쓸하니 그리고 언제나 넘치는 사랑과 슬픔속에 살도록 만드신 것이다

초생달과 바구지꽃과 짝새와 당나귀가 그러하듯이

그리고 또 「프랑시스·쨈」과 도연명陶淵明과 「라이넬·마리아·릴케」가 그러하듯이

─ 백석, 〈흰 바람벽이 있어〉 전문, 『문장』, 1941.4.

백석은 힘들고 외로운 생활을 이겨내려고 어머니와 사랑하는 사람, 박경련과 맹자의 글과 초생달과 바구지꽃과 짝새와 당나귀를 생각했다. 또 쨈과 도연명과 릴케 같은 시인을 떠올리며 '시인의 슬픈 운명'을 달랬다. 그런 외로움을 신의주에 사는 일본 시인 노리다케 가즈오則武三雄(1909~1990)와 술을 마시며 풀었다. 술의 힘 때문이었을까. 백석은 문득 일본어로 시를 써 노리다케에게 선물했다.

われ醉へり

われ古き蘇格蘭土の酒に醉へり

われ悲しみに酔へり

われ幸福なることまた不幸なることの思ひに酔へり

われこの夜空しく虚なる人生に酔へり

나 취했노라

나 오래된 스코틀랜드산 술에 취했노라

나 슬픔에 취했노라

나 행복해진다는 생각에 또한 불행해진다는 생각에 취했노라

나 이 밤 공허하고 허무한 인생에 취했노라

― 백석, 〈われ醉へり〉, 노리타케 가즈오, 『낭만부대浪漫部隊』, 1951.

  백석은 일본어로 시를 쓰지 않았다. 일본 5대 사립대 중에서도 명문인 청산학원을 졸업해 일본어를 그 누구보다도 잘했지만, 백석은 만선일보나 매일신보 등 일제가 경영하는 신문이나 잡지에는 시를 싣지 않았다. 1941년 4월에 『문장』과 『인문평론』 등 한글 잡지가 강제로 폐간되고, 그해 8월 조선일보와 동아일보가 폐간된 뒤에는 아예 시를 발표하지 않았다. 그가 쓴 시 〈적막강산〉과 〈마을은 맨천 귀신이 되어〉 〈남신의주유동박시봉방〉 등은 광복 뒤인 1947, 48년에야 발표됐다. 그런 그가 스코틀랜드 위스키를 마시고 취해서 노리다케에게 일어로 시를 써서 선물했다. 의외로 느껴졌다. 백석은 그때 그만큼 힘들고 외로웠을 것이다.

  백석은 1941년에 문경옥文慶玉(1920~1979)과 결혼했다. 문경옥은 화가이자 백석의 오산고보 후배인 문학수文學洙(1916~1988)의 여동

생이다. 그녀는 동경東京의 무사시노武藏野음악학교 피아노과를 졸업한 재원이었다. 문학수는 존경하던 백석을 자신의 농장으로 초대했고, 여동생을 소개해 처남매부가 되었다. 문경옥은 일제의 정신대에 끌려가지 않기 위해 백석과 결혼했을 지도 모른다.

백석과 문경옥은 결혼 초기에 그럭저럭 사는 듯했다. 하지만 당시 평양의 유명한 변호사였던 문봉의 딸로서 풍족한 생활에 익숙했던 문경옥은 '경제 능력이 없는' 백석과 함께 살기 힘들었다. 급기야 뱃속에 있는 아이를 백석 및 시어머니와 상의하지 않은 채 낙태한 뒤 갈등이 깊어졌다. 결국 이혼했다. 그런 고통 속에서 만난 노리다케는 백석에게 큰 위안처가 되었을 것이다. 문경옥은 광복 후 평양에서 자신이 작곡한 〈8.15광상곡〉을 1시간30분 동안 열연해, 그 자리에 있던 김일성 눈에 띄었다. 7년 동안 모스크바로 유학을 떠났고, 귀국해서도 승승장구했다. 반면 백석은 1959년 '붉은편지'를 받고 함경도 삼수로 귀양갔다.

백석은 왜 여순의 203고지에 갔을까?

백석 만주기행의 마지막 일정은 여순旅順의 203고지였다. 203고지는 1904년에 일어난 러일전쟁 때 격전이 벌어진 러시아 요새였다. 일제는 1만여 명 전사라는 댓가를 치르며 승리했다. 러시아군 전사자 5000명보다 2배나 많았다. 이 전투를 지휘했던 노기 마레스케乃木希典(1849~1912) 중장은 이 전투에서 두 아들을 잃었다. 203

고지는 청의 영토에서 일제와 러시아가 싸워 일제가 승리함으로써 만주의 지배권을 차지한 역사적 장소였다. 1894년 갑오동학농민혁명을 핑계로 일제가 파병해 청과 싸운 뒤 조선과 요동의 지배권을 차지하려 했던 것과 비슷했다.

백석은 1938년 5월, 영생고보 졸업반 학생들을 이끌고 203고지를 방문했다. 함흥에서 경원선 기차를 타고 서울에 와서 경인선으로 인천에 가서 배를 타고 여순에 도착한 뒤 신경-북간도-도문을 거쳐 함북 주을온천을 거치는 2주 동안의 수학여행이었다. 여기서 의문이 생겼다. 백석은, 아니 영생고보는 왜, 수학여행 일정에 203고지를 포함시켰을까? 일제가 그들의 전승지 답사를 강제했을까?

그 의문에 대한 실마리를 얻고자 203고지에 올랐다. 고지 정상까지 걸어서 30분 걸렸다. 1인당 30위안(약 6000원) 내면 자동차로 왕복해주겠다는 제안을 물리쳤다. 백석과 영생고보 학생들이 느꼈을 기분을 함께하기 위해서였다. 해발 203m라서 203고지라 불리는 이곳 정상에는 포탄 모습을 한 추모탑이 하늘을 향해 우뚝 서 있었다. 추모탑 한가운데에 '이영산爾靈山'이라 쓰여 있었다. 203과 爾靈山은 발음이 같다. 음이 같은 것을 이용해 '너의 영혼이 잠든 산'이란 의미를 부여한 것이다.

이 추모탑은 일제가 상처뿐인 승리를 거둔 뒤 러시아에서 노획한 포탄과 탄피 등을 녹여 만들었다. 높이는 10.3m. 그날의 전투가 얼마나 치열했는지 보여주었다. 이영산 추모탑을 본 뒤 백석의 생각이 조금 이해됐다. 백석이 영생고보 학생들에게 '왜 203고지에 왔는지'를 설명하는 목소리가 조용히 들리는 듯했다.

'나라가 힘이 없으면 내 땅에서 다른 나라들이 제멋대로 전쟁을 하고, 내 땅을 제 땅으로 만든다. 우리는 이곳 203고지에서 청의 무력함과 일제의 잔혹함을 배워야 한다. 이곳부터 우리가 가는 곳은 모두 일제가 만주를 지배하는 현장이다. 두 눈과 두 귀를 기울여 역사의 현장을 가슴에 담아라. 힘이 없는 나라와 백성이 어떤 고통을 겪는지 직시하라. 여러분이 열심히 공부해 실력을 키워야 독립을 쟁취할 수 있다. 여러분들이 바로 대한의 희망이다.'

문득 소쩍새 울음소리가 들렸다. 그 소리를 들으며 저 멀리 보이는 여순항을 바라보았다. 러시아는 부동항을 얻기 위해 203고지에 요새를 만들었고, 일제는 대륙침략의 교두보를 만들기 위해 여순을 차지하려 했다. 힘과 힘, 야욕과 야욕이 충돌할 때 힘이 없으면 희생양이 되는 건 역사의 철칙鐵則이다.

이제 돌아올 시간이 됐다. 시간을 다투며 다녔지만, 백석의 5년여 만주 생활을 3박4일에 다 담을 수는 없었다. 시간의 제한 때문만은 아니었다. 80여년이란 세월과 개발이라는 괴물은 그때의 자취를 거의 남기지 않았다. 남겼더라도 주인이 바뀌어 다가설 수 없었다.

상상력이 절실했다. 세월과 괴물에 묻힌 옛 모습을 상상으로 조금이나마 만날 수 있었다. 백석이 만주에 있을 쓴 시 〈북방에서-정현웅에게〉 〈수박씨 호박씨〉 〈허준〉 〈호박꽃초롱 서시〉 〈귀농〉 〈힌바람벽이 있어〉 〈촌에서 온 아이〉 〈조당에서〉 〈두보나 이백같이〉 등의 현장을 찾아 마음속에 새겼다. 속도는 믿음직한 우군이었다. 시간과 공간의 제한을 넘어 상상과 상상을 이어주는 실마리를 마련했다.

 장거리 주행과 다리품으로 겨우 첫 삽을 떴다. 앞으로 주춧돌을 놓고 기둥 세우고 들보와 서까래 놓고 지붕까지 얹어야 한다. 차근차근 헤쳐나가자고, 열여섯 명의 '백석 만주탐험대'는 굳게 새끼손가락 걸었다. 4일 내내 화창한 날씨를 뿌려준 햇님도 방긋 웃었다. 대련발 인천행 비행기가 사뿐히 날아올랐다.

**백석의
불시착
❷**

초판 인쇄	2025년 2월 8일
초판 발행	2025년 2월 15일

지은이	홍찬선
펴낸이	김상철
발행처	스타북스
등록번호	제300-2006-00104호
주소	서울시 종로구 종로 19 르메이에르종로타운 A동 907호
전화	02) 735-1312
팩스	02) 735-5501
이메일	starbooks22@naver.com

ISBN	979-11-5795-761-3 04810
	979-11-5795-759-0 (세트)

ⓒ 2025 Starbooks Inc.
Printed in Seoul, Korea

이 책은 저작권법에 의해 보호를 받는 저작물이므로 무단전재와 무단복제를 금합니다.
잘못 만들어진 책은 구입하신 서점에서 교환하여 드립니다.